未完のカミュ

絶えざる生成としての揺らぎ

阿部いそみ

春風社

未完のカミュ――絶えざる生成としての揺らぎ

目次

凡例

アルベール・カミュの以下の作品について、次のように略記し頁数とともに示す。また、特に断りのない限り、引用文中の強調は筆者によるものである。

I : Albert Camus, *Œuvres complètes*, tome I, 1931-1944, « Bibliothèque de la Pléiade », Gallimard, 2006.

II : Albert Camus, *Œuvres complètes*, tome II, 1944-1948, « Bibliothèque de la Pléiade », Gallimard, 2006.

III : Albert Camus, *Œuvres complètes*, tome III, 1949-1956, « Bibliothèque de la Pléiade », Gallimard, 2008.

IV : Albert Camus, *Œuvres complètes*, tome IV, 1957-1959, « Bibliothèque de la Pléiade », Gallimard, 2008.

なお、和訳に際し、以下の邦訳を参照させていただいた。

『カミュ全集』全10巻、佐藤朔・高畠正明編、新潮社、一九七二—一九七三年。

『異邦人』窪田啓作訳、新潮文庫、一九八四年。

『異邦人＝L'ÉTRANGER：対訳フランス語で読もう』柳沢文昭訳注、第三書房、二〇一二年。

『ギロチン』(附　ジャン・ブロック＝ミシェル「死刑論」) 杉捷夫・川村克己訳、紀伊國屋書店、一九六八年。

『ペスト』宮崎嶺雄訳、新潮文庫、一九六九年。

『太陽の讃歌　カミュの手帖1』高畠正明訳、新潮社、一九七〇年。

『反抗の論理　カミュの手帖2』高畠正明訳、新潮社、一九七〇年。

『カミュの手帖』大久保敏彦訳、新潮社、一九九二年。

『幸福な死』高畠正明訳、新潮社、一九七二年。

『直観』高畠正明訳、新潮社、一九七四年。

『アメリカ・南米紀行』高畠正明訳、新潮社、一九七九年。

『最初の人間』大久保敏彦訳、新潮社、一九九六年。

『カミュ＝グルニエ往復書簡 1932-1960』大久保敏彦訳、国文社、一九八七年。

『転落・追放と王国』大久保敏彦・窪田啓作訳、新潮文庫、二〇〇三年。

序章

多くの人々の心を捉える、とはどういうことか。生きていくなかで誰もが抱く感覚、しかしあえて言葉にはしたことがない漠然とした感覚がある。それをかたちにし得たとき、名作が誕生するのではないか。

アルベール・カミュ（1913-1960）の作品は、没後五〇年以上を経た現在[1]もなお、さまざまな国々で新しい読者を獲得し続けている。国や地域の文化の違いを超え、時代の価値観や世代意識の違いも超えて、なぜ多くの人々を魅了してきたのか。このことは、人間という存在の本質にかかわる何らかの要素を、カミュの作品がもっている証なのではないだろうか。

人間は、死を逃れることができない存在である。フランス語で「死ぬ運命の」を意味する形容詞«mortel»は、名詞としては「人間」の意味となる。そして反意語の形容詞「不滅の、永遠の」«immortel»は、名詞では「神話の神々」を意味する単語である。人間とは、不死である神々とは異なって、確実に死ぬ運命を背負った存在にほかならない。死をめぐって、古代の哲学者エピクロスは次のように述べる。

［…］死は、もろもろの悪いもののうちで最も恐ろしいものとされているが、じつはわれわれにとって何ものでもないのである。なぜかといえば、われわれが存するかぎり、死は現に存せず、死が現に存するときには、もはやわれわれは存しないからである。そこで、死は、生きているものにも、すでに死んだものにも、かかわりがない。なぜなら、生きているもののところには、死は現に存しないのであり、他方、死んだものはもはや存しないからである。[2]

人間は死ぬ存在であるものの、自己の死自体を体験することは不可能である。いうまでもなく、体験とは生きているゆえに可能な行為である。「物語る自己／物語られる自己」と題する文章で野家啓一は次のように指摘する。

［…］物語が「始まり・中間・終わり」という結構をもつ言語的構造体であるとすれば、私は決して自己について完了した物語りを語ることはできないであろう。私は自分の「終わり」を未だ知らないからである。だが、途上にある未完の物語りならば誰でも語ることができる。その意味で、自己とは完結して「存在」するものではなく、他者とともに形作る、絶えざる「生成」の途上にある未完の物語りなのである。[3]

人間は死ぬ運命の存在だが、自己の死そのものを知ることはできない。人間が自己について知ることができるのは、生きている自分だけである。また、自己について語るのは、生きている自分のみである。人間は死ぬという運命をもちつつ、自己の死については自ら体験することも語ることもできない。つまり人間とは未了性、未完という性質をもった存在である。

「未完」という概念は古くから重要視されてきた。たとえばそれは日本の美意識の真髄である。岡倉天心[4]が『茶の本』の冒頭において明言したように、茶道は本質的に不完全なものへの崇拝であり、人生という不可能なもののなかで、何か可能なものを成し遂げようとする繊細な企てである。日本文化を語るうえで「未完」はきわめて重要な概念である。また最近では自然科学の分野においても重要視されている。「弱いロボット」[5]（岡田美智男の提唱）という次世代ロボットが知られている。岡田はコミュニケーション研究を通じて得た知見をもとに、人間の身体の「不完結性」（自分の顔や背中は見えない）にこそ人間の大きな特徴があるということに着目し、あえて不完結なロボット、たよりなく他者の助けを必要とする「弱いロボット」の開発を進めている。「人間らしさ」とは、他者からの支えのなかで自己完結させていく様式である。

「未完」という性質、特に自己の死を語ることはできないという人間の本質は、たとえば一人称の語りで進行する小説『異邦人』の物語構造に端的なかたちで見出される。主人公ムルソーは死刑執行判決を受けるが、小説の結尾には主人公の死が描かれていない。

> 一切が果たされ、私がより孤独でないことを感じるために、この私に残された望みといっては、私の処刑の日に大勢の見物人が集まり、憎悪の叫びをあげて、私を迎えることだけだった。
>
> (I, p. 213)

『異邦人』は主人公の語りで小説が進行するゆえ、主人公の死は描かれない。死が描かれないということ、すなわち真の終結は描かれていないという面において、この小説は「未完」、「未了性」という面をもつ。

本研究の目的は、すべての人間がもつ本質的感覚としての「未完」（自己と他者そして死をめぐる感覚、すなわち人間は死ぬという運命をもちつつ、自己の死については自ら体験することも語ることもできないという未了性の感覚）というものが、カミュの創作の初期から後期にわたる諸作品において、さまざまな様相を伴って見出し得ることを明らかにすることにある。そして従来のカミュ研究史において、「終わりなき物語」や「反復し続ける物語」などの表現でなされてきた解釈が、この「未完」という視点で包括し得ることを提起することもめざした。

各章における考察内容は以下のとおりである。

第1章では、カミュにとって生涯にわたる関心の対象であった死刑制度という面から、未了性に向けられた価値を分析した。

そして第2章以降では、初期から後期の作品を対象として未了性という面を指摘できることを明らかにした。まず第2章では習作時代を扱い、第1節においてジャン・グルニエの『孤島』からの影響に焦点を当てることによって未了性との結びつきを検討した。また第2節では初期作品に見出される未了性を考察した。

続く第3章は「昔話」という視点による論考である。まず第1節において戯曲『カリギュラ』と未了性との関連について述べ、第2節では戯曲『誤解』における未了性を考察した。昔話とは、主に子ども（すなわち、未だ大人ではない段階の人間）を対象とする物語である。この点において『カリギュラ』及び『誤解』が未了性と結びつくことを明らかにした。

第4章は『異邦人』を対象とする考察である。第1節では、「定めないこと」、「未確定であること」及び「子ども性」という視点から『異邦人』と未了性との結びつきを明らかにした。また第2節では、第3章で述べた初期戯曲『カリギュラ』や『誤解』にも見出された「昔話」という視点から『異邦人』を分析した。そして第3節では、「待つ」という概念を出発点とし未了性との関連に言及した。さらに第4節では「声」という観点から、第5節では「口承性」に焦点を当てて考察した。

続く第5章では、長編小説『ペスト』をめぐって、初期戯曲について述べた第3章や『異邦人』について考察した第4章第2節と同じく、「昔話」という視点によって分析を行った。

そして第6章では後期作品における未了性を明らかにした。具体的には第1節において『追放と王国』の終わりをもたないという特徴から未了性との結びつきを分析した。また第2節では『転落』について、また第3節では『追放と王国』を構成する六作品を対象として、音声発話の不在やコミュニケーション上の特徴から、後期作品と未了性との関連を明らかにした。

終章では『反抗的人間』を形作る倫理学に言及し、人間が有する本質的感覚という点から結論を述べた。

註

1 たとえば、国際カミュ学会会長アニエス・スピケルによる次の見解を参照。Agnès Spiquel « Camus, si présent encore ! », Association Coup de Soleil Rhône-Alpes, *Camus, au présent*. L'Harmattan, 2015, pp. 17-21.

2 エピクロス「メノイケウス宛の手紙」『エピクロス――教説と手紙』出隆・岩崎允胤訳、岩波文庫、一九五九年、八七–八九頁。

3 野家啓一「物語る自己／物語られる自己」『臨床哲学の諸相――「自己」と「他者」』木村敏・野家啓一監

修、河合文化教育研究所、二〇一三年、一四八頁。

4 岡倉天心『茶の本』浅野晃訳、講談社インターナショナル、一九九八年。

5 岡田美智男『〈弱いロボット〉の思考——わたし・身体・コミュニケーション』講談社現代新書、二〇一七年。

第1章

死刑制度と確定性

カミュは死刑制度の廃止を強く唱えた作家であり、その主張は論文「ギロチンについての考察」(*Réflexions sur la guillotine*)で展開されている。論文の刊行は一九五七年だが、死刑に対するカミュの関心はこの時期にはじまったのではない。死刑囚を主人公とする小説『異邦人』の出版は一九四七年である。さらに一九三六年付の『手帖』にはすでにギロチンをめぐるメモが見出され、これは論文「ギロチンについての考察」発表のおよそ二〇年も前に遡る。死刑というテーマは、作家活動の初期から関心の中心におかれており、カミュの作品を理解するうえで重要な意味をもつ。[1]

従来から、カミュにおける死刑というテーマの重要性については指摘されてきたが、死刑や死刑囚が直接描かれている作品のみを対象とする傾向がある。本章では、死刑が直接描かれてはいない作品も含め、カミュの作品に共通する特徴(死刑という概念から導かれる特徴)を明らかにすることをめざす。

以下では、「ギロチンについての考察」を所収するアーサー・ケストラーらとの共著『死刑に関する省察』が刊行された背景をたどることによって、カミュにおける死刑というテーマの重要性を確認することからはじめたい。[2]

I

「ギロチンについての考察」は、ケストラーの論文「絞首刑についての考察」(*Réflexions sur la potence*)[3]、及びジャン・ブロック゠ミシェルによる序文「フランスにおける死刑」(*La peine de mort en France*)を含めた三名の共著として、一九五七年に『死刑に関する省察』というタイトルでカルマン＝レヴィ社から刊行された。共著者ケストラーとブロック＝ミシェルにはある共通点がある。二人はいずれも監獄を実際に経験しているのである。

ケストラーは、一九三六年のスペイン内戦の折にロンドンの新聞の特派員として従軍した。翌年フランコ政府軍に捕えられ、スパイの嫌疑で死刑の判決を受けた。死刑廃止への思いは当時の監獄体験が影響を及ぼしている。カミュとは、パリのサン＝ジェルマン＝デ＝プレのカフェで議論を戦わせた仲であった。

そして、ブロック＝ミシェルも同様に監獄の体験をもつ。一九三九年に歩兵軍曹として動員され、翌年ドイツ軍の捕虜となり脱走した。帰仏後レジスタンス運動の闘士として活躍するが、一九四四年に逮捕されリヨンの監獄に投ぜられた。釈放後にパリに帰り、『コンバ』紙の発刊と同時に営業管理者となった。『コンバ』紙での同僚であったカミュと、生涯にわたる友人であった。

このようにケストラーとブロック＝ミシェルは、いずれも監獄の体験者である。監獄での辛い体験が、死刑廃止論を執筆させる心を形成した。他方、カミュは監獄を体験してはいない。カミュにおける死刑への関心はどこに由来するのだろう。小説『異邦人』が死刑囚ムルソーの物語であることを考えても、カミュが死刑に強い関心を寄せていたことは明らかである。特に「ギロチンについての考察」の冒頭には、『異邦人』の一節がそのまま写し取られたようなくだりがあることで知られている。『異邦人』第二部最終章の場面である。

そんなときに、私はママンから聞いた父の話を思い出した。父は、私の記憶にはない。父について私が正確に知っていたことといっては、恐らく、ママンがそのとき話してくれたことだけだろう。父はある人殺しの死刑執行を見に行ったのだ。それを見に行くと考えただけで、父は病気になった。それでも父は見に行き、帰って来ると、朝のうちじゅう吐いたのだ。(I, p. 205)

そして「ギロチンについての考察」の冒頭には、次の一節がある。

私は父に関してはわずかしか知らないのだが、とにかくその知っていることの一つはといえば、生涯にはじめて、彼が処刑の現場を見に行こうと思い立ったという話なのである。父は朝も暗いうちに起き出し、人々がひどく雑踏するさなかを、町の反対側にある処刑場まで出かけて行った。その朝に目撃したことを、父は誰にも全く語らなかった。母が話してくれたのは、ただ、父が動顚した面もちであわただしく戻ってきて、口を聞こうともせず、しばらく寝台に横になっていたが、突然に吐きはじめたということだけである。(IV, p. 127)

ベルナール・パンゴー[4]はこれらの箇所をめぐって、カミュには「断頭台」への強迫観念が存在し、それは幼い頃に聞き知った父親の逸話に由来するとした。そして、作者の真の妄執的モチーフ自体が「断頭台」であると推論している。

このように死刑がカミュにおいてもつ意味を明らかにすることは、きわめて重要である。次に、論文「ギロチンについての考察」のある一節に着目することから出発して分析を進めていく。

II

「ギロチンについての考察」は次の一文で閉じる。

死が法律の枠外におかれないかぎり、個人の心のなかにも、社会の習俗のなかにも持続的な平和は存在しないであろう。(Ni dans le cœur des individus ni dans le mœurs des sociétés, il n'y aura de paix durable tant que la mort ne sera pas mise hors la loi.)

(IV, p. 167)

この文では、個々人の心の安定、及び社会全体の安定のためには、死を法という枠から取り外すべきであるという主張が述べられている。結びの単語「法」(la loi) は、「ギロチンについての考察」の結尾にある重要な言葉である。なお「法」のもつ意味は、次の箇所に明確に示されている。

[…] 最高の刑 (苦痛) といわれる死刑が実際に威嚇的であるためには、人間性がいまあるのとは違ったものに変わらなければならないし、また法律それ自体のように、安定した穏やかな存在にならなければならないであろう。だがそうなると人間性は静物 (死んだ自然) 同様のものになって

しまう。人間の本性は静物ではない。
(IV, p. 138)

ここでは、「法」(la loi)と「人間の本性」(la nature humaine)が相対立するものとして説明されている。「法」は安定し穏やかな存在であるが、「人間の本性」は「法」のように静的なもの(死んだ自然)ではない。「法」と「人間の本性」は、カミュの死刑廃止論を形作る二つの重要な対立概念である。カミュは、『異邦人』をめぐり『手帖』において次のような説明を与えている。

この本の意味はまさに第一部と第二部の並行関係のなかにある。
(II, p. 951)

『異邦人』は二部構成の小説である。第一部では主人公ムルソーの日々の生活が描かれ、第二部では第一部のムルソーの行為が法廷で裁かれていく。第一部と第二部それぞれに短いタイトルを与えるならば、第一部は日常の世界、第二部は法の世界である。上記の『手帖』における作者の言葉を、この名称を加えて言い換えると次のようになる。

この本の意味はまさに、第一部の「日常の世界」と第二部の「法の世界」との並行関係にある。

『異邦人』の並行関係は、二つの要素「日常の世界」と「法の世界」によって形作られている。「日常」と「法」は、一般的には対立概念ではない。しかし「ギロチンについての考察」におけるエッセンスが、『異邦人』に萌芽的に存在しているという事実にもとづいて次のように捉えることができるのではないだろうか。並行関係を形作る二つの要素のうちの一方が「法」であるということは、もう一つの要素である「日常」には「ギロチンについての考察」における「人間の本性」と同じような意味が与えられている、という解釈である。「法」は静的なものであるのに対して、「人間の本性」は動的なものである。『異邦人』において日常が描かれる第一部には「生きた（動的）本性」が、裁判が描かれる第二部には「死んだ（静的）本性」という対比的な意味が付与されているということになる。小説の二つの部分の並行関係が重要である、という言葉には、相対立する二つの概念「動」と「静」が含意されているのである。

このように『異邦人』第二部のテーマである「裁判」には、一般的な意味としての「法律制度」を超えて、「静的性質」という特別な意味も付与されている。第二部で描かれる公判を経て、主人公ムルソーは最終的に死刑判決を受ける。裁判は主人公を不幸へと導くものであり、「静的性質」としての法は『異邦人』においてマイナスイメージを伴った概念である。

そして後述するように、マイナスイメージを付与されたものとしての「静的性質」は、『異邦人』の「裁判」というテーマのみならず別の諸点においても見出される。また同時に、作者のほかの作品にも共通する特徴である。静的状態、静物のように動的ではないという状態は、「定」つまり固定化あるいは限定化という表現にも言い換えられる。「定」はその固定化や限定化の主体によって、いくつかに分類される。場所の「定」、態度や精神の「定」などである。

以下では、カミュの諸作品における「定」が負のイメージを付与されているということを詳細に述べていく。論述にあたり、まず場所の「定」について考察し、次に態度の「定」を扱う。

III

この章では場所の「定」について述べる。

カミュの作品において、場所の固定化は死や殺人といった負のイメージとともに描かれる傾向がある。一九三四年にグルニエ宛に送った手紙の文中に、次の言葉がある。

目下のところ、私は刑に服しています。[5]

当時カミュは、肺の病気のため絶対安静を余儀なくされており、病床におかれた自分の立場を刑務所の囚人になぞらえている。病人と囚人に共通しているのは、限定された場所に拘束されているということである。場所の固定化は、病人や囚人のように負のイメージをもつものとなっている。

主人公の居場所の固定化が見られる作品として、『異邦人』をあげることができる。主人公ムルソーは第二部では、囚人として刑務所に拘束された存在となる。主人公が最終的に死刑判決を受けるという点を考えると、この小説における場所の固定化は主人公の死という究極的な負のイメージにつながるものであることがわかる。

場所の固定化の死へのつながりは、戯曲『誤解』にも見出される。『誤解』のマルタと母は、陰鬱な閉ざされた土地を離れ、海辺での自由な生活の資を得ようと、客の殺害を繰り返す。マルタは祖国への嫌悪を次のように述べる。

でも私はここに残った。陰鬱な少女だった私は、この大陸のまんなかで退屈のなかにとり残されてしまった。そして陸地の奥深く閉じこめられたまま育った。（I, p. 489）

前後左右をたくさんの民族や国々、平野や山々に囲まれてじっとしているよりほかはなくなってしまった。（I, p. 490）

私には祖国といっても、空には地平線のないこの閉ざされて重苦しい場所しかない［…］扉という扉が私を閉じこめてくれればいい！（I, p. 491）

マルタは、閉ざされた土地に固定化されており、祖国を離れなければ幸せは得られない。『誤解』における場所の固定化は、殺人行為を誘発し不幸の象徴となっている。

自由を追い求める主人公像は、『追放と王国』のテーマでもある。作者が刊行に際して述べた文章に次のくだりがある。

表題においてやはり問題となる王国ということについて言えば、それは最後に再生するために、われわれが再び見出さなければならない自由で赤裸なある生活と合致する。

(IV, p.123)

『追放と王国』の表題に用いられている言葉「王国」とは、自由な生活を意味する。短編集を構成する六作品には、いずれも自由な王国の探求が描かれている。そして主人公の居場所の固定化は、『追放と王国』のうち「背教者」において最も徹底した様相を示す。

「背教者」の主人公は、宣教師の殺害を企て、砂漠の岩陰にいる。この作品で描かれている時間は二四時間[6]である。主人公はその二四時間のあいだ岩陰に閉じこめられた状態にいる。

夜といえば、塩で囲まれた獣の穴に神とともに閉じこめられて［…］閉じこめられたきりの私には夜が見られなかった。

(IV, p.28)

また自らの立場を「囚人」(prisonnier)という表現で捉えている。

［…］この物神の王国の囚人である私は［…］

(IV, p.29)

「背教者」における場所の固定化もまた、「殺人」、「囚人」という徹底した負のイメージに結びつく。このように『異邦人』、『誤解』、そして『追放と王国』(特に「背教者」)には、主人公の場所の固定化があり、そこには死につながる究極的な負のイメージが付与されているのである。

IV

次に態度の「定」をめぐって考察を行う。

「何かを明確に決める」という意味で共通する動詞群がある。「決める」、「定める」、「裁く」、「確定する」などである。以下では、態度の固定化を意味するこれらの言葉が、カミュの作品において負のイメージを与えられていることを示していく。

カミュの作品のうち、態度の固定化を意味する言葉を繰り返し口にする人物として『誤解』のマルタをあげることができる。マルタは「明確な決定」に価値をおく人物であり、「決める」や「白黒つける」といった言葉を発する頻度が高い。たとえば第一幕第一場に次のくだりがある。

母親：[…] 知らない人を殺すほうが楽だからね。（間）安心おし、もうこの言葉を口にしても、こわくはないから。
マルタ：それでよかった。私は遠まわしな言い方は嫌い。罪は罪、自分の望んでいることは、はっきり知っておかなければ。お母さんにははっきりしていたらしいわね。

(I, p. 459)

母親が躊躇せずに「殺害する」という言葉を発したことに安堵し、マルタは「遠まわしな言い方は嫌い」と述べ、明確さを好むことを明らかにしている。マルタのこのような性向は、次に引用する箇所での曖昧な表現をする母親の描写によって対比的に示される。

マルタ：お母さん、その男を殺さなければ。
母親：（より低声で）多分、殺さなければね。
マルタ：変な言い方をなさるのね。

(I, p. 459)

マルタは、「多分」という曖昧な言葉を発した母親を非難する。母親の曖昧な表現の提示は、マルタの明確さを好む特徴を浮き立たせる効果をもたらしている。ここでの明確さとは、殺害行為の決定にほかならない。つまり『誤解』における態度の固定化は、殺害という究極的な負の事態に関連しているのである。

このような「決めること＝殺害」という図式は、次の箇所にも見出される。

マルタ：じゃ、はっきりしてるわ、その救いならもう手に入れたも同然よ。お母さん、私たちは心を決めなければ。今夜にするか、もう止めるか。

(I, p. 474)

マルタ：[…] もう決めていたんですから。[…] 私に決心させたのはこの人よ […] 私の心を動

かすことができたおかげでかえって私に武器を与えてしまったのよ。　(I, p. 485)

「決める」は殺害を決めるという意味で使用されている。次に、マルタと母親がジャンの殺害を完遂する場面を以下に引用する。

マルタ：[…] お母さん、お母さん、もうすぐおしまいよ（tout sera fini, bientôt.）
母親：（同じく）そうさ、みんなおしまいだよ（tout sera fini.）　(I, p. 484)

二人ともに、「おしまい」（tout sera fini）という表現を口にする。「おしまい」とは、殺害行為の完結である。作品後半に至ると、動詞「終える」（finir）は他者の死のみならず自分の死も意味する行為となる。

母親：（表情のない声で）さ、いつかこうなるとはわかっていた。そのときにはけりをつけなければならないことも　(I, p. 487)

ここでの「けりをつける」（finir）は母親の自害を指す。このように『誤解』における態度の固定化は、さまざまな意味で死に直接関連している。

心を決めることが殺害行為に関連するのに対して、心を決めかねることは人間らしさにつながっている。というのも、マルタがジャンを前に、人間らしい会話を切り出す箇所には、「心を決めかねたまま」というト書きが記されているのである。第二幕第一場のくだりである。

マルタ：（間、心を決めかねたまま一歩踏み出す）今までいらっしゃった国へお帰りですか？
ジャン：多分。
マルタ：美しい国なんでしょうね。 (I, p. 476)

上記箇所に続く話題は、美しい夕暮れ、花が幾千となく咲く春、木の葉が花のようになる秋である。心を決めかねるという態度は、人間らしさや幸福の世界に結びつくものとして描かれている。なお、マルタは自分が人間らしい会話をしたことをジャンから指摘されると、激しく否定する。またこの箇所の直後には、契約や何らかの取り決めの場面で使用するような表現が集中的に現れている。該当箇所を以下に列挙する。

マルタ：反対なさる理由などありませんわ。それは確かです。 (I, p. 478)

［…］契約からはずれたのはお互いに間違いでしたわね。［…］この勝負はご自分でもおわかりにならないうちにお客様の勝ちになったわけですわ。［…］母には私ほどの望みはありません、当然です。お客様にいていただきたいと思ったにしろ私と同じ理由があるわけではありません。［…］

これは私だけの理由なのです。でも、母には反対するほどの根拠もありませんから、それで問題は解決ですわ。（I, p. 478）

これらの台詞には、「理由」（raison）をはじめ「確かである」（sûr）や「動機」（motif）といった語が現れている。取り決めをする際に用いられるこうした言葉は、ほかの場面にも見出される。たとえば、ジャンを兄と気づかずにマルタが応対する第一幕第五場のくだりである。

ここへお出での方々はお客様としての権利しかございません［…］どうかどこまでもお客様らしくなさってください。それはお客様の権利です。（I, p. 468）

お互いに距離を保つのが双方の利益ではありませんかしら?（I, p. 468）

とにかくお支払いをいただく私どもの義務のなかにはお話をうかがう義務も入っております。ですけれど、宿泊料のなかには当然宿の主人がご質問にお答えする義務は含んでおりません。［…］私は原則としてお断りいたしております。（I, p. 469）

この場面においても、「権利」（droit）、「義務」（devoir）、「利益」（avantage）、「原則として」（par principe）などの語が使用されている。同種の表現は、第一幕の最終場面での母親との会話にも現れる。

マルタ：救われる必要なんかないわ、滑稽よそんな言葉。お母さんが望んでいいことは今晩仕事をして、後で眠る権利を獲得することだけよ。(I, p. 474)

ここでもマルタは「権利」(droit) という語を用いている。そして第二幕第一場でのジャンの台詞のなかでは、マルタの用いる言葉が「契約的」として明確に指摘されることとなる。

ジャン：私たちの契約に入っていたかどうか、はっきりしないので。(I, p. 475)

ジャン：契約違反でしょうが言わせてください。(I, p. 475)

ジャンはここで「契約」(convention) という表現を用いている。マルタが客とのあいだに交わす会話が、契約を取り交わす際に用いるような言葉遣いであることが、登場人物自体によって説明されているのである。

先に見たように、「ギロチンについての考察」において「法」と「人間の本性」は相対立する概念である。マルタの言葉は契約つまり法の世界に属し、また同時に人間らしさに欠けている。「ギロチンについての考察」での「法」と「人間の本性」という相対立する概念が、マルタという登場人物として具現化していることがわかる。

ところでマルタには、「心」の話題を極度に嫌悪するという面もある。たとえば、母親とジャンの会話を聞いていたマルタが、憤怒し口をはさむ場面を見てみよう。

ジャン：いや、私の心は移り気じゃありません。それに私には、すぐ思い出ができてしまうんです。機会さえ与えられればね。

マルタ：（我慢できず）ここでは心なんてどうにもなりませんわ。

(I, p. 470)

ジャンが「心」(cœur) という言葉を発すると、マルタは激しい嫌悪感を表明する。それはト書きの「我慢できず」(avec impatience) に明示されている。同じ状況は、続く場面にも繰り返し描かれる。

母親：息子ですか？　私はもう、あまりお婆さんになってしまいましたからねえ！　年寄りは息子を可愛がることさえ忘れてしまうものですよ。心がすりへってしまうのです。

ジャン：それはそうですね［…］

マルタ：（二人のあいだに割って入り、きっぱりと）たとえ息子がここに泊ったとしても、どのお客様にも必ずして差し上げるもてなししかいたしません。つまり親切な無関心です。私どもがお泊めした方々はどなたも喜んでくださいました。皆さん、部屋代をお払いになり鍵をお受け取りになるだけです。ご自分の心のことなどお話しになりません［…］

(I, p. 471)

母親とジャンが心の話題をすると、マルタは「きっぱりと」（avec décision）それを拒絶する。そして客がなすべきことは、部屋代を支払うこと、そして鍵を受け取ることであると主張する。ここで「心」に対立するものとして、「部屋代の支払い」や「鍵」が示されているが、これらの要素は続くくだりにも再び現れる。

マルタ：お金持ちでいらっしゃるのは結構ですけれど、ご自分の心のお話などお止めになってください。私たちにはどうにもなりませんから。もう少しでお帰りいただくところでした。お話の調子がとても我慢できなかったのです。鍵をおもちになって、お部屋をごらんください。ただこの家には心など一かけらもありませんので、そのおつもりで。［…］もう一度申し上げますけれど、ここでは親しさのようなものは一切あてになさらないでください。たまのお客様にはいつもとっておきのものを差し上げます。とっておきと申しても心などとは何の関係もありません。鍵をお取りください。（鍵を差し出す）そしてお忘れにならないでください、私どもはお客様を、勘定ずくで、静かにおもてなしをし、勘定ずくで、静かにお泊めいたすのです。（I, p. 471）

マルタは、心の話題を断固とした態度で拒絶している。そして、客がなすべきことは鍵を受け取る行為であると主張する。このようにここで鍵は心と対立するものとして描かれている。«clé»（鍵）を用いた慣用表現 «mettre qn sous clé»（投獄する）が示すように、鍵とは人間の居場所を固定化する働きをもつ。先に述べたように、カミュの作品において場所の固定化は負のイメージにつながるものであった。心の話題を拒否し鍵を受け取るよう促す態度は、マルタが不幸の世界の住人であることを暗示している。

また上記引用の最後の一文に着目したい。ここには反復されている表現が二種類ある。「勘定ずくで」(par intérêt)、及び「静かに」(tranquillement) という表現である。これらのうち「勘定」は、「権利」、「理由」、「契約」、「義務」などと同じく法の世界の言語であり、マルタが好んで用いる言葉に属する。しかし「静かに」という表現については、文脈上に不自然さがあるように思われる。しかしこれについては、「ギロチンについての考察」の一節がその答えを与えるだろう。本章冒頭で引用したように、人間の本性が動的性質であるのに対し、法とは、「安定した穏やかな」存在であり静的性質をもつ。反復されている二種類の表現、「勘定ずくで」、及び「静かに」という言葉は、いずれも法の世界(すなわち人間の本性と対立する世界)に属しているのである。

V

カミュにおける死刑への関心は、より厳密には死刑制度という「法」への関心として言い換えることができる。「ギロチンについての考察」において、「法」と「人間の本性」はカミュの死刑廃止論を形作る重要な対立概念である。「法」は、動的な「人間の本性」とは異なり静的な性質をもつ。そして作品中では、場所や態度の固定化が負のイメージに結びついて描かれるという特徴が見出された。

それは、死刑廃止論のなかで語られる負のイメージとしての「法」に関連する。場所や態度の固定化が、このような様相を示すのはなぜだろう。カミュは、生活の安定を保証する仕事を断ったことがある。そのときの心情を、次のように『手帖』において明らかにしている。

［…］一度ベル＝アッベスに任命され、そうした生活の安定のなかにある決定的なものを前にするや、突然すべてが逆転してしまった。真実の生活を得る機会に比べれば、生活の保証などはものの数にも入らないと思えてきて、ぼくは就任を断ってしまった。［…］ぼくは怖かったのだ。孤独と決定的なものが怖かったのだ。

(II, p. 838)

生活の安定のなかにある「決定的なもの」に対し、カミュは怖れを抱いていた。「決定」とは終結であり、そこから先に新しいものは生まれない。また『手帖』の一九三七年のメモに次の一文がある。

正しくありたいという欲求は凡俗な精神を表わすものだ。

(II, p. 814)

正しいとは、ある事柄が何らかの規範に合致していることである。そのため、正しくありたいとは何らかの規範による決定を単純に受容する態度、と言い換えられる。さらに一九五九年のジャン・クロード・ブリスヴィルによるインタビューで、カミュは次のように答えている。

ブリスヴィル：あなたのお考えでは、創造者の特質は何ですか。
カミュ：更新する力です。創造者は、たぶんいつも同じことを言うでしょう。しかし、倦むことなくかたちを新しくします。彼は、繰り返しを嫌う人です。（IV, p. 613）

創作活動に終わりはなく、常に更新していく態度が要求される。「決める」や「定める」などの言葉に付与されている負のイメージは、カミュの創作観の反映として捉えることができるのではないだろうか。

なお、本章では場所と態度の「定」のみについて述べたが、カミュの作品の基調をなすものとして「定」の逆の状態である「非定」（完成されてはいない未了性の状態）という面が存在する。これについての考察を次章以降での対象とする。

註

1 フランスが全面的な死刑廃止国となったのは、一九八一年一〇月九日公布の法律による。
2 Arthur Koestler, Albert Camus, *Réflexions sur la peine capitale ; introduction et étude de Jean Bloch-Michel*, Galmann-Lévy, 1957.
3 イギリスで一九五五年に刊行された論文 « *Reflexions on hanging* » のフランス語訳である。
4 « [...] le véritable motif, c'est bien, je crois, l'échafaud [...] », Bernard Pingaud, *L'Étranger de Camus*, Hachette, 1971, p. 22.

5　Albert Camus, Jean Grenier, *Correspondance 1932-1960*, Gallimard, 1981, p. 17.

6　描かれる時間が二四時間であること、作品を構成する段落の数が二四であることをはじめ、二四という数字に着目した研究がある。Suzanne Hélein-Koss, *«Une relecture chiffrée du «Renégat» d'Albert Camus»*, *Albert Camus 12*, Lettres Modernes, 1985, pp. 97-106.

第2章

習作時代における未了性

第1節　ジャン・グルニエ『孤島』と揺らぎ

グルニエという存在を抜きにして、カミュについて語ることはできない。『カミュ＝グルニエ往復書簡 1932-1960』の訳者あとがきにおいて、大久保敏彦も次のように明言する。[1]

〔…〕グルニエなくしてカミュは存在しなかったといっても過言ではないだろう。[2]

最初の出会いは、カミュが高校のバカロレア準備課程二年であった一九三〇年である。この年、グルニエはアルジェの高校リセ・ビュジョーに着任し、哲学級でカミュを教えた。その後アルジェ大学に入学したカミュは、グルニエに再会し卒業論文の指導を受けることにもなる。そしてこの頃、カミュは決定的な意味をもつ一冊の書物に出会う。その書物とはグルニエがガリマール社から出版した『孤島』(1933)である。『孤島』を読んだことは、カミュが作家を志すうえで大きな契機となった。『孤島』という作品がカミュの創作活動に果たした重要性は、これまでも繰り返し指摘されてきた。しかし、グルニエとカミュの作風が異なっているという背景もあり、具体的にこの作品のどのような箇所がカミュを魅了しどのように影響を与えたのか、という点についてはあまり言及されることがない。

本節では、『孤島』に対するカミュの思いが記されたさまざまな文章を再考察し、『孤島』のテキストと照合させながら分析することを試みる。『孤島』がカミュに大きな感動を与えた詳細を考察することをとおし、カミュの創作活動の源流を明らかにしたい。

以下では、『孤島』の新版（1959）に寄せた序文、及びグルニエのポリチック賞受賞（1949）の折にカミュが寄せた祝辞の文章をたどることからはじめる。

I

『孤島』の改訂新版にあたり、グルニエは序文の執筆をカミュに依頼した。カミュはその序文で讃嘆の念を表明するが、のちにグルニエは回想録のなかで、その讃美の強さゆえ気詰まりも感じていたことを告白している。

［…］私は彼が示してくれる感嘆の念に気詰まりを感じていた。だから『孤島』の新版に彼が寄せてくれた序文を読んだときには、本当に穴があったら入りたいくらいだった。私の指摘（たいていの場合些細な部分に関する考察にとどまった）を参考にしたいとして、出版する前に彼が一つ一つの作品の原稿を読ませてくれただけですでに充分だった。[3]

グルニエが気詰まりを感じ、穴があったら入りたいと感じるほどの讃美の言葉とは、たとえば次のようなくだりを指すのだろうか。

> アルジェで、はじめてこの本を読んだとき、私は二〇歳だった。私がそれから受けた動揺、またそれが私や私の多くの友人たちに与えた影響は、『地の糧』がある世代にひきおこしたショックに比べることしかできない。だが、『孤島』が私たちにもたらした啓示は、それとはべつのものだった。『孤島』の啓示は、私たちにぴったりだった。それに比べるとジッドがもたらした興奮は、私たちを感嘆のなかにおくと同時に当惑のなかにおいたのである。そういえば私たちは、道徳の紐帯から解放される必要も地上の果実をうたう必要もなかった。果実は私たちの手近に、光のなかに、たれさがっていた。私たちはそれにかぶりつくだけで充分だった。[4]

『孤島』がアンドレ・ジッド『地の糧』と比肩される影響力をもちつつ、啓示力という点においては『地の糧』以上のものであると絶賛している。序文の結尾でも、再び『地の糧』にふれている。

> 『地の糧』は公衆を震撼させるのに二〇年かかった。こんどはこの『孤島』に新しい読者がつくときだ。[5]

ラジオ放送で述べた祝辞にも見出すことができる。

『地の糧』と比べることによる賞賛は、一九四九年にグルニエがポリチック賞を受賞した折、ラジオ放送で述べた祝辞にも見出すことができる。

［…］ジャン・グルニエが現代文学の名誉とするに足る三、四人の作家のうちの一人であるということを申し上げるには充分かもしれません［…］グルニエの最初の偉大なる書物『孤島』が、私も含めて、多くの若者たちに対して、一様に密かにして決定的な影響を与え、終いに長いあいだ人知れず埋もれていたいくつもの作品を世に送り出す源になったということはあまり知られておりません。『地の糧』が栄光に浴するには三〇年の歳月を必要としました。『孤島』が出版されてからはまだ一〇年足らずです。明日になれば皆さんは、虚飾のないこの小品の燦然たる輝きがもっと早く認められ、称賛を博さなかったことに驚かれることでしょう。[6]

一九四九年のラジオ放送での祝辞、そして一九五九年の『孤島』に寄せた序文のいずれにおいても、『孤島』が『地の糧』と比肩するすばらしい作品であるとし、絶賛している。そして、文豪アンドレ・ジッドと並称したこのような言葉以上に、作家カミュを考えるときにきわめて重要な一節が新版の序文中にある。

『孤島』を発見した頃、自分でもものを書きたいとのぞんでいた、と私は思う。しかし、ほんとうにそうしようと決心したのは、この本を読んだあとでしかなかった。ほかの本もそうした決意に貢献した。だが、役目がすむと、それらの本を私は忘れてしまった。ところがこの本は、読んでから二〇年以上たったいまも、ずっと私の内部に生きることをやめていない。[7]

「作家になるという決意」とは別に、「作家になりたいという思い」は、『孤島』に出会う以前の段階でカミュの心に芽生えていた。晩年、ブリスヴィルによるインタビューに答え、次のように述べている。

ブリスヴィル：あなたが作家としての天分をはっきりと意識したのは、生涯のどういう時期でしたか。

カミュ：天分というのはたぶん適当な言葉ではありません。一七歳頃、私は作家になりたいと思いました。同時に、そうなるだろうということが漠然とわかりました。[8]

一七歳とは、アンドレ・ド・リショーの小説『苦悩』と出会った年を指している。この年、カミュはグルニエが差し出したこの小説を読み、大きな感動を得る。この経緯については、「N・R・F」アンドレ・ジッド追悼特集号（1951）に寄せた文章にも明らかである。

私がジッドにはじめて遭遇したのは、一六歳のときだった〔…〕『地の糧』の祈願は私からすれば冴えないものに見えた。私は自然の富への讃歌につまずいたのだった。アルジェにいた一六歳の私は、これらの富に飽き足りており、ほかの富を求めていたからだろう〔…〕翌年私はジャン・グルニエにめぐり合った。彼もまた私に、特に一冊の書物を選んで差し出してくれた。それは、アンドレ・ド・リショーの『苦悩』と題する小説だった。[9]

一六歳のとき『地の糧』を読む。しかしそこに描かれている世界は、当時のカミュに直接訴えるものではなかった。そして翌年ついに『苦悩』に出会う。そのときの思いは、上記引用に続くくだりで語られている。

〔…〕それは、母親だの、貧苦だの、空の綺麗な夕暮など、当時の私が知っていたことを語ってくれた最初の書物だった。その書物は私の心の奥底の仄暗い縛めをほどいてくれ、名状しえぬまま窮屈に感じていた桎梏から私を解放してくれた。〔…〕目を覚ますと、異様な新しい自由を身につけた私が、おずおずと未知な大地に歩み出ていた。書物というものが忘却や気晴らしだけをつぎこんでくれるものでないことを、知ったばかりだった。私のかたくなな沈黙、あの茫漠とした至高の苦悩、私を取り巻いている奇異な世界、私の身内の者たちの気高さ、彼らの貧苦、私の秘め事、これらすべては、したがって言い表わし得るのだ！〔…〕『苦悩』は私に、いずれジッドが手引きをしてくれるはずの創造の世界を、かいま見させてくれたのである。[10]

『苦悩』を読んだカミュは、自らを取り巻く世界も表現される対象であること、そして創造の世界が精神的な解放をもたらすということを発見した。ブリスヴィルによるインタビューのなかで述べた「一七歳頃、私は作家になりたいと思いました」という言葉は、『苦悩』を読むことをとおして得たこのような創造の世界との新たな出会いを指している。

ところで、「作家になりたいという思い」と「作家になるという決意」には違いがある。ブリスヴィルのインタビューに答える際、カミュはまず「天分」という表現を否定することからはじめた。作家になりたいというのぞみはあっても、作家としての才能を自らの内に認めてはいなかったと推測される。作家になりたいという漠然とした夢をもちつつも、自信が伴われてはおらず決意の段階に至っていない。しかし二〇歳になって、また別の書物との画期的な出会いがあった。それがグルニエの『孤島』である。リショーの『苦悩』は「作家になりたいという思い」を芽生えさせたにとどまる。他方、『孤島』の読書は「作家になるという決意」を生み出すための大きな原動力となった。

弱冠二〇歳のカミュに作家になることを決意させた原動力とは、どのようなものだったのだろう。『孤島』という小説において、どのような箇所がどのように感動を与えたのだろうか。

次項では、『孤島』のテキストに具体的に言及しながら考察を進めていく。

II

『孤島』は、島というテーマで共通する複数の作品[11]から構成されている（原題 *Les Iles* は直訳すると

「島々」である)。このなかに「ケルゲレン諸島」と題する短編がある。カミュは『孤島』序文中でこの「ケルゲレン諸島」の冒頭を直接引用している。

「私は、しきりに夢想した。ひとりで、異邦の町に、私がやってくることを、ひとりで、全く無一物で。私はみすぼらしく、むしろみじめにさえ暮らしたことだろう。何よりもまず私は秘密を守っただろう」[12]。

『孤島』からの直接の引用はこの一節のみである。『孤島』を構成するほかの短編以上に、カミュを魅了した何かがこの短編にあるのではないだろうか。これを明らかにするために、上記に続く箇所もあわせて見ていく。

ここに聴こえる音楽、——アルジェの夕暮れを歩きながら、それを復誦したとき、当時の私をまるで酒に酔った人間のようにしたあの音楽が、ここにある。私はある新しい土地に入ったような気がした。私の町の丘の上の、よく私が沿って歩いた高い塀に囲まれたあの庭の一つが、ついに私にひらかれたような気がした。そこには、目に見えないすいかずらの匂いしか捉えるものがなく、私の貧しさが、いつも夢をめぐらしていた庭があった。私の考えちがいではなかった。はたして一つの庭がひらかれた、——比類のない富をもって。つまり、私は芸術を発見したのであった。[13]

ここには、「ケルゲレン諸島」を読むことによって得た芸術の発見という境地が語られている。そしてそれは、「ケルゲレン諸島」の次の一節を反映するものである。

> イタリアのある古い町の郊外に住んでいたとき、私は家に帰ろうとして、とあるせまい路地をたどった。舗装がわるく、非常に高い二つの塀のあいだにはさまれた、窮屈な路地だった〔…〕路地がまがっている角のところで、ジャスミンとリラの強い匂いが私の上にふりかかってきた。壁面にかくれていて、花は私には見えなかった〔…〕愛の情熱は、そのまわりに要塞をのぞむ。そのとき私は、あらゆるものを美しくする秘密をあがめた。そうした秘密がなければ幸福はないのだ。[14]

序文の文章、及び「ケルゲレン諸島」のいずれにも共通する要素がある。それは第一に、高い塀に囲まれたある一角という要素である。序文中では「高い塀に囲まれたあの庭の一つ」と表現され、「ケルゲレン諸島」では「非常に高い二つの塀のあいだにはさまれた」となっている。第二には花の匂いという要素である。序文での花はすいかずらであるが、「ケルゲレン諸島」においてはジャスミンとリラである。さらに第三の共通要素として、高い塀があるため花の匂いが感じられるが目には見えないという点があげられる。序文では「目にみえないすいかずらの匂い」と表現されている。他方「ケルゲレン諸島」では「ジャスミンとリラの強い匂いが私の上にふりかかってきた。壁面にかくれていて、花は私には見えなかった」とある。

芸術の発見は、このように高い塀のために見えなかった庭の発見にたとえられている。新しい庭は、創造の世界というもう一つの新しい世界を指している。

III

『孤島』をとおしてカミュが見出した芸術とは、どのようなものだろうか。それを解明するための手がかりが、序文中の次のくだりに示されている。

何者かが、誰かが、私のなかでおぼろげに動き、話し出そうとのぞんでいた。新しい誕生、——何気ない読書やある会話が若い人の心をさそい出すことがよくあるあの新しい誕生である。一つの章句が、ひらかれた書物からとび出し、一つの言葉が、まだ室内に響いている。すると突然、その正しい言葉、正確な主音のまわりに、種々の矛盾が秩序づけられ、混乱がやむ。同時に、そしてすでに、その完全な言語への答えとして、はにかんだ、まだぎこちない一つの歌が、存在の暗がりに立ちのぼる。[15]

カミュにとって創造の世界とは、正しさや秩序化を志向するものである。作家というものを、常に完全な言語を追い求める存在として捉えている。言葉によって矛盾は秩序化されるが、同時に別の種類の矛盾が生まれ、より完全な言語への答えがめざされていく。完全なものと思われたものが次の瞬間には不完全なものに変貌し、常に完全をめざし続けるという様相は、二〇歳のカミュが『孤島』を読んだ直後、感動の思いで書きとめた文[16]にも見出すことができる。

もっとも確信に満ちたページがぼくをもっとも苦しめた（「私は勝った」とか「掛けがえのない勝利の休止」の発見）。それでぼくはこう考えた。生に呼びかけ、「私が勝つぞ」と宣言した後に、「私は勝った」と言える瞬間がきて、その後さらに、ほかの勝利、ほかの幸福の島を志向する瞬間が続くのだろうと。だから勝利は決して決定的ではない。[17]

ここには、完成による終結を否定する姿勢がある。この感想メモは次のように開始される。

漂流する島——それはぜひとも定着しようと願っている。というのもこの本全体が統一に安らぎを見出しているというよりも、統一をめざしているからだ。[18]

カミュが感想メモの冒頭に書きとめたのは、「漂流する島」という言葉、つまり動きを明示的に表現する言葉である。定着し終えた状態や安定した状態を否定し、定着しようと願い統一をめざし続ける姿勢を『孤島』に見出し、そこに大きな魅力を認めている。常に新たなものを志向する姿勢に、高い価値がおかれているのである。それは、次のように序文で表明しているように、懐疑の精神とも言い換えられるものである。

私はなにがしかの確信をグルニエに負っているというのではない。彼はそんなものを与えることもできなかったし、また与えようともしなかった。そうではなくて、私が彼に負っているのは、むしろ懐疑であり、それはどこまでも続くものなのである。たとえばそれは、こんにち理解されているような意味でのユマニスト——私のいう近視眼的な確信によって視野をさえぎられた人間——になることを私にさしひかえさせた懐疑である。『孤島』のなかを走っているあの火山の震動のようなものを、ともかくも、それにふれた最初の日以来、私は讃美してきたし、それを真似たいと思ってきた[19]。

『孤島』がカミュに与えたものとは、「確信」(certitude)ではなく「懐疑」(doute)の精神である。安定という定まった状態ではなく、常に現実へ疑いの目を向け新たなものをめざし続ける精神である。懐疑の精神の底に流れる動的イメージは、「『孤島』のなかを走っている火山の震動のようなもの」という表現をとおしても認めることができる。

ところで従来からしばしば指摘されてきたように、『孤島』から多大な影響を受けたとはいえ、グルニエとカミュは作風が異なっている。

『島々』に影響を受けたというが、グルニエについてはどうか。『裏と表』にしろ『婚礼』にしろ、グルニエのエッセイとは、まるで趣きが異なるのである。グルニエのエッセイは〔…〕あまりにも暗示的で、またあまりにも繊細に語られているので、具体的イメージが結ばれにくい。夢想的で感傷的な言葉が音楽のような滑らかさで、ほとんど抵抗感もなく流れてゆく。〔…〕カミュは、グルニエへの尊敬とは別に、そのエッセイの限界を知悉していたと思う。[20]

グルニエの文章における過剰な非具体性を非難する立場もある。

一七歳のカミュが大患後に文筆で立つ決心を固めたのは、グルニエとの出会いが大いに影響したにしても、グルニエのエッセイを模範として、それをなぞろうと考えたわけではない。[21]

カミュは、グルニエの作品の作風自体を模範としてはいなかった。カミュが述べる「真似たいと思ってきた」という言葉は、別の意味で解釈する必要がある。ここでの模倣とは、繊細さや暗示的表現といったグルニエの文章上の特徴についてではない。

先に引用した箇所に明らかなように、「真似たいと思ってきた」対象は「『孤島』のなかを走っているあの火山の震動のようなもの」[22]である。カミュはグルニエの文体や作風ではなく、作品が読者に与える「火山の震動のようなもの」の模倣をのぞんでいた。言い換えるならば、作品の形式的な特徴ではなく、作品全体が読者に与える「火山の震動のようなもの」の模倣ということである。

そして「火山の震動」という表現と同様に、動的なニュアンスをもつ絶賛の言葉は、グルニエがポルチック賞を受賞した際の祝辞にも認められる。

その作品には一貫して捉えがたい振動が感じられます。人知れぬ、隠された苦悩を想像させるのですが、それがまたこの間接的な告白をきわめて感動的なものにしているのです。この作品は揺るぎない推論に情念のざわめきを重ねているのです。[23]

ここでは「捉えがたい振動」(une vibration difficile)という動きをイメージさせる言葉を用いている。また、終わりをもたず動き続けるというイメージは、『孤島』序文の結尾にも象徴的に見出される。結尾の文を引用する。

そして、いまはじめてこの『孤島』に近づく未知の青年を、私はうらやむのだ、にがい思いをこめないで、――私はうらやむのだ、あえて言うならば、熱い思いをこめて…。[24]

結尾は句点で閉じられていない。文章は真の意味での終止となっていないのである。

IV

グルニエ『孤島』の読書を契機として、カミュは作家となることを決意した。この作品が与えたものは懐疑の精神であり、常に完全を追求し更新し続けようとする精神である。それは、確かさではなく不確かさ（未了性）というものに価値をおく姿勢と言い換えることができる。

一九五九年に行われたブリスヴィルによるインタビューのなかで、カミュは次のように答えた。

ブリスヴィル：あなたをもっともいらだたせる讃辞は何ですか。

カミュ：誠実、良心、人間性、要するに、現代人にとってのうがい薬みたいなものですね。[25]

誠実、良心、そして人間性とは、いずれも一般的には高い価値が与えられている概念である。これらをあえて拒絶する理由は何だろうか。それは、『孤島』をめぐってカミュが述べた言葉を思い起こすことで容易に理解できる。ここにはユマニストへの批判を認め得る。つまりこれは、近視眼的な確信によって視野をさえぎられた人間になることをひかえさせた懐疑、という精神の重視に由来するのである。また同じインタビューのなかで、創造者の特質については次のように答えている。

ブリスヴィル：あなたのお考えでは、創造者の特質は何ですか。

カミュ：更新する力です。創造者は、たぶんいつも同じことを言うでしょう。しかし、倦むことなくかたちを新しくします。彼は、繰り返しを嫌う人です。[26]

創造者は、繰り返しを嫌い更新しようと常に努力する。本節で明らかにしたように、常に新しさを求め続ける態度は、『孤島』と出会い作家となることを決意した二〇歳のカミュの内にすでに芽生えていたのである。

第2節　初期作品と揺らぎ

カミュの習作時代の作品群には、一部をのぞいてあまり評価が与えられていない。たとえばこの時期の作品全般を「形式的な完成を呈してはいない〔…〕『幸福な死』の豊かさにも達してはいない[27]」とする見解や、小説「直観」をめぐって「現実がもたらす諸々の矛盾の前に無力な青年の不安とあせり[28]」が示されているに過ぎない、とする研究がある。また妖精物語「メリュジーヌの本」について、「彼はいぜんとして日曜童話作家のままなのだ[29]」と述べる評者もいる。

このように作品の稚拙性や形式的な完成度の低さが指摘されてきた一方で、「ムルソーの無関心、『裏と表』にでてくる青年の無関心、その萌芽はすでにここに見られる〔…〕カミュ独特のレトリックが顔を見せているし、不条理の思想への手がかりさえ見出せる[30]」とする分析や、カミュの作品世界全体を形成しているさまざまな本質的要素の萌芽を、そこに認める研究[31]がある。さらに「まさに彼のものでしかない一つの肉声を自らに与えるために課した、執拗でひそかな努力を示すものだ〔…〕全生涯にわたって忠実に彼が仕えたある霊感の到来をしるしている[32]」と捉える立場もある。

初期の作品群が執筆されたのは、グルニエの『孤島』と衝撃的な出会いをして作家となることを決意した重要な時期である。本書第2章第1節でも言及したように、『孤島』との出会いについてカミュは次のように述懐している。

『孤島』を発見した頃、自分でもものを書きたいとのぞんでいた、と私は思う。しかし、ほんとうにそうしようと決心したのは、この本を読んだあとでしかなかった。ほかの本もそうした決意に貢献した。だが、役目がすむと、それらの本を私は忘れてしまった。ところがこの本は、読んでから二〇年以上たったいまも、ずっと私の内部に生きることをやめていない[33]。

『孤島』との出会いによって、カミュが学んだこととは何だろう。先に見たように『孤島』新版の刊行に際し、カミュは次の言葉を寄せている。

私はなにがしかの確信をグルニエに負っているというのではない〔…〕私が彼に負っているのは、むしろ懐疑であり、それはどこまでも続くものなのである。たとえばそれは、こんにち理解されているような意味でのユマニスト——私のいう近視眼的な確信によって視野をさえぎられた人間——になることを私にさしひかえさせた懐疑である。『孤島』のなかを走っているあの火山の震動のようなものを、ともかくも、それにふれた最初の日以来、私は讃美してきたし、それを真似たいと思ってきた[34]。

『孤島』は、常識へ疑いの目を向ける姿勢や新たなものをめざす精神の重要性をカミュに教え示した。そしてこの精神の底に流れる動的イメージは、「あの火山の震動のようなもの」(ce tremblement) という表現にも反映している。動的なニュアンスをもつ表現は、グルニエがポルチック賞を受賞した折にカミュが述べた祝辞にも見出される。

その作品には一貫して捉えがたい振動が感じられます。人知れぬ、隠された苦悩を想像させるのですが、それがまたこの間接的な告白をきわめて感動的なものにしているのです。この作品は揺るぎない推論に情念のざわめきを重ねているのです。[35]

この一節にも、「捉えがたい振動」(une vibration difficile) という動的なイメージを形成する表現が用いられている。『孤島』の読書をとおしてカミュが学んだ新たなものを追求し続けていく精神は、動的なイメージの表現となって現れているのである。またそれは未完成性や不確かさへ価値をおく精神とも言い換えることができるだろう。

本節の目的は、このような動的な意味をもつ表現や不確かさに価値をおく傾向が、初期の習作時代の作品にも見出されることを明らかにすることにある。習作時代の作品群には詩や小説、評論などがあるが、分析の対象としたのは雑誌『南』に発表された文芸評論「新しいヴェルレーヌ」と詩「詩篇」、そして小説「神とその魂との対話」、妖精物語「メリュジーヌの本」である。

I

1 「新しいヴェルレーヌ」と「詩篇」

一九三一年一二月、アルジェで雑誌『南』が刊行された。カミュはこの雑誌に、詩や小説、文芸評論、哲学評論、そして音楽評論などを寄稿している。以下では、文芸評論「新しいヴェルレーヌ」について扱い、またそこに見出されたある共通点にもとづき、同時期に発表された詩（タイトル「詩篇」）についてもあわせて述べていく。

文芸評論「新しいヴェルレーヌ」のタイトルには、「新しい」という修飾語句がつけられている。ここには、既存の解釈に対して新しい解釈を提起しようとする挑戦的な気概とともに、未だ確定していないものに価値をおく姿勢も読み取ることができる。

またヴェルレーヌの魅力を具体的に説明するにあたって、カミュはヴェルレーヌの『サチュルニアン詩集』所収の詩「鶯」の最終句を引用している。

沈黙と暗闇にみちみちた、
哀しい重苦しい夏の夜が、
そよかぜが撫でてゆく蒼空の上で
ふるえる木立と歎き悲しむ小鳥を揺さぶっている。

（I, p. 515）

『サチュルニアン詩集』についてカミュは、ルコント・ド・リールら高踏派詩人がそなえている魅力をもちつつ、それにとどまらない新しい何かを予見させると指摘する。そして詩集『叡智』の「キリストのまねび」に関しても讃嘆の念を表明しているが、そのなかに次のくだりがある。

おお神よ、あなたは愛で私を傷つけなさった。
そうしてその傷口はいまでもふるえているのです。

(I, p. 516)

上記の箇所、すなわち「鶯」及び「キリストのまねび」からの引用箇所にはある共通点を認めることができる。それは「揺らぎ」、「ふるえ」という要素である。「鶯」には、「ふるえる木立」や夏の夜が「揺さぶる」木立と小鳥が描かれている。また「キリストのまねび」においては、「ふるえている」傷口としての「ふるえ」という要素がある。

この「ふるえ」という要素は、「新しいヴェルレーヌ」を発表した頃とほぼ同時期にカミュ自身が創作した詩のなかにも見出される。この詩は雑誌『南』の創刊号にP Camusという署名を伴って発表された作品「詩篇」である。「ふるえ」の要素は次の一節にある。

[…] 夢見る水の上で
この時刻は短く

そして日は滅ぶ
ぼくの涙も知らないで。
木がふるえている
秋の風に［…］

（I, p. 512）

ここには「木がふるえている」という表現があり、「鶯」からの引用箇所にある表現「ふるえる木立」に類似する。このように「ふるえる」あるいは「揺さぶられる」木立や小鳥、傷口などの「ふるえ」という要素を共通して認めることができる。「ふるえ」とは動いている状態であり、静止した不動の状態ではない。このようにカミュがヴェルレーヌの詩から特に引用した一節にはいずれも、不動の確定した状態ではなく、揺れ動く確定しない状態が描かれている。

さて、ヴェルレーヌのどのような面が愛好の対象であるのかについては、最後の箇所に端的に示されている。

ぼくは、欠点や弱さをもった彼を愛さざるをえない。それにその弱さはとても人間的なものなので、それは彼の臆病さや反抗ともども、傷ついたデリケートなこの詩人をぼくらのような人間にしてしまう。

（I, pp. 516-517）

欠点や弱さに価値を与え、そこに人間的な魅力があると捉えている。ここでの人間は、完全無欠の存在としての神に対する存在である。完全無欠ではない未了性というものへ寄せる精神を見出すことができる。このように文芸評論「新しいヴェルレーヌ」には、動的ニュアンスをもつ表現や未了性に価値をおく精神を認めることができる。

なお、習作時代のカミュの作品には、こうした完全無欠の存在としての神、全知全能の神を主人公とする作品「神とその魂との対話」がある。次にこの作品を対象として未了性をめぐる分析を進めていく。

2 「神とその魂との対話」

「神とその魂との対話」は一九三三年に創作された作品とされている。タイトルが表しているように、神が自らの魂と対話することで作品は進行する。冒頭に描かれているのは、神の悲嘆の様子である。

ほんとうに私は退屈している［…］真実とは私が退屈しているということだ。全知全能ということは、少しばかり相も変わらぬということなのだ。
(I, p. 986)

退屈のため悲嘆にくれる神は、全知全能とは相も変わらぬことであると述べる。完全無欠という状態が、幸せにつながらないものとして捉えられている。この神が、幸せを得ようとして探し求めるものは何だろう。その答えは次のくだりにある。

〔…〕私が崇めることができ、また信じることができる、私を超える誰かがいてさえくれれば〔…〕お願いだ。私を超える誰かがいて欲しい！　我が身を捧げるために。ああ、私は神なのだ。私は、上には何もないことをよく知っている。〔…〕信ずることができるお前たちは幸せだ。身を捧げることができ、祈り啜り泣き、苦しみ甲斐のあるお前たちは幸せだ。〔…〕

(I, p. 987)

人間は不完全な存在であるゆえに、身を捧げ、信仰し、祈り、苦しみ、希望をもつことができる。他方、神は完全無欠な存在であり、変わらず安定した状態が永遠に続く。ここには、完全な存在よりも不完全な存在が幸せを得るのであるという考えがある。ところでこのような未了性と幸福との結びつきは、妖精物語「メリュジーヌの本」にも同様に見出される特徴である。その詳細を示していくにあたり、「メリュジーヌの本」をめぐる研究の傾向について述べることからはじめたい。

II

「メリュジーヌの本」は一九三四年一二月に、シモーヌ・イエが夫カミュから贈り物として受け取った妖精物語であり三つの小品（「とても悲しい子どもたちのためのお話」、「妖精の夢」、「小舟」）から構成されている。カミュのほかの初期作品と同様に、この作品についても高い評価を与える評者はあまりいない。たとえば西永良成は、一九三〇年代前半におけるカミュの諸作品について、「芸術は彼の外にあり、手をのばしてとらえようとすれば、無情にも退く気配さえみせる魅惑的な幻だった[36]」と述べつつ、それが『孤島』との衝撃的な出会い、すなわち一九三三年以降には少しずつ変わりはじめると し次のように説明している。

［…］これ以後に書かれたものは、なかには依然として「メリュジーヌの本」といった夢想的な妖精物語があるものの［…］『貧民街の施療院』など、テーマの選択のなかに、現実からの脱出への願望よりも、むしろ現実そのものを新たに直視しようとしている意志を読みとることができる。[37]

一九三三年以降に創作された作品の価値を認める見解を明らかにするにあたり、あえてその例外として「メリュジーヌの本」をとりあげ、それが単なる夢想的な物語にとどまっているとしている。またこの夢想について、完結しないままに放り出されているとする見方をする評者も多い。たとえば、ポール・ヴィアラネーは次のように述べる。

カミュは、「とても悲しい子どもたちのためのお話」のプロローグのなかで、通俗的な生活を逃れて妖精たちのところに赴く自分の意図を告げている［…］「メリュジーヌの本」の文体は、ある種の軽快さを発散している［…］作中人物たちは生きることを求めている［…］だが、「妖精の夢」と「小舟」で調子が変わる。それは、おどけた調子から荘重になる。[38]

「メリュジーヌの本」の第一作品「とても悲しい子どもたちのためのお話」では夢想的世界が展開するが、第二作品「妖精の夢」や第三作品「小舟」になると、妖精物語的な軽快さは消失し文体は荘重なものへと変化する。ヴィアラネーはさらに、「メリュジーヌの本」が追求しようとした夢想の世界は失敗に終わっている、として次のように明言する。

[…]「メリュジーヌの本」は、「とても悲しい子どもたちのためのお話」のなかで披露された空想による逃避の計画からは、ありありと遠ざかっている。カミュは、かつてボードレールに「旅への誘い」の霊感を与え、あるいはフォーレに「空想の地平線」の旋律の霊感を与えた、あの夢想への大いなる出発を遂げることに成功しない。[39]

また高畠正明も同様の見解を明らかにしている。

[…]お伽噺ではじまった「メリュジーヌの本」が最後には現実の抒情的風景に収斂してしまうように、カミュは、結局は夢想の世界にひたりきることはできなかった。夢想と現実のあいだの一種のためらいにも似たこうした彷徨が結果としてもたらす作品構成の曖昧さは、一九三五年ごろから構想された『幸福な死』にもその痕跡を残し、この作品を未完に終らせてしまった[…][40]

習作時代の作品を形作る二種類、つまり現実性の強い作品群と夢想的な作品群のうち、「メリュジーヌの本」は夢想的な作品群に属しているが、夢想の世界を描き出すことには至らず作品の構成も曖昧なものとなった。

なお「メリュジーヌの本」に肯定的な解釈をとなえる立場もあり、たとえばジャクリーヌ・レヴィ＝ヴァランシは「モール人の家」にも匹敵する構築力や音楽的リズムにあふれるその作品構造[41]を認めている。とはいえ、やはりこの時期のカミュにとって夢想の世界は音楽性を伴って描かれていたとしても、一つの逃避でしかなかった。レヴィ＝ヴァランシは次のように指摘する。

一九三五年五月、カミュは『手帖』に次のように記す：「作品は告白にほかならない。ぼくは証言しなければならない」。作家カミュはもはやこの点をめぐって変わることはなく、これ以降『裏と表』から『最初の人間』に至るすべての作品は一つの証言として創られた。それはまず人間と世界についての証言として、次に世界のなかに生きる人間のための証言として。[42]

『手帖』に「作品は告白にほかならない。ぼくは証言しなければならない」と記した一九三五年五月以降、カミュにとって文学作品とは自分自身を語る証言にほかならないものとなる。そしてそれ以前は、夢想と現実のあいだで迷うさまざまな実験的試みの時期であった。

このように「メリュジーヌの本」とは、作家として追求していく方向性も未だ確立していない時期に創作された実験的な習作であることを認めなければならない。しかし、作家独自の文体やこの作家らしさが確立していない時期であるからこそ、一つ一つの素材が作品中に荒削りのまま存在しているともいえる。作品の構成上の不手際や表現の迷いをもちつつも、文章が練り上げられる前の状態をそこに見出すことができるという点で、「メリュジーヌの本」は重要な作品である。以下ではこの立場にもとづきつつ、特に未了性の概念に焦点を当てることをとおして「メリュジーヌの本」を考察していく。

III

三つの小品からなる妖精物語「メリュジーヌの本」の第一作品は、「とても悲しい子どもたちのためのお話」である。この作品では妖精、騎士、猫という三者が主な登場人物として紹介されたのち、彼らを物語のなかでどのように行動させるかについて語られる。分析に際しては、まず妖精について、次に騎士、続いて猫という順で未了性との関連を述べていきたい。

妖精たちのことを話すべきときだ。待ち続けることのあの執拗な憂鬱から逃れるために、さまざまな新しい世界を作るべきときだ。　(I, p. 988)

習作時代のほかの作品と同様に、この物語でも退屈さによってもたらされる憂鬱についての言及がある。そして妖精が登場する世界を創造する必要があるのは、その憂鬱から逃れるためである。ここには、「新しいヴェルレーヌ」のタイトルにもつけられていた形容詞「新しい」を見出すことができる。すでにあるものを完成段階として扱わずに、新しい要素が介入できる状態として捉える姿勢である。また続くくだりには、のぞましい妖精についての説明がある。

［…］妖精たちを選んだ方がいい。というのは、あまりに美し過ぎて退屈な妖精たちがいるからだ。そしてあまりに完全だから、いらいらさせられるものもいる［…］かよわくて、不幸せで、不安に気を配っている、そうした妖精たちこそぼくにはのぞましい。(I, p. 988)

理想とされる妖精は、かよわく不幸せであり、不安な心をもつ。つまり完全ではない妖精をのぞましいとしており、未完成性を尊重する精神を認めることができる。また、妖精が物語のなかでどのように行動するのかについては、次のように語られている。

不確かな時刻のうえで妖精は揺られている［…］これから起こることへの不安に身を包まれたぼくの妖精は、前よりもさらに一層美しい［…］妖精は成長し、広大な霞となり、波打つ思い出となる［…］だが時刻の香りのなかに、絶えず生まれ変わる彼女の死の奇蹟が横たわっている。(I, p. 993)

ここには、高い価値を付与された未了性の意味をもつ多くの要素が含まれている。まず「不確かな時刻」という表現のなかに、未だ確かではないという意味での未了性がある。また「妖精は揺られている」や「波打つ思い出」は、明確に揺れ動くイメージに結びつく。さらに「たえず生まれ変わる」という表現には、新しさへ寄せる精神が端的に示されている。

次に騎士について考察していく。騎士の馬は騎馬ではなく儀式用の馬（儀仗馬）がのぞましいとし、その理由について以下のように語られる。

> […] ぼくが、騎馬ではなく儀仗馬にしようとしたのは正しかった。それは秋の名前だし、その名前はふるえている。
> (I, p. 990)

「儀仗馬」（palefroi）がふるえているとは、«pale» が「青白い」（pale）という単語に類似し、«froi» が「寒さ」（froid）に似ているためだろう。ところで「ふるえている」ことをのぞましいとする姿勢は、先に考察したように文芸評論「新しいヴェルレーヌ」においてもうかがわれた点であった。「新しいヴェルレーヌ」では、「ふるえる木立」や「ふるえている傷口」という「ふるえ」を示す表現が記されている一節をカミュは引用しており、動きを終えた静止状態ではなく動きが継続しているという未了性に寄せる精神が認められた。そして騎馬として儀式用の馬が選ばれた理由もまた、「ふるえ」に関連する。

理想的な馬の説明に続き、騎士に全く共感できないという考えが述べられている。

率直に言うと、この騎士はぼくには全く共感がもてない。彼の馬はあまりに論理的に歩き過ぎる。彼自身もあまりに姿勢を正し過ぎている。どうやら彼は真実を握っているらしい［…］少なくとも彼は、その真実を確信している。そして真実を握っている騎士などいったい何になるというのだ［…］

(I, p. 990)

騎士に共感できないのは、過度に姿勢を正し過ぎているからである。それは真実を確信していることの証である。真実を確信していることが、退屈さにも結びつく。そして共感できない対象としての騎士については、次のくだりでも繰り返されている。

［…］ぼくらのお伽噺に、彼は誇りで武装してやってきた。彼は、自分の真実に確信をもって立ち去っていく。ぼくらは、真実を握っている騎士などどうすることもできない［…］立派な騎士よ。いつか汝は苦しみ疑うこともあるだろう。その日こそ汝は大いにその罪を許され、汝の生涯を一篇の美しいお伽噺のなかで終わることを許されるだろう。

(I, p. 992)

先に見たように、理想とされる妖精は、かよわく不幸せであり不安な心をもっているべきとされていた。真実を確信している騎士は、安定した心をもつ。そのためここに、完成した状態ではなく未了性という状態を好ましいものとする精神を認めることができる。
さて、この小品で最後に登場するのは猫である。猫は次の修飾語句とともに説明される。

〔…〕陳腐から脱け出したぼくらの猫を探しにゆくことにしよう。（I, p. 990）

陳腐さを否定する精神とは、既成のものを定まったものとして取り扱わず、新しいものを追求しようとする態度である。確定したものではなく、未了性の状態へ寄せる精神がここにも存在している。
さらに猫は次のように描かれている。

〔…〕ぼくには彼〔猫〕が自分の新しい役割を自覚し、彼を取り囲む新たな雰囲気に適応しはじめていることがわかる。彼の足取りは前よりもずっと流れるようになり、その動きが描く線はずっとおぼろげになっている。（I, p. 991）

「自分の新しい役割」、「新たな雰囲気」という表現には、既存の価値を確定したものとしないという意味での未了性を尊ぶ精神がある。また足取りが「流れるように」なり、動きが描く線が「おぼろげに」なっているという一節には、揺らぎを示す表現としての未了性や不安定さとしての未了性を認めることができる。同じような表現は続くくだりにもある。

揺らめく遠方のとても高いところに、その森の端にある樹々の葉が見えている〔…〕ぴちぴちとして感動にふるえ、真新しい一スーのように美しく、やすりをかけられ習慣の皮質を取りのぞいた魂を抱いた彼は、かくも新しいこの世界の扉を自分に開いてくれたひとに感謝もせずに歩いていく。

(I, pp. 991-992)

「揺らめく遠方」、「感動にふるえる」という揺らぎを示す表現が用いられている。また「真新しい一スー」、「習慣の皮質を取りのぞいた魂」、「かくも新しいこの世界」という表現においても、既成のものではなく新しいものを追求する精神としての未了性を認めることができる。

またこの猫は幸福と結びつく存在である。なぜなら、常に幸福を期待し探し求めているからである。

彼〔猫〕は待ち、恐れ、希望している〔…〕彼は幸せだ。というのは、彼は幸福を期待しているからだ。ぼくは、そうとは知らずして幸福だから彼が好きなのだ〔…〕彼は永久に期待と危惧のうちに生きることになるだろう。

(I, p. 992)

騎士が確定された真実を握っているゆえ、退屈さに結びつき否定される存在であることとまさに対照的に、猫は期待と危惧という確定されてはいない状態に生きているため、退屈さには結びつかない。幸せであるのは未了性の要素による。

「とても悲しい子どもたちのためのお話」の結末部には次の言葉がある。

［…］ぼく自身もまた期待し、求め、希望し、だが見出したいとは少しも思わないからだ［…］ぼくは、無味乾燥で希望に潤された道が好きだ［…］

(I, p. 993)

語り手「ぼく」は、期待や希望をもつということは好ましいと考えるが、見出すという段階をのぞんではいない。期待や希望とは、確定されていない未了の段階にとどまることである。しかし見出すこととは、確定された段階の行動である。

このように「とても悲しい子どもたちのためのお話」は、未了性に価値が与えられている。

さて次に「メリュジーヌの本」の第二番目に配された短い作品「妖精の夢」を考察していく。この小品では、登場する妖精が漂って生きる空間について、未了性の重要性を指摘することができる。というのもこの妖精は、安定した大地ではなく不安定な大気中に漂う存在だからである。

彼女の非現実性のなかで、メリュジーヌは漂っている。

(I, p. 993)

大気中に漂って生きていた妖精メリュジーヌは、徐々に生きられなくなり大地へと失墜していく。

夢から生活が飛び出す。だがそこではメリュジーヌは、段々と生きられなくなってゆく［…］彼女はゆっくりと失墜してゆき、段々に自分がわからなくなってしまう。「夢」はゆっくりと大地の崇拝にいたるまで続いてゆき、それから身をかがめる。
(I, p. 994)

メリュジーヌが向かう先は大地である。妖精メリュジーヌにとって不安定な空間（大気中）は幸福な生を意味し、安定した空間（大地）は夢の終わりを暗示する。そのためこの作品では、登場する妖精が生きる場所の不安定さという面において、未了性が高い価値を与えられていることがわかる。最後に「メリュジーヌの本」の第三作品「小舟」を見ていく。「小舟」は「妖精の夢」とほぼ同じ分量のきわめて短い作品である。タイトルにもなっている小舟は、作品の結末部でのみ現れる。

〔…〕暮れがた頃、ふるえる水面を小舟の群れが散乱し、水平線に向かってゆっくりと遠ざかってゆく〔…〕臆病な夕べは、やっといまはじまったばかりだ。小舟は遠くで消え、その小舟を追う情熱は、それが消えることによって増大する。
(I, p. 997)

小舟は、「ふるえる水面」という揺れ動く空間に描かれている。第二作品「妖精の夢」で妖精メリュジーヌは、大気中という揺らぐ空間に漂っていた。そして第三作品「小舟」では舟が水面という揺らぐ場所に浮かんでいる。いずれも共通して、安定した大地を存在場所としていない。また引用箇所にあるように、小舟は水平線に向かってゆっくりと遠ざかる動きも伴っており、静止してはいない。そのため作品のタイトル「小舟」とは、揺れがわずかであり安定した大型船ではなく、不安定で常に揺れを伴う小型の舟という意味も含意されたものとして捉えることができる。
そしてこの作品には、小舟と同様に揺れ動く事物や人物が、冒頭からさまざまに現れる。

林間の空き地の泉水の近くに、一人の子どもがいた。細い水の流れで絶えず波立っている水盤は、自らの静寂を、その縁のところにかき集めていた［…］人々は、緑色の長い植物について瞑想をこらすことができた。その植物はいつも動いていたが、その足下では、何か執拗な歓喜でいつも縮こまっていた。(I, p. 995)

水盤は「たえず波立つ」という動きを伴い、植物も「いつも動いている」ものとして描かれている。この「たえず何かが動いている」というイメージは次の一節にもある。

そのとき子どもは身をかがめ、喉は乾いていないのに、絶えず生まれ続けるこの確かさを飲み干すのだった。(I, p. 995)

「絶えず生まれ続ける」という表現のなかに、静止し完結した状態を否定する、という意味での未了性の要素がある。またこの動き続けるイメージは、次の引用にあるように子どもが移動に関わる言葉とともに登場することによって強められている。

彼〔子ども〕は、森にかけこみ、やがて達せねばならない暁まで、森のはずれに向かって歩くのだった〔…〕子どもは夜のなかを歩いている。

(I, p. 996)

子どもは「森にかけこみ」、暁が訪れるまで「森のはずれに向かって歩き」進む。また次の場面では、子どもの移動を示す言葉に加え、木々や風の動きが擬人化されて描かれている。

子どもは走り、立ちどまり、耳をすます〔…〕ざわめく森のなかで、樹々の葉が語っている。影や、風が、夜の洞穴のなかを通って行く〔…〕子どもはまた出かけ走っていく〔…〕松の木は不安にかられ、柏の木はぶつぶつ言い、歯ぎしりをして顔をしかめる。だが子どもは進んで行く〔…〕

(I, p. 996)

ここには子どもの移動を示す表現、「子どもは走り」、「子どもはまた出かけ走っていく」、「子どもは進んで行く」と並行して自然界の事物の動きがある。影や風は生き物のように「夜の洞穴を通り」、木々は人間のように行動する。「松の木は不安にかられ、柏の木はぶつぶつ言い、歯ぎしりをして顔をしかめる」。擬人化されることによって、動物や人間に近づき、その揺れ動く様子が明確になる。このように第三作品「小舟」には、タイトルをはじめとしてさまざまな揺らぎを認めることができ、不安定さや未確定さに価値をおく世界が形成されている。そしてそのことを端的に示すのが、作品の結尾[43]にある「未完成な」(inachevé)という表現である。

このようにぼくは、はじまったばかりで、しかも美しく未完成なままでいるお伽噺がしばしば欲しかったのだ。

(I, p. 997)

以上で見たように、「メリュジーヌの本」を構成する三つの作品（「とても悲しい子どもたちのためのお話」、「妖精と夢」、「小舟」）には、いずれにも共通して、揺らぎを示す表現や登場人物が存在する空間の不安定さが、肯定的な意味を伴って現れており、不確かさや未確定性に高い価値がおかれている。

IV

本節では、カミュの初期作品における未了性の概念、すなわち不確かさや未確定性という様相がそなえている重要性を明らかにすることをめざした。考察をとおして、揺らぎを示す表現や登場人物が存在する空間の不安定さが、肯定的な意味を伴い幸福に結びつくものとして描かれていることを見出し、未了性に高い価値が付与されている傾向を明らかにした。これは、第二章第一節で行った考察、すなわちグルニエ『孤島』からの具体的な影響についての考察とともに、カミュの作品全体にわたって未了性へ寄せる精神が底流に存在する可能性を示すものといえる。

註

1 *Dictionnaire Albert Camus*（『アルベール・カミュ事典』）の Jean Grenier の項目もまた、カミュの作品を理解するうえで、ジャン・グルニエがいかに重要な存在であるかを説明する一文から開始されている。«On ne peut comprendre ni la genèse ni l'évolution de l'œuvre de Camus sans évoquer le rôle initiateur et formateur que Jean Grenier, son professeur de philosophie à partir de 1930 au Lycée d'Alger, exerça sur lui en classe de philosophie puis en hypokhâgne.»（*Dictionnaire Albert Camus*, sous la direction de Jeanyves Guérin, Robert Laffont, 2009, p. 353）

2 アルベール・カミュ、ジャン・グルニエ『カミュ＝グルニエ往復書簡 1932-1960』大久保敏彦訳、国文社、一九八七年、四一二頁。

3 Jean Grenier, *Souvenirs*, Gallimard, 1968, p. 31.　邦訳は大久保敏彦訳『アルベール・カミュ――思い出すままに』国文社、一九八七年を参照した。

4 Jean Grenier, *Les Iles*, Gallimard, 1959, p. 9.　邦訳は井上究一郎訳『孤島』竹内書店、一九六八年を参照した。

5 *Ibid.*, p. 15.

6 *Correspondance Albert Camus - Jean Grenier 1932-1960*, p. 279.

7 Jean Grenier, *Les Iles*, p. 13.

8 IV, pp. 610-611.

9 III, p. 881.

10 *Ibid.*, pp. 881-882.

11 一九五九年の新版では次の八短編による構成である。「空白の魔力」、「猫のムールー」、「ケルゲレン諸島」、「幸福の島」、「イースター島」、「想像のインド」、「消え去った日々」、「ボルロメオ島」。

12 Jean Grenier, *Les Iles*, p. 12.

13 *Ibid.*, pp. 12-13.

14 *Ibid.*, p. 72.
15 *Ibid.*, p. 13.
16 一九三三年にジャン・グルニエ宛書簡で、『孤島』読後の感動を明らかにしている。
17 *Correspondance Albert Camus - Jean Grenier 1932-1960*, pp. 13-14.
18 *Ibid.*, p. 13.
19 Jean Grenier, *Les Iles*, p. 12.
20 白井浩司「カミュとグルニエ」『群像』第47巻、講談社、一九九二年、四一三頁。
21 *Ibid.*, p. 413.
22 «Ce tremblement qui court dans *Les Iles* [...] », Jean Grenier, *Les Iles*, p. 12.
23 *Correspondance Albert Camus - Jean Grenier 1932-1960*, *op. cit.*, p. 280.
24 «Et j'envie, sans amertume, j'envie, si j'ose dire, avec chaleur, le jeune homme inconnu qui, aujourd'hui, avorde ces *Iles* pour la première fois...» (Jean Grenier, *Les Iles*, p. 16)
25 IV, p. 614.
26 *Ibid.*, p. 613.
27 Paul Viallaneix, *Le Premier Camus, suivi de Écrits de jeunesse d'Albert Camus, Cahiers Albert Camus 2*, Gallimard, 1973, p. 127.
28 西永良成『評伝アルベール・カミュ』白水社、一九七六年、二八頁。
29 Paul Viallaneix, *op.cit.*, p. 35.
30 白井浩司『アルベール・カミュ その光と影』講談社、一九七七年、三〇頁。
31 Jacqueline Lévi-Valensi, *Albert Camus ou la naissance d'un romancier*, Gallimard, 2006.
32 Paul Viallaneix, *op.cit.*, p. 127.
33 Jean Grenier, *Les Iles*, p. 13.

34 *Ibid.*, p. 12.

35 *Correspondance Albert Camus – Jean Grenier 1932-1960*, p. 280.

36 西永良成、前掲書、二八－二九頁。

37 *Ibid.*, pp. 29-30.

38 Paul Viallaneix, *op.cit.*, p. 32.

39 *Ibid.*, p. 35.

40 アルベール・カミュ『直観』高畠正明訳、新潮社、一九七四年、二六七頁。

41 Jacqueline Lévi-Valensi, *op.cit.*, p. 147.

42 *Ibid.*, p. 152.

43 ポール・ヴィアラネーはこの一節について、作者が自分の落度を自覚して覆い隠そうとした「偽りの告白」（Paul Viallaneix, *op.cit.*, p. 32）と捉えている。

第3章

初期戯曲における未了性

第1節　『カリギュラ』と昔話性

本節では、戯曲『カリギュラ』における未了性を、昔話との関連から探究していく。昔話は対象とする読者が子どもである。子どもとは、未だ大人ではない段階にある。未だ大人ではない読者を対象とする昔話というジャンルと『カリギュラ』との関連を示すことをとおして、『カリギュラ』における未了性を明らかにしたい。

昔話の本質的特徴とは、口承文芸学者マックス・リューティによると、無名性や超個人性にある。そしてそれは、主観の排除された語りをめざす現代作家の文章にもしばしば見出される特徴であるという。リューティはこうした作家の例として、ブレヒト、ウルフ、フォークナー、ポー、ランボー、ジョイス、カフカらを取り上げており、カミュについても次の一文を割いている。

カミュの『異邦人』は自分のことを、あたかも見知らぬ人のことを語るかのように語る。[1]

従来から、フォークナー、カフカらとカミュとの影響関係については、論じられることが多い。ところが昔話とカミュ作品との関連については、上記のリューティなどを除くと、これまであまり研究が行われていない。以下ではこの現状に鑑み、カミュの初期戯曲『カリギュラ』について昔話という視点の導入によって考察していく。

I

『カリギュラ』は、アメリカ版『戯曲集』への序文[2]において作者が述べているように、スエトニウスの『十二皇帝伝』[3]に想を得て一九三八年に創作されたものである。この作品について、カミュ自身は哲学的に解釈されることへの異を唱えているが、レイモン・ゲイ・クロジエ[5]やロジェ・キーヨ[6]によるニーチェとの影響関係を明らかにした論考[4]に代表されるように、思想的な面に焦点を当てた研究が多数を占めている。しかし、ルネ・ソーレルのようにこの戯曲のなかに思春期特有の精神の軌跡を見出そうとする立場もある。

『カリギュラ』に哲学的理論の説明（しかも見事な説明）を見出すことに固執する評者もいる。私〔ルネ・ソーレル〕はむしろ、この作品には思春期から大人になる過渡期に見られる激しく深い悲痛さが描かれていると捉える。[7]

第一稿（1941）での人物表に記されているように、主人公の年齢設定は二五歳から二九歳[8]であり、またその容姿については次の注意書きがつけられている。

カリギュラはとても若い。一般に思われているほど醜くはない。背が高く、やせており、やや猫背であり、顔つきは子どもっぽい。[9]

二五歳から二九歳という年齢は、決して子どものカテゴリーに入らないが、あえて「子ども性」を備えた人物として設定されていることがここに認められる。またこの注だけではなく、主人公の「子ども性」は、戯曲内での会話からもうかがい知ることができる。たとえば第一幕第二場でのある貴族の言葉を見てみよう。

第一の貴族：いいえ、あれはまだほんの子ども、みんなで言い聞かせてやればわかります。

(I, p. 330)

また第一幕第六場では、失踪後戻ったカリギュラの様子が、セゾニアによって次のように語られる。

セゾニア：（立ち上がり）まるで子どもだったわ。

(I, p. 334)

さらに大人への成長に伴う苦悩に言及した場面が、カリギュラの独白中（第一幕第一一場）にある。

カリギュラ：［…］一人前の男になるとは、こんなにも辛く、苦しいことなのか！　（I, p. 338）

このように主人公の「子ども性」という面に注意を向けると、ソーレルも述べたように、大人への成長過程が描かれた戯曲としてこの作品を捉えることができる。また、作品を子細に分析していくと、「子ども性」は、主人公の性格面のみならず戯曲の形式面でも見出すことができる。というのもこの作品は、一般に子どもを対象とするジャンル、つまり「昔話」の形態を要素として含んでいるからである。以下においてその詳細を述べていきたい。

II

ウラジーミル・プロップ[10]は昔話を形作る重要な要素として、物語が「加害または欠如に始まる」という点を指摘している。グリムの昔話集でも、その多くは母親や父親の死で開始される。戯曲『カリギュラ』の冒頭は、妹ドリュジラの死に悲嘆し失踪したカリギュラを話題にする貴族たちの会話で切り出される。

第一の貴族：音沙汰なしだ。相変わらず。
老貴族：朝もなし、夜もなしじゃよ。
第二の貴族：音沙汰なしでもう三日目だ。
老貴族：飛脚は飛び、飛脚は帰る。どいつも首を振って言う、「音沙汰なし」とな。（I, p. 327）

ここにはドリュジラの死という「欠如」に加え、カリギュラの不在という「欠如」が提示されている。とりわけ貴族たちが皆、「音沙汰なし」（rien）という単語を発することによって「欠如」のイメージは反復のかたちで強調されている。

また、第二の貴族によって示される「三日」という日数であるが、スエトニウスの伝える文章[11]では、宮殿を不在にしていた期間は明らかではなく、「三日」という数はカミュの創作といえる。不在期間が「三日」であるということは、第一幕第二場でのケレア[12]や第一一場でのセゾニア[13]の言葉によっても同様に言及されるものの、冒頭で象徴的に提示されることにより、作品を形作る重要な要素として機能している。強調された数字三とは、リューティも指摘するように昔話にとって支配的な数である。

三つの課題がつぎつぎに解決される。三度にわたって援助者があらわれ、三度にわたって敵対者があらわれる。主人公にあたえられる贈物はほとんどの場合、おのおのひとつだけのエピソードを決着させるようにきめられてあるので、昔話はこのんで三つの贈物をあげる。[14]

『カリギュラ』における数字三の象徴的な使用は、カリギュラの不在期間が「三日」であることが提示されている第一幕冒頭のみならず、第二幕冒頭においても見出されるものである。第二幕は、カリギュラの暴政が「三年」[15]にもわたって続いていることを話題とする場面で開始される。

貴族たちがケレアの邸に集まっている。
第一の貴族：われわれの権威に対する侮辱だ。
ミュシス：もう三年になる！（Depuis trois ans !）
老貴族：わしのことをかわいい女ちゃんなどとおっしゃる！［…］
ミュシス：三年も続いている！（Depuis trois ans !）
第一の貴族：毎晩、毎晩、町の外へ出かけられるたびに、われわれはお駕籠と一緒に走りまわらせられる始末！
第二の貴族：しかも、走るのは体にいいぞとくる。
ミュシス：三年も続いているのだ！（Depuis trois ans !）［…］
第四の貴族：もう三年になる！（Depuis trois ans !）

（I, pp. 340-341）

「もう三年になる」（Depuis trois ans !）という表現[16]は、ミュシス及び第四の貴族によって四度にわたり反復し強調されている。このように第一幕及び第二幕の各冒頭部は、共通して昔話の要素を提示しつつ開始するが、第三幕においても、第一幕や第二幕とは別のかたちをとりながら昔話的要素が強調されながら幕が上がる。

第三幕第一場には、まず次のようなト書きが記されている。

幕が上がる前に、シンバルと太鼓の音。

(I, p. 359)

第一場中、この「シンバルの音」(bruit de cymbales) という表現は、六度にわたり反復されている。ところでこうしたシンバルのような金属のオブジェもまた、昔話に特有のものである。

昔話が名をあげてのべる物の中では、それ自身がすでにするどい輪郭をもっていて、固体でできているものがとくに多い。〔…〕金属の指輪、鍵、鐘、黄金の衣服や髪の毛、あるいは羽毛、それに宝石や真珠はほとんどあらゆる昔話に登場する。とくに黄金のリンゴはこのまれている。金銀でできた梨、くるみ、花、ガラスでできた道具、黄金のつむぎ車などはおさだまりの昔話の小道具である。〔…〕昔話の金属的なものや鉱物的なものへの愛着は、総じていえば固形物質へのこの愛着は、昔話に固定した形式と、特定の形態をあたえるのに大いに役だっている。[17]

『カリギュラ』には、シンバル以外にも舞台装置としてのさまざまな鉱物的オブジェが描かれているが、第一稿に記された舞台装置に関する注意書き[18]には、銅鑼、鏡、肘掛けいす、の三つが特に必要な小道具として列挙されている。これら三つのうち二つ、つまり銅鑼そして鏡が、鉱物的オブジェである。まず銅鑼は第一幕第一一場での、カリギュラが銅鑼を立て続けに打ち鳴らす場面で、次のように現れる。

カリギュラは跳ぶように銅鑼にかけ寄り、果てしもなく、立て続けにそれを打ち鳴らす。[…]銅鑼の音につれて、宮殿は次第にざわめきに満ち、それらの物音は高まり、近づいてくる[…]カリギュラは笑い、相変わらず銅鑼を叩き続ける。(I, p. 339)

さらに鏡は、スエトニウスの文章では、カリギュラが恐ろしい表情をあえて工夫して作り出すために用いていたという一節[19]でふれられるのみだが、戯曲では、作品全体にわたって繰り返し現れる重要なモチーフとなっている。そしてそれは、失踪していたカリギュラが初めて舞台に登場する場面(第一幕第三場)のト書き部分で描かれている。

カリギュラが、左手より、こっそりと登場。[…]鏡のほうへ歩み寄り、自分の姿がそこに映るや、立ち止まる。(I, p. 330)

また金属製楽器については、先述のシンバル、銅鑼以外にも、さまざまな鉱物的なものが見出される。たとえば第二幕第二場にはトランペット(I, p.36)が効果音として使われ、第四幕第四場では金属製の楽器シストル（I, p. 88）が描かれる。さらにこうした楽器以外にも、鉱物的物質が作品中で象徴的に提示されている。カリギュラの執筆している著作の題目は、セゾニアが明らかにするように「剣」である（第二幕第八場）。

セゾニア：［…］でも、あなた方、心配になるでしょうね、きっと、この論文の題を聞いたら。
ケレア：なんという題です？
セゾニア：「剣」というのよ。（I, p. 349）

シンバル、銅鑼、鏡、シストル、トランペット、剣は、いずれも明確な輪郭をもつ金属材質のものであり、昔話が好む物質である。そしてこうした金属的なものは、昔話に「固定性」つまり固定した形式と特定の形態を与えることに貢献するものである。
また昔話の「固定性」とは、こうした金属的なものへの愛着というかたちを取るのみでなく、文章の繰り返しというかたちとしても現れる。

昔話が求めているのは抽象的確定性である。そのことは、昔話がある文章全体や長い一連の文章を一語たがわずくりかえすのをみても感じられる。［…］頑固な、厳格なくりかえしがあらわれると、それはやはり抽象的様式の一要素である。そしてそのくりかえしの固定性は、昔話をみたしている金属と鉱物の固定性と対応するものである。[20]

『カリギュラ』の冒頭、貴族たちによって「音沙汰なし」（rien）という言葉が反復されていることは先に見たが、作品にはこうした言葉や文の反復の箇所がある。たとえば第一幕の第一一場では、カリギュラの発した言葉の一部をセゾニアが繰り返す、というかたちで会話が進行している。

カリギュラ：（前と同じく［銅鑼を叩きながら］）おれの命じたことは何でもするな？
セゾニア：（同じく［錯乱の態で、銅鑼の音の合間に］）何でもするわ、カリギュラ、でも、やめて。
カリギュラ：（叩き続けて）残酷な女になるな？
セゾニア：（泣きながら）残酷な女に。
カリギュラ：（前と同じく）冷酷、非情な女に？
セゾニア：非情な女に。

（I, pp. 339-340）

また、第二幕第一場にも次のように繰り返しが認められる。

第一の貴族：パトリキュス、あの人はあんたの財産を没収した。シピオン、あの人はお前の父上を殺した。オクタヴィユス、あの人はお内儀を攫って［…］、レピデュス、あの人はあんたの息子を殺した。

（I, p. 341）

ここでは、カリギュラの悪行を列挙しており、いずれにおいてもまず呼びかけの言葉、そして「あの人は〜した」（il a）という表現が四度反復されている。さらに第二場では、ケレア、ミュシユスらが、次のように言葉を反復し、同意し合う。

第三の貴族：おしゃべりはたくさんだ！（assez de bavardages）
ケレア：（立ち上がって）いかにもたくさんだ（assez de bavardages）、もうおしゃべりはな［…］まずとにかく、あの人のありのままの姿（comme il est）を見定めなきゃならん、そうすればあの人との闘いもずっとうまくいくはずだ。
第三の貴族：ありのままの姿（comme il est）なんて百も承知だ［…］
ケレア：［…］理屈で反対できないなら、剣で倒すよりほかに道はない。
第三の貴族：だから行動に出なけりゃいかんのだ（il faut agir）。
ケレア：行動にでなけりゃな（il faut agir）［…］

(I, pp. 342-343)

続く場面では、「彼らの」（leur）を用いた表現が三回連続する。

第三の貴族：妻を奪われてもか？（Qu'on leur enlève leur femme ?）
第二の貴族：子どもを奪われてもか？（Et leurs enfants ?）
ミュシユス：金を奪われてもか？（Et leur argent ?）

(I, p. 343)

そして第四場ではセゾニアとケレアとの会話中、次の繰り返しが現れる。

セゾニア：格闘でもしていたの？（Vous vous battiez ?）
ケレア：格闘をしていたところです。（Nous nous battions.）
セゾニア：で、なんのための格闘？（Et pourquoi vous battiez-vous ?）
ケレア：別になんのためでもありませんな。（Nous nous battions pour rien.）
セゾニア：それなら、嘘なのね。（Alors, ce n'est pas vrai.）
ケレア：何が嘘だと言うのです？（Qu'est-ce qui n'est pas vrai ?）
セゾニア：格闘をしていたのじゃないわ。（Vous ne vous battiez pas.）
ケレア：それじゃ、格闘じゃないことにしましょう。（Alors, nous ne nous battions pas.）
（I, p. 344）

ここでは動詞「格闘する」（se battre）が六度にわたり用いられ、また「嘘だ」（ce n'est pas vrai.）という表現の反復もある。また同幕第五場ではレピデユスによる「めっそうもない」（au contraire）（I, pp. 346-347）という言葉が繰り返されており、カリギュラによるこの言葉への嘲弄としての発言を合わせると、その数は七回である。こうした繰り返しの語法は、第三幕第一場において最も徹底する。カリギュラがヴィーナスに扮して台座の上に立ち、セゾニアによる祈りの文章を貴族たちが一字一句違わず繰り返す、というかたちでこの場面は進行する。

昔話は、こうした反復語法や金属的オブジェといった要素によってその「固定性」を形成するが、「固定性」は色彩においては次のような傾向をもつ。

現実のなかでは原色よりも中間色の方がはるかに多い。ところが昔話は透んだ超原色をこのむ。金、銀、赤、白、黒、それに紺青である。〔…〕生命をもった自然の色である緑はきわめてまれにしか現れない。昔話のなかの森は「大きい森」であり、ときには「暗い森」であることもあるが、「緑の森」ということはけっしてないといえるくらい少ない。[21]

『カリギュラ』中、緑色は次の一箇所のみで用いられている。

カリギュラ：緑色の空を行くあの雨燕たち、その鳴き声。

(I, p. 356)

これは、シピオンの詩に同調するかのようにして、カリギュラがシピオン的な詩作表現を続けるくだりの一文である。シピオンは自分への深い理解に驚くのも束の間、カリギュラから嘲弄の言葉を投げられる。つまり、「緑色」はこの戯曲上で徹底して価値をもたない色彩として描かれている。そしてその他の色のうち、特に「黒」は、カリギュラに付与される支配的なイメージである。たとえばカリギュラが絶望について語る次のような文章中に現れる。

カリギュラ：［…］おれが舌を動かしただけで、すべてが真っ黒になり、人間どもは見るもおぞましい姿に変わる。（I, p. 338）

またヴィーナスに扮したカリギュラを前にし、貴族たちによって祈りの言葉が唱えられる場面では、「黒々と」（I, p. 361）という表現でカリギュラの心が形容されているように、カリギュラの内面を象徴する色は「黒」である。他方、第三幕第三場では、カリギュラが足の爪を赤く塗りながら月について語る箇所がある。初めは血のように赤く染まった姿をしていた月は、その後乳色の水をたたえた湖のように変化する。ここでは「赤」と「白」が対照的な効果を呈している。このように『カリギュラ』には、「黒」、「赤」、「白」といった極端な色彩が現れるが、これはまさに昔話の好む色彩にほかならない。

さて、昔話はこうした極端さを好むのだが、それは極端な刑罰などの残酷さにもつながっている。ただし残酷とはいえ、昔話は「固定性」が求められるという様式上の要請から、次の特徴をもつ。ルンペルシュティルツは自分自身を「まふたつに」引き裂く。われわれが目にするのは対照形（ママ）にまふたつに分割されたふたつの部分であって、その各部分は明確な輪郭の線をもっており、そこからは一滴の血も流れでてはおらず、またその固定した形は少しもそこなわれていない。[22]

昔話における残酷な場面では「血が一滴も流れない」という点が重要である。他方、カリギュラの残虐な行為は、スエトニウスの伝える史実においてもよく知られているが、次に引用する一節は、昔話のこうした様式上の特徴への揶揄であるかのようである。シピオンと詩について語り合う場面である。

カリギュラ：全然抜けているものがある。血だ。

(I, p. 357)

ここでカリギュラは、シピオンの詩に「血」が欠落していることを指摘する。残酷さを基調として進行するこの戯曲中、象徴的に発せられるこの言葉は、残酷、かつ「血が一滴も流れない」という昔話の様式にまさに一致するのである。

ところで、史実でのカリギュラ皇帝は、詩作に対しては一切の理解も示さなかったという。しかし、戯曲においては、シピオンと語り合う箇所をはじめ、いくつかの詩作をめぐる場面が描かれている。その一つに第四幕第一二場で繰り広げられる詩のコンクールがある。カリギュラのもとに招かれた一〇名ほどの詩人たちは、一分間の詩作時間を与えられ、列から一人ずつ前へ出てその朗読をする。審判はカリギュラのみであり、朗読を続ける価値をもたないと判断された詩人は、カリギュラの吹く呼び子によって中断させられる。詩人たちの朗読は、ことごとく烈しい呼び子によって遮られ続ける。しかしシピオンの朗読については、カリギュラは呼び子を吹かずにその内容を賞賛する。さてここにもまた昔話の形態との類似点がある。というのも、昔話では「最後部加重」という特有の手法が用いられることが多いからである。

三番目の息子が一番心がやさしい、三番目の姫が一番美しい、三番目の着物が一番すばらしい、三番目の課題が一番むずかしい。[23]

グリムの『いばら姫』においても、呪いの言葉を予言するために最後に城を訪問する仙女は、物語上重要な意味をもつ存在である。こうした最後部に重点がおかれるという昔話に不可欠な法則が、『カリギュラ』の詩のコンクールの場面にも認められる。

このようにこの戯曲は、さまざまな面で昔話の要素を有するが、次の点においても昔話的な特徴を指摘できる。

この戯曲はカリギュラ皇帝の残虐さを基調とする作品だが、そのような重々しさとはまさに正反対の、滑稽で軽みを帯びた箇所が所々に現れる。それは特に、エリコンという人物の言動によってもたらされている。エリコンは史実には存在しない人物であり、カミュによって創作されたカリギュラの腹心である。この人物は、玉ねぎをかじる、という行為をしつつ戯曲中に初めて登場することを皮切りに、終始、食事に拘泥した発言をする。またそのことによって、戯曲に滑稽味を付加する働きをしている。たとえば、カリギュラ失踪の理由をめぐる議論を見てみよう。

エリコン：［…］どうしてどうして、メニューは変わるどころか。相変わらずのごった煮ばかりだ。

(I, p. 328)

エリコン：［…］手はじめにとにかく食事をしよう。そうすりゃ、帝国のほうだって元気になる。

(I, p. 328)

第四場でのカリギュラとの会話においてもまた、比喩として食事の話題をもち出している。

エリコン：［…］その真理のために飯が喉を通らなくなったりはいたしません。

(I, p. 332)

さらに第五場では、理想主義者としてのカリギュラをめぐる会話の途中、次のように食事に関する言葉を言い放って、退場する。

エリコン：［…］ところでと、申し訳ないが昼飯ですので。

(I, p. 333)

また、第二幕第一三場の次の場面を見てみよう。エリコンがシピオンへ発する次の言葉は、作品へ強い滑稽味を付加するうえで重要な働きをしている。

エリコン：［…］どうだね、詩人よ、飯でも食いに行ったら。

若いシピオン：ああ、エリコン！　ぼくを助けておくれ。［…］

エリコン：私が知っているのは、日々は過ぎ去り、食事は急がねばならぬということさ。［…］

（I, p. 355）

ここでは、カリギュラ殺害計画という重々しい話題と、食事という軽みのある話題が混淆している。シピオンの切迫した様子とエリコンの楽観的な態度はきわめて対照的である。こうした陰気な調子と遊戯的調子の混淆や食事の話題は、昔話に特有のものである。

ヨーロッパの昔話では、現実的なことと超現実的なことが肩を並べてあらわれる。日常的なことふしぎなことがじかに隣り合っている。とりわけ、飲み食いの話が繰り返し出てくる。[24]

そして昔話の様式との類似は、結末部においても認められる。戯曲の幕は、カリギュラによる次の絶叫によって閉じる。

カリギュラ：おれはまだ生きている！

（I, p. 388）

スエトニウスが伝えるところによると、史実のうえでも皇帝カリギュラは、殺害時に「相変わらず生きている」という言葉を叫んだという。

カリギュラが「ユピテル」と言ったとたん、カエレアが「願いをかなえてやる」と叫び、振り向いた彼の顎を一撃で打ち砕く。地上に倒れて悶えながら、「まだ生きてるぞ」とわめいているところを、ほかの者が三〇箇所の刀傷を与え、息の根を絶つ[25]。

カミュはこのスエトニウスの文章を参考にして戯曲化するに際し、あえてこの言葉を結末部におくことが効果的であると判断したのだろう。というのも結末部での「カリギュラは死んではいない」という状況への拘泥は、一九三七年一月の『手帖』の文章にも見出されるからである。

終幕――カリギュラが幕を開けながら登場する
「いや、カリギュラは死んではいない。彼はここにも、あそこにもいる。彼は君たち一人一人の心のうちにいるのだ。[…]」
(II, p. 812)

昔話の「固定性」をになうものには、はじまりと結びの型どおりの表現もある。昔話は、「むかしむかしあるところに」で開始され、結末部は「主人公は今でもやはり生きている」という文で閉じる。リューティの昔話の解釈に関する著書のうち、この「今でもやはり生きている」という表題[26]をもつ作品があることが最もよく証明するように、この表現は昔話の様式上きわめて重要な要素である。そして『カリギュラ』の結末部は、まさにこの表現で閉じられているのであり、ここにもまた昔話とこの戯曲との類似を指摘できる。

III

『カリギュラ』と昔話の形態とのあいだには、多くの類似点が存在する。この戯曲は、ジャンルとしては昔話に属してはいない。しかし様式面において、昔話の要素が含有されている。

昔話の本質を分析する際、しばしば伝説や神話との区別によって考察が行われる。昔話は、ジャンルのうえでは伝説と同じく口承文芸に属している。グリムは『グリム伝説集』（1816）公刊に際しての前書きで、昔話と伝説の区別をめぐり、昔話はより文学的であり、伝説はより歴史的であるという点を指摘した。他方、昔話を神話や儀礼などを由来とし、それが変化して生まれ出たものとして捉えるプロップ[27]は、聖なる物語が世俗的な物語に変わるときが、昔話の誕生の瞬間であるとしている。プロップの述べる世俗的な物語とは、宗教的、秘儀的ではなく、芸術的な物語である。宗教的な物語である神話とは異なって、昔話は芸術的という特徴をもつのである。このように伝説や神話との区別によって昔話を規定することで得られるその本質とは、芸術的・文学的という特性である。このことからすると、『カリギュラ』には文学の誕生というテーマを認めることができるのではないだろうか。

第2節　『誤解』と昔話性

ボードレールやマラルメ以降の抒情詩の特徴として、事物の脱個性化や脱具体化という傾向が指摘されてきたが、リューティ[28]は、孤立化や抽象化とも言い換えられるこれらの性質について、その萌芽を昔話のなかに認めている。脱個性化、脱具体化、孤立化、抽象化とは、現代詩に対してのみならず、カミュの作品を評する際にもしばしば用いられてきた概念である。しかしこれまで、カミュの作品と昔話との関連をめぐる研究は充分には行われていない。本節の目的は、前節での「カリギュラ」の分析に続き、『カリギュラ』と同時期に創作された戯曲『誤解』と昔話との関連を考察することをとおして、この戯曲における未了性の様相を明らかにすることにある。

I

アンドレ・アブー[29]も指摘しているように、カミュの戯曲作品の特徴の一つに、暴力は常に舞台裏で行われるという点がある。戯曲『誤解』もその例に漏れず、暴力や殺害の場面は詳細に描かれはしない。主な登場人物は五名だが、それらのうち三名が何らかのかたちで死を遂げる。まずジャンは、母親と妹によって殺害される。その殺害方法は、紅茶に睡眠薬を入れ、深い眠りに陥ったジャンを川まで運んで行き溺死させるというものである。殺害ではあるが、テキスト中にその凄惨な殺害の状況はもちろん、川まで運ぶ様子は一切描かれない。また母親は、殺害した客が息子であることを知って狂乱状態となり、自らの命を絶つために川へ向かうものの、母親の行動についての記述は「彼女は娘の反対を受けずに出て行く」(I, p. 490)というト書きで終わり、溺死の状況は描かれていない。さらにマルタにおいては、ジャンの妻マリヤを前に「私は一人で生き、一人で殺し、一人で死ぬ」(I, p. 495)という強硬な調子によって自殺の意図が明らかにされてはいるものの、「彼女は出て行く」(I, p. 497)という短いト書きが最後に示されるのみである。

『誤解』は一九三五年一月に実際に起こった事件を報道した新聞記事(エコー・ダルジェ紙やデペッシュ・アルジェリエンヌ紙)に想を得て創作されたといわれている。また『異邦人』中ムルソーが手にする新聞記事としても現れている。『誤解』の内容について、一九三五年の新聞記事や『異邦人』の挿話と比較すると、いくつかの違いが存在する。息子の殺害が母親と妹の共謀によるという点は同じだが、実際の新聞記事ではナイフで殺害したのち藁の肥料中に埋め隠す。他方『異邦人』の挿話では、ハンマーで殺害し川に投げこむ。ところが『誤解』では睡眠薬で眠らせたのち川に運ぶ。また母親や妹の行動に関しては、実際の事件や『異邦人』では、母親は首をつり妹は井戸に身を投げるが、『誤解』においては母親は川に身を投げ、妹については明らかではない。さらに『誤解』の息子ジャンには妻のみがおり子どもはいないが、新聞記事や『異邦人』の挿話では、妻に加えて一人の子どもがいる。これらからうかがわれるのは、実際の新聞記事や『異邦人』での挿話に比べ、『誤解』では幾分残酷さが縮小されているという点である。そしてキーヨも着目した二点、つまり「故郷に帰るこの男に子どもがいないこと、及び、川に投げこむ前にハンマーで殺害するのではなく睡眠薬でジャンを眠らせるという変更」[30]が、残酷さを弱める元となっている。特に、睡眠薬で眠らせるという方法がいかに被害者を苦しめないものであるかについては、テキスト中で母親と妹マルタによって繰り返し言及される点である。

マルタ：たいしたことをするわけじゃなし。殺すってほどのことでもないでしょう。あの男はお茶を飲んで、眠る、私たちは生きたままそれを川へ運んで行く。(I, p. 459)

母親：ただ眠っている。もうこの世とは縁を切ってしまった。これから先は何もかも楽になる。さまざまな光景に満たされた眠りから、夢のない眠りへ移っていくだけ。世の人には恐ろしい非業の死もあの男には長い眠りに過ぎない。(I, p. 484)

キーヨは、『誤解』におけるこうした残酷さの縮小化は、みなしごを生み出す事態や残酷な殺人というものを拒否しようとする作者の意図を示すものであるとしている。仮にハンマーでの殺害であったならば、新聞記事のような事実のみを述べる数行の文章とは異なり、戯曲のテキスト中に流血の詳細な描写が現れる可能性があっただろう。

さてここで留意すべきは、このように残酷なテーマが扱われながらも血は流れないという点は、昔話を形作る特徴でもあるということである。昔話では、「固定性」という様式上の要請から明確な輪郭をもつことが求められるのである。

昔話の主人公は、ガラスの山を開くために、指を一本切り取るが、それで血が流れたり傷ができたりするのをわれわれは見ることもないし、その痛みの感覚を耳にすることもない。[31]

死刑の宣告を受けて馬裂きの刑に処せられる者でさえも、血なまぐさく引き裂かれたり寸断されたりするのではなく、寸分たがわずまふたつに分解される。［…］ルンペルシュティルツは自分自身を「まふたつに」引き裂く。われわれが目にするのは対照形（ママ）にまふたつに分割されたふたつの部分であって、その各部分は明確な輪郭の線をもっており、そこからは一滴の血も流れでてはおらず、またその固定した形は少しもそこなわれていない。[32]

『誤解』のテキストを子細に分析すると、こうした点に加えてさまざまな面において昔話との関連を見出すことができる。以下においてその詳細を述べていく。

II

戯曲は次のト書きで開始される。

正午。田舎の小さな旅館兼レストランの食堂。小奇麗で明るい。すべて清潔な感じ。

Midi. La salle commune de l'auberge. Elle est propre et claire. Tout y est net.

(I, p. 457)

「正午」(midi) は、「簡単なことを好んで複雑にする」(chercher midi à quatorze heures) という成句が示すように、あらゆる時刻のうちで最も「簡潔さ」につながる単語である。この簡潔さは、冒頭の単語に続くト書き文章中の別の単語によっても繰り返されている。一つは «clair» である。ここでは食堂の明るさを形容するために用いられているが、この語には「はっきりした」という意味もある。また同じく「明確な、はっきりした」の意をもつ単語が、ト書きの後半に見出される。それは、「清潔な」の意で用いられている単語 «net» である。

先に引用したように、ルンペルシュティルツの体は引き裂かれるに際して血が一滴も流れず、対称形に二分割される。『誤解』冒頭に提示され明確さを形作る語群 «midi»、«clair»、«net» は、まさにこうした昔話の「固定性」という様式に類似する。«net» という単語は、この戯曲中で冒頭の一箇所を含むわずか二箇所において用いられているに過ぎない。残りの一箇所は、作品結尾での使用であり、哀願するマリヤの呼びかけに対して召使いの老人が現れる場面に現れる。

老人（はっきりした、そしてしっかりした声で）：お呼びでしょうか？（d'une voix nette et ferme）：Vous m'avez appelé ?

マリヤ（彼のほうへ振り向いて）：ああ、わからないわ！［…］

老人（同じ声で）：いいえ！（I, p. 497）

作品はこの老人の一言で幕を閉じる。この一節が結末部であるということ、さらに戯曲中でこの人物が声を発する唯一の箇所であるという点をあわせて考えると、この場面はきわめて重要なくだりであることは明らかである。冒頭における文「そこではすべてが清潔«net»である」は、結末に再び«net»がおかれることによって、単に旅館の食堂が清潔であるという意味を超え、この作品自体が「明確な輪郭」で形作られていることを暗示する。「そこではすべてが«net»である」という文は「この作品ではすべてが明確な輪郭となっている」として解釈できるのではないだろうか。

昔話の「固定性」を示唆するこのような要素は、この戯曲中、特に主人公マルタによって強く主張される事柄にも見出される。マルタは、母親から「いつもお前みたいに強情をはったり、固苦しいことばかり言ってはいられないよ」（I, p. 458）とたしなめられているように、常に強硬な態度の人物である（これについては本書第1章「死刑制度と確定性」IVでも詳述した）。そしてマルタの強硬な態度が戯曲中特に徹底して示されるのは、心の話への嫌悪というかたちをとって繰り広げられる第一幕第六場においてである。宿泊客ジャンが、ある精神的な話題にふれると、即座にマルタは激昂して次の言葉を発する。

マルタ（我慢できず）：ここでは心なんてどうにもなりませんわ。（I, p. 470）

このくだり以降、心の話題を拒否しようとする強硬な態度が展開される。そしてマルタが結局は宿泊客に対し心の話ではなく何を要求するのかに関しては、次の箇所に示されている。

皆さん、部屋代をお払いになり鍵をお受け取りになるだけです。ご自分の心のことなどお話になりません。それで私どもの仕事も楽になります。（I, p. 471）

お金持ちでいらっしゃるのは結構ですけれど、ご自分の心のお話などお止めになってください［…］鍵をおもちになって、お部屋をごらんください。ただこの家には心など一かけらもありませんので、そのおつもりで。（I, p. 471）

マルタ：［…］もう一度申し上げますけれど、ここでは親しさのようなものは一切あてになさらないでください。たまのお客様にはいつもとっておきのものを差し上げます。とっておきと申しても心などとは何の関係もありません。鍵をお取りください。（鍵を差し出す）そしてお忘れにならないでください、私どもはお客様を、勘定ずくで、静かにおもてなしをし、勘定ずくで、静かにお泊めいたすのです。
(I, p. 471)

これらの場面に明らかであるように、マルタが宿泊客に強硬に要求するのは、心の話などにはふれずに「鍵を受け取る」という行為のみである。ところで「鍵」のような金属のオブジェは昔話に特有のものである。

金属の指輪、鍵、鐘、黄金の衣服や髪の毛、あるいは羽毛、それに宝石や真珠はほとんどあらゆる昔話に登場する。[…] 金銀でできた梨、くるみ、花、ガラスでできた道具、黄金のつむぎ車などはおさだまりの昔話の小道具である。[…] 昔話の金属的なものや鉱物的なものへの愛着は、総じていえば固形物質へのこの愛着は、昔話に固定した形式と、特定の形態をあたえるのに大いに役だっている。[33]

マルタがジャンに「心」の代わりに受け取ることを要求する「鍵」は、昔話の「固定性」をになう鉱物物質である。そして、昔話の文体とは、リューティの表現[34]を借りるならば「主観的評価を抜きにして、現実をありのままにうつし出す」ものであり、また「外面に現れたかたちが示され、心の中は照らし出されない」という特徴をもつ。マルタが「心」の話を拒否し、「鍵」という金属オブジェへと話題転換する状況は、まさに昔話の文体を暗示する。

心の話の拒絶は、第三幕第三場での、ジャンの妻マリヤとの激した問答が行われる箇所でも同様に示されている。この場面では、「権利」という言葉の使用や、「はっきりさせる」、「大げさな言い方はよしましょう」といった、先にも扱ったマルタ特有の表現が用いられていることに加え、「愛」、「喜び」、「苦しみ」という言葉への激しい嫌悪というかたちで現れる。この場面中、マルタはマリヤに対し、自分の立場を次のように断定的に言い放つ。

私の役割はあなたを説得することじゃありません。あなたに報告するだけです。ご自分でお確かめなさい。(I, p. 493)

ここでマルタが唱える「説得することではなく、報告すること」とは、「主観的評価を抜きにして、現実をありのままにうつし出す」という昔話の語りの特徴に類似する。

そしてマルタの最終的な願望は、現在住んでいる町を離れ理想の地で生きることである。徹底的に嫌悪する町と理想の地とのあいだには、どのような違いがあるのだろうか。マルタが嫌う故国、及び理想とする国については、第一幕第一場からすでに次の説明がある。

マルタ：[…] 私たちがお金をたくさんためて、この地平線のない土地を離れるときがきたら、この宿屋もこの雨ばかりの町も捨てて、この日陰の国を忘れ、あれほど夢に見た海を前にしたら、その日にはきっと笑うわ。でも海辺で自由に生きるにはたくさんのお金が要る。(I, p. 458)

マルタの理想の地は海辺である。そして、嫌悪する故国をめぐる表現「この雨ばかり降る町」、「この日陰の国」といった語句から推測すると、理想の地の気候とは、雨はほとんど降らず太陽が常に照りつけているという特徴となる。しかし、作品をさらに子細に見ると、この気候についての予測は多少の訂正が必要であることがわかる。確かに、第一幕第八場での母親に対して言い放つ言葉「私を太陽の輝く国ではなく、雲に覆われた国に生んだのはお母さんですもの！」（I, p. 473）から考察すると、太陽が常に降り注ぐ気候のようでもある。また第二幕第一場において、ジャンに対して自分の理想とする場所について語る際に使用されている「海や太陽の国にひかれる私の気持ち」（I, p. 478）といういわば要約された表現によっても、輝く太陽という要素はマルタにとって必要不可欠の条件のように思われる。ところが、第二幕第一場に次のくだりがある。

> 夏はあらゆるものを焼きつくし、冬の雨は町々を水びたしにする国、そう、何でもありのままの姿でそこにある国のことを。（I, p. 477）

夏については輝く太陽という要素は存在している。しかし冬については、町に洪水を起こすほどの極端な雨が降る気候を理想としているのである。また夏の太陽に関しても、単に穏やかな温かみのある太陽ではなく、あらゆるものを焼きつくすほど過度なものである。したがって、マルタが理想とする土地の気候とは、厳しく照りつける太陽と激しく降りしきる雨という「極端な」気候である。厳しく照りつける太陽については、母親との次の会話中にも見出される。

マルタ：［…］向こうでは浜辺の砂で足に火傷をするって、ほんとう？
母親：［…］人の話では太陽が何もかも焼きつくしてしまうということだったよ。
マルタ：本で読んだわ。それは心まで食いつくしてしまうんですって［…］
母親：そんなことを夢見ているのかい？
マルタ：ええ、もうこの心をもち歩くのはいや。いろいろな疑問も太陽が焼きつくしてくれる、そんな国に早く行きたい。ここは私の住む所じゃないわ。

(I, p. 460)

ここでは、足に火傷をするほど砂を熱くし、すべてを焼きつくし、また心まで食いつくす太陽が語られている。特に引用の後半部「いろいろな疑問も太陽が焼きつくしてくれる」(le soleil tue les questions) で用いられている単語 «tuer» は「殺害する」という意味ももつ。

マルタが思い焦がれる国をめぐって、極端であるのは太陽や雨にとどまらない。春の花の咲く様子については、ジャンの言葉をとおし次のように語られる。

ジャン：［…］あちらの春は胸をしめつけるようです。花は白い壁の上で幾千となく開きます。

(I, p. 477)

この文中、「幾千となく」という表現が特に極端さを強調している。極端さは、海辺の様子についても同様である。

マルタ：あちらには、全く人のいない浜辺があるそうですね？

ジャン：そうです。そこでは人の気配もしません。明け方、砂の上に海鳥のつけた足跡が見つかるんですが、それだけが生命のしるしなのです［…］ (I, p. 476)

ここでは、浜辺での人の気配がないことについて、「全く」という極端さを示す強調表現を用いていることに加え、砂上の海鳥の足跡についてもまた「唯一の」といった単語を伴って説明されている。

最終的には海辺への移住は実現せずに終わるが、第三幕第二場でマルタが怒りとともに叫ぶ箇所には、夢と消えた海辺をめぐって「限りない夕暮れに金色に輝く砂浜」(I, p. 490) という表現がある。この表現において、極端さは、「限りない」という言葉にまず認められる。さらに、砂浜の色として使われている金色は、昔話に現れることの多い色である。昔話での色彩は次のような傾向をもつ。

現実のなかでは原色よりも中間色の方がはるかに多い。ところが昔話は透んだ超原色をこのむ。金、銀、赤、白、黒、それに紺青である。[35]

昔話の色彩のこのような特徴は、「固定性」という性質に起因する。先に述べたように、昔話が好む物質が金属材質のものである理由もまた、この「固定性」という様式上の要請のためである。金属的なものや鉱物的なもの、すなわち固形物質とは、昔話に固定した形式や特定の形態を与えることに貢献する。ルンペルシュティルツが自らを引き裂く際、一滴の血も流れ出ずに均等に二分割される理由もまた、同じく「固定性」のためである。分割された各部分は明確な輪郭の線をもち、その固定したかたちが損なわれてはならないのである。このように「固定性」とは端的にいうならば、明確な輪郭をもつということだが、マルタが徹底的に嫌う故国は、「この地平線のない土地を離れるときがきたら」(I, p. 458)、「私はこの閉ざされた地平線に死ぬほどうんざりしている」(I, p. 473)、「私には祖国といっても、空には地平線のないこの閉ざされて重苦しい場所しかない」(I, p. 491) と説明される。これらの箇所には、いずれも«horizon»(地平線)という単語[36]がある。地平線、すなわち地平の輪郭線とは、理想とする国は逆に地平線をもつということである。嫌悪する国が地平線をもたない昔話に不可欠な「固定性」を形作る要素である。このように、マルタが理想とする地には存在し、嫌悪する故国に欠けているものとは、昔話が要請する様式「固定性」を形作る諸要素となっているのである。

ところでマルタの強硬な態度の描写は、マリヤに侮蔑の笑いと狂気の言葉を投げながら、部屋を出て行くことで終結する。

マルタ：［…］おしまいに私の忠告をお聞きなさい。私はあなたのご主人を殺したんですから、その代わり忠告する義務があるわね。そうでしょう？　あなたの神様にお祈りして石ころのようなものにしてもらいなさい［…］どんな叫びにも耳をかさず、間に合ううちに、石のお仲間入りをすることね。

(I, p. 496)

マルタは、マリヤの夫を殺害したという理由にもとづき、自分には相手に忠告する義務がある、という狂気の論理を唱えている。そしてその忠告の内容とは、石にしてもらうよう神に祈るということであるが、ここにもまた昔話の要素がある。というのも、先に述べたように「鍵」のような鉱物物質は昔話にしばしば現れるオブジェであるが、石も同様にその「固定性」を形作る要素にほかならないからである。

事物や生物を金属化したり鉱物化したりする昔話の傾向も同じ方向にはたらいている。町や橋、靴などが石、鉄、ガラスなどでできているだけでなく、あるいはまた家やお城が黄金やダイヤモンドでできているだけでなく、森や馬、鴨、人間までが黄金、銀、鉄、銅でできていることがあり、あるいは突然石になることもありうる。［…］個々の手や指、足、毛髪などが銀になったり銅になったりすることもある。［…］石でできた衣類、大理石製のチョッキとかズボンも登場する。[37]

昔話には、このように鉱石的固形物質を好む傾向がある。それは「固定性」という昔話の特性によるものである。

III

以上のように、この戯曲には残酷な題材を扱いながらも凄惨な場面自体は描かれてはいないという点をはじめ、昔話に類似する要素が数多く認められる。そしてそれは冒頭において、作品空間が輪郭線的に形作られていることを暗示するかのような舞台の宿に関するト書き説明、つまり「明確さ」、「簡潔さ」を意味する単語の羅列から開始されている。さらに、主人公マルタが拘泥する種々の事柄（徹底的に拒否する会話内容や会話表現方法、嫌悪する町、殺人を繰り返してまでも移住を望む理想の土地、石化への誘い等）に関する強硬な姿勢を通じて、戯曲全体に色濃く「極端さ」という概念を浸透させている。ジャンルとして昔話に属するものではないものの、昔話の形式上の特徴が、特に主人公による主張というかたちをとりつつ作品の基調となっているのである。

『誤解』は、一九三五年の新聞記事がカミュに着想を与えたものであることが現在では周知の事実である。しかし、このことが判明する以前には、古くから多くの国に存在する民間伝承[38]にもとづいてカミュが創作したものであると唱える研究[39]もあった。たとえば、レイノ・ヴィルタナンは一九五八年「比較文学」誌上で、古くからの伝説（つまり長期間留守をした後に帰宅し、父親あるいは母親に殺される息子という伝説）をカミュが知っており、そこから『誤解』の着想を得たに違いない、とする見解を明らかにした。ところが次号の同誌上には、カミュから受け取った書簡にもとづいてマリア・コスコによる論説が発表された。その内容とは、カミュはこの伝説を知らなかったこと、及び、当時の新聞に偶然掲載された記事から『誤解』の着想を得た、というものである。

カミュが作品の着想を得た記事が、数多くの伝説に現れるテーマであったという事実は、カミュという作家の精神の深奥に、自ら意識せずとも伝説や昔話といったものに通底するものが内在していることを意味するのではないだろうか。本章で明らかにした点、すなわち昔話の形式上の特徴が作品の基調を形成しているという点もまた、作家のこのような精神の反映として捉えることができるのである。

註

1 マックス・リューティ『昔話と伝説』高木昌史・高木万里子訳、法政大学出版局、一九九五年、二六七頁。

2 «La première, Cligula, a été composée en 1938, après une lecture des *Douze Césars*, de Suétone.» (I, p. 446)

3 スエトニウスのこの著作について、次の図書を参照した。Henri Ailloud, Suétone, *Vies des douze césars*, Les Belles Lettres, tome I, 1961. スエトニウス『ローマ皇帝伝』国原吉之助訳、岩波文庫、一九八六年。

4 ラ・ネフ誌編集長への書簡中で、実存主義作品として解釈されることへの異論を明らかにしている（I, pp. 445-446）。

5 Raymond Gay-Crosier, *Les Envers d'un échec. Étude sur le théâtre d'Albert Camus*, Minard, 1967.

6 Roger Quilliot, *La Mer et les prisons. Essai sur Albert Camus*, Gallimard, 1956.

7 Albert Camus, *Théâtre, Récits, Nouvelles*, « Bibliothèque de la Pléiade », Gallimard, 1965, p. 1748.

8 史実のうえでも、二五歳で即位し二九歳で暗殺された。

9 Albert Camus, *Caligula version de 1941 suivi de La Poétique du premier Caligula par A. James Arnold*, Gallimard, « Cahiers Albert Camus 4 », 1984〈以下CAC4と略記〉, p. 14.

10 ウラジーミル・プロップ『昔話の形態学』北岡誠司・福田美智代訳、水声社、一九八七年、一四八頁。

11 « [...] dominé par sa [Drusilla] douleur, il [Caligula] s'enfuit subitement loin de Rome, la nuit, traversa la Campanie et gagna Syracuse, d'où il revint précipitammnet, sans s'être coupé la barbe ni les cheveux [...] » (Henri Ailloud, *op. cit.*, p. 80)

12 「〔ケレア〕もう三日になるな、シピオン」(I, p. 329)

13 「〔セゾニア〕[…] 三日三晩田舎をさまよい歩き、挙句の果てにそんな殺気立った顔をして帰ってくるほどのことはないでしょうに」(I, p. 337)

14 マックス・リューティ『ヨーロッパの昔話』小澤俊夫訳、岩崎美術社、一九九五年、五九－六〇頁。

15 登場人物表とともに記された注にも、第一幕と第二幕とのあいだに三年の歳月が経過している点への言及がある。「[…] 舞台はカリギュラの宮殿。第一幕と以後の幕とのあいだには三年の歳月が経過する」(I, p. 326)。

16 数字三については次の箇所も参照。第一幕第八場での財務長官との対話の最後に、カリギュラの会話「三秒以内に消え失せろ」(I, p. 336) で用いられ、第二幕第9場では死刑執行に関する論文のうち第3条第1項 (I, p. 350) が読み上げられる。また第二幕第一〇場では、メレイアとの対話中で三つの罪について語られる (I, p. 353)。さらに第三幕第二場においては、シピオンとの対話中で戦争を拒否した回数として現れる (I, p. 363)。

17 マックス・リューティ『ヨーロッパの昔話』四六頁及び四八頁。

18 « Il est nécessaire qu'il y ait un miroir (grandeur d'un homme), un gong et un lit-siège » (CAC4, p. 13)

19 « Quant à son [Caligula] visage, naturellement affreux et repoussant, il s'efforçait de le rendre plus horrible encore, en étudiant devant son miroir tous les jeux de physionomie capables d'inspirer a terreur et l'effroi. » (Henri Ailloud, *op. cit.*,

p. 100)

20 マックス・リューティ『ヨーロッパの昔話』六〇頁。

21 *Ibid.*, pp. 49-50.

22 *Ibid.*, p. 47.

23 マックス・リューティ『昔話の解釈』野村泫訳、ちくま学芸文庫、一九九七年、二〇六頁。

24 *Ibid.*, p. 56.

25 Henri Ailloud, *op. cit.*, p. 107.

26 訳書（マックス・リューティ『昔話の解釈』）では原書の副題が表題となっている。

27 ウラジーミル・プロップ『魔法昔話の起源』斎藤君子訳、せりか書房、一九八三年、三七二頁。

28 マックス・リューティ『昔話と伝説』二四四－二四五頁。

29 André Abbou, « Le théâtre de la démesure », *Camus et le théâtre*（actes du colloque tenu à Amiens du 31 mai au 2 juin 1988 / sous la direction de Jacqueline Lévi-Valensi « Bibliothèque Albert Camus »), Imec, 1992, pp. 171-176.

30 Albert Camus, *Théâtre, Récits, Nouvelles*, « Bibliothèque de la Pléiade », Gallimard, 1965, p. 1788.

31 マックス・リューティ『昔話と伝説』一三四頁。

32 マックス・リューティ『ヨーロッパの昔話』四七頁。

33 *Ibid.*, p. 48.

34 マックス・リューティ『昔話の解釈』一八頁。

35 マックス・リューティ『ヨーロッパの昔話』四九頁。

36 『誤解』でこの単語の使用はこれら三箇所のみである。

37 マックス・リューティ『ヨーロッパの昔話』四八頁。

38 ロジェ・キーヨもいくつかの例をあげているように、中世以来多くの国々で伝播した話である（Albert Camus, *Théâtre, Récits, Nouvelles*, « Bibliothèque de la Pléiade », Gallimard, 1965, p. 1788）。

39　モニク・クロシェの次の図書を参照されたい。Monique Crochet, *Les Mythes dans l'œuvre de Camus*, Editions Universitaires, 1973, pp. 159-160.

第4章

『異邦人』における未了性

第1節 『異邦人』と揺らぎ

カミュは『異邦人』について、「結局そのタイトルが示しているように客観性と自己超越の練習である」（III, p. 416）と述べたことがある。これは、一九五二年五月の「現代」誌上でフランシス・ジャンソン[1]が『反抗的人間』を批判したことを受け、その反論として記された一九五二年六月の手紙にある一節である。この一節には「練習」（exercice）という表現が用いられている。「練習」とは、未完成的な意味を内包する言葉である。完成作品を「練習」[2]と説明した背景には何があるのだろう。これまで、この一節自体があまり重要なものとして捉えられてこなかったこともあり[3]、「練習」がもつ意味についての研究は未だ不充分な段階にとどまっている。パンゴー[4]は、この小説の異邦人性について分析した際にこの一節を取り上げた。しかし、「練習」という言葉がもつ未完成性については言及していない。

カミュは遺稿『最初の人間』のなかで、「本というものは未完でなければならない」という一文を記している。

本というものは未完でなければならない。例――「フランスに彼を連れ戻す船の上で［…］」

Le livre *doit être* inahevé. Ex. : « Et sur le bateau qui le ramenait en France… »（強調のイタリックはカミュ）

（IV, p. 927）

この箇所には《…》で終わる具体的例文がついている。ところで一九三九年付の『手帖』中、『異邦人』の最終部に関する構想メモがある。

…そして星の瞬かないこの空、この暗い窓、あの雑踏する通り、そして最前列にいるあの男とその男の足が…　完

…Et ce ciel sans étoiles, ces fenêtres sans lumières, et cette rue grouillante et cet homme au premier rang, et le pied de cet homme qui… » FIN

（II, p. 872）

結尾に「完」（FIN）の文字が見出されるが、実際に[5]『異邦人』が完成したのは一九四〇年五月である。これはどういうことだろう。「完」の文字の前に、『最初の人間』と同様に《…》で終わる文がある。つまり『最初の人間』の一節及び『異邦人』最終部についてのメモ、のいずれにも共通して《…》が記されている。『異邦人』から『最初の人間』に至るカミュの創作活動をとおして、「未完」というテーマが存在するという証なのではないだろうか。

ロベール・シャンピニー[6]は、『異邦人』における主人公の異邦人性は、彼が何を語っているのかということよりも、彼が何を語っていないかということによって形作られている、と分析する。また

M・G・バリエ[7]も、『異邦人』の語り手はすべてについて言おうと欲せず、すべてについて知ってはいない、と指摘している。ムルソーは何かを語ることを「完結」させてはいない。つまり『異邦人』とは、「未だ」語られていないものをもつ作品である。本節は、未了性というキーワードによって『異邦人』を解釈する視点に立ち、その詳細を明らかにすることを目的とする。以下で扱う未了性は、具体的には「未熟性」、「未完成性」、「非確実性」、「未確定性」などである。考察にあたっては、まず小説の冒頭においてすでに未了性を見出すことが可能であることにふれる。そして次に、それが小説全体にわたる特徴であることを示していく。

I

小説の冒頭は次のとおりである。

きょう、ママンが死んだ。もしかすると、昨日かもしれないが、私にはわからない。養老院から電報をもらった。「ハハウエノシヲイタム、マイソウアス」これでは何もわからない。恐らく昨日だったのだろう。

(I, p. 141)

この箇所には二つの未了性を認めることができる。第一に子ども性、「未だ」大人ではないという特徴である。第二には、明確でないということ、「未だ」確定されていないということである。

まず子ども性から述べていく。

「ママン」(maman)は母親を意味する幼児語である。母親を示す際に通常用いる«mère»ではなく«maman»の使用から、主人ムルソーの子ども性がうかがわれる。

カミュの作品研究において、「子ども」というテーマは等閑視されてきたとする見方もある。特に、カミュが「シーシュポスの神話の系列」と名づけた作品群(『異邦人』、『誤解』、『カリギュラ』など)においては、「きわめて影の薄い存在」[8]にとどまる。実際、これらの作品での子どもの描写は限定されている。

他方、子どもの無垢性に焦点を当てた研究もある。たとえばシャンピニーは、『異教の英雄論』の「無垢な人」と題する章で、次のように分析する。

ムルソーの物語を読んでいると、しばしば純真で思慮のある子どもとかかわっているような印象をもつ。ムルソーは子どもの美徳を、特に率直さをもっていた。彼は大人にはならなかった。彼は子どもの美徳をもっているが、子どもの欠点はもっていない。[…]ムルソーの視野は子どものもつような視野である。彼の生活空間は、彼が日常的に出会うものに限定されている。彼の時間は今とか、その日とか、翌日とかせいぜいその週ぐらいに限定されている。[…]眠たい時の彼の眠りへの欲求、眠りへの彼の適性、こうした動物的な叡智が、子どもの特徴として等しく示されている。[9]

このように生活空間や時間への意識、眠りへの欲求など、ムルソーは子どものような面をもっている。『異邦人』において認められるこの「子ども性」は、どのような意味をもつのか。これについては、本田和子の『異文化としての子ども』の序章がその答えを導く鍵となるだろう。本田和子は、秩序社会である大人の世界とは異なった世界に生きる者として子どもを捉える立場から、次の見解を明らかにしている。

> 私どもは、既に秩序社会に与し、文化の内側にある。従って、「文化の外にある者」の視座を手に入れ、「非文化」のことばで世界を組み立て直すことは不可能であろう。私どもに出来るのは、暗黙のうちに秩序から排除され、無視されているものを掘り起こし、光を当てることである。その光は、恐らく秩序世界を逆照射して、私どもに世界を捉え返す視力を与えてくれるに相違ない。子どもという「文化の外なる者たち」の、とりわけ「意味不明」の世界は、そのための恰好のモデルたり得よう。山口昌男の言を借りるなら、「子どもの世界こそ、人間意識の深層の構造が表面化する第三の領域」なのだ。[10]

子どもは「文化の外にある者」であり、世界を新しく捉えるための重要な視座を与える。『異邦人』の主人公ムルソーが示す子ども性とは、この小説の読者に新しい世界を提示することに貢献するのではないか。[11]子どもとは、「未だ」大人ではない者である。『異邦人』には、この意味において未了性というテーマを認めることができるのである。

II

未了性というテーマは、不明確性や未確定性という面でも見出すことができる。そしてそれは、冒頭からすでに存在している特徴である。

冒頭で二回繰り返される言葉がある。「たぶん」(peut-être)である。また「わからない」の意をもつ文も反復して用いられている。「私にはわからない」(je ne sais pas)及び「これでは何もわからない」(Cela ne veut rien dire.)である。主人公が「わからない」対象とは何か。それは主人公の母親がいつ死去したのかという点である。つまりこの小説は、母親の死去日をめぐる不明確性から開始されている。この不確かさは、死去日以外にも母親の死去に関わるほかの諸点について指摘することができる。それはたとえば死去時の年齢である。葬列の場面に、ムルソーが次のように尋ねられる箇所がある。

しばらくして彼〔葬儀屋〕は「あれはあんたのお母さんかね」と尋ねた。「ええ」とまた私は言った。「年とっていたかね?」正確な年齢を知らなかったから、「まあね」とだけ答えた。それから、彼は黙ってしまった。振り返ると、五〇メートルばかりうしろにペレ老人の姿が見えた。

(I, p. 149)

ムルソーは母親の年齢がわからない。この箇所の数ページ前には、門衛の年齢が六四歳（I, p. 144）であることが語られている。門衛の年齢が正確に言及されていることにより、ムルソーが母親の年齢を知らなかった点が浮き彫りとなる。母親の年齢については、事務所の社長も尋ねている。

きょうは事務所でよく働いた。主人は御機嫌だった。私が疲れ過ぎてはいないかと彼は尋ね、また、ママンの年をきいた。私は誤りを犯さぬように「六〇ぐらいで」と言った。なぜだかわからないが、彼は安心し、これで事が済んだと、考えるように見えた。（I, pp. 154-155）

このくだりでは、先に引用した箇所よりも年齢が具体化しているが、正確な数字ではなく「六〇ぐらいで」（une soixantaine d'années）という曖昧な表現である。『異邦人』の母胎とされている小説『幸福な死』にも、主人公の母親の死が描かれている。しかし死去時の年齢は曖昧ではない。五六歳（I, p. 1112）という具体的な年齢が示されているのである。『幸福な死』と『異邦人』を母親の死に関して比較すると、ほかの諸点においても違いがある。『異邦人』では、母親の死因については物語中で語られていない。いつ死去したのかについては何度も言及するムルソーだが、死因については一度も話題にしていない。他方『幸福な死』では、死去時の年齢と同様に、死因についてもきわめて詳細に語られる。

四〇代のとき、恐ろしい病気が彼女にとりついた。〔…〕彼女には糖尿病の気があったが、彼女はそれを治療もせずにおろそかに、不養生な生活でますます進行させてしまった。〔…〕そして一〇年のあいだ、病人が生活を支えていた。この受難者はひどく耐え抜いたので、彼女を取り巻いていた人びとは彼女の病気に慣れてしまい、重病の彼女が死ぬかもしれないなどということは忘れられていたのだ。ある日、彼女が死んだ。

(I, p. 1112)

『幸福な死』の主人公メルソーの母親は、四〇歳頃から糖尿病に罹患し、長い闘病期間を経て五六歳で死去した。『異邦人』の主人公の母親についての描かれ方とは、全く異なっている。『異邦人』では、母親の死に関する具体的情報が不足している。そのため、母親の死は現実味を伴わず、架空の出来事のような様相を呈している。

母親の死をめぐる非現実性や不明確性は、作品中に母親の姿が具体的に描かれていないという点からもその傾向を強める。ムルソーには、母親の顔を見る機会があった。それはまず、死体置場の小部屋で門衛と会話する箇所である。

このとき、私の背後に門衛が入って来た。走って来たに違いない。少し吃りながら、「こいつはふたがしてあるが、あんたが御覧になるなら、ネジを抜きましょう」と言う。彼は棺に近よったが、私は彼をひきとめた。「御覧にならないですか」と言うから、「ええ」と私は答えた。彼はやめた。こう言うべきではなかったと感じて、私はばつが悪かった。

(I, p. 143)

門衛が尋ねるが、ムルソーはそれを断った。

それでは通夜の場面ではどうだろうか。通夜の場面において、ムルソーの母親を指し示す表現は、次の引用箇所にある「この死者」(cette morte)のみである。

彼ら〔養老院の老人たち〕のまんなかに横たわるこの死者は、彼らの眼には何ものをも意味しないのではないか、という気すらした。(I, p. 146)

ムルソーが母親の顔を見たか否かは、全く語られていない。そのため、死者としての母親の描写は存在しない。母親の描写がほとんど存在しない一方、養老院の老人たちについてはきわめて詳細に描かれている。特に、通夜の場所に老人たちが集まるシーンでその傾向が顕著である。

私はこれまで人間を見たことがないみたいに、彼ら〔養老院の老人たち〕をよく見た。顔つきや服装のどんな細かな隅々までも、見のがしはしなかった。けれども、声が耳に入らなかったので、現実に彼らがそこにいるとは、信じにくかった。(I, p. 145)

この場面には、視覚的な描写[12]がきわめて多い。ムルソーはこれまで人間を見たことがないように、老人たちを見る。このように視覚的な描写が優位であることとまさに対照的に、「声が耳に入らなかった」とあるように聴覚的には無の状態が引き起こされている。そして通夜という場で、中心となるのは死去した母親である。しかしこの場面で、集まった人々が母親の顔を見る描写はない。このように母親の死は、現実味を帯びない事実として（不確定のものであるかのように）提示されている。

さてムルソーは、次の場面でも母親の顔を見る機会があった。埋葬の場所へ向かう直前に、ムルソーが養老院の院長に呼ばれるシーンである。

彼〔院長〕は電話を手にとって、「葬儀屋がしばらく前から来ています。柩をしめさせようと思いますが。その前にお母さんにお別れをなさいますか」と私に尋ねた。いいえ、と私は言った。彼は、声を低くして、「フィジャク、出かけてもいいと言いなさい」と電話で命じた。　(I, p. 147)

死体置場の場面と同様に、この場面においてもムルソーは母親の顔を見ようとしていない。このように、母親の死体は全く描写されていない。死体についての具体的な描写が存在しないため、母親の死は不明確性や非現実性という様相を呈している。

B・T・フィッチ[13]は『異邦人』の構成をめぐる分析に際し、死というテーマの重要性を指摘した。事実『異邦人』には、三つの死が作品の主要な位置に描かれている。冒頭で語られるムルソーの母親の死、そして第一部最終章のアラブ人の死、さらに死刑囚となった主人公の死である。以下では、死の描写という観点から、アラブ人殺害場面及び死刑囚ムルソーの最後の場面を考察していく。

III

まず、第一部最終章で提示されるアラブ人殺害場面から扱う。アラブ人の死は、ムルソーのピストル銃弾によって引き起こされる。ピストルの引き金を引く箇所から見てみよう。

私の全体がこわばり、ピストルの上で手が引きつった。引き金はしなやかだった。私は銃尾のすべっこい腹にさわった。乾いた、それでいて、耳を聾する轟音とともに、すべてがはじまったのは、このときだった。私は汗と太陽とをふり払った。昼間の均衡と、私がそこに幸福を感じていた、その浜辺の特殊な沈黙とを、うちこわしたことを悟った。そこで、私はこの身動きしない体に、なお四たび撃ちこんだ。弾丸は深くくい入ったが、そうとも見えなかった。それは私が不幸のとびらをたたいた、四つの短い音にも似ていた。

(I, p. 176)

ここにおいて、殺害者がムルソーであるということ、そしてピストルの銃弾が死因であるということ、は明らかである。しかし、アラブ人の死体の具体的描写は見出されない。アラブ人の死体は、「身動きしない体」(un corps inerte)という記述にとどまる。殺害場面に伴うはずの凄惨な描写は、一切排除されている。ムルソーは、ピストルの引き金のしなやかさ、銃尾のなめらかさに思いをめぐらせるだけである。ムルソーはピストルで一度撃ったあと、さらに四度撃ちこんでいる。そのときムルソーが考えるくだりには、断定を避けた表現が連続する。まず「弾丸が深くくい入ったが、そうとも見えなかった」という表現は、死体に弾丸がくい入った様子を不明確なものとする。また「不幸のとびらをたたいた、四つの短い音にも似ていた」という文は、銃声とは殺害時の音である、という本来の血なまぐさい現実を離れ、虚構の世界を創出する効果をもたらしている。この場面で多用される隠喩表現については従来から論議の対象[14]となってきたが、これは非現実的な虚構の世界（つまり文学の世界）につながるものとして解釈することができる。

さて、主人公による殺害という状況は『幸福な死』にも存在する。先に述べたように、『幸福な死』では主人公の母親の死に関して『異邦人』よりも詳細に語られているのだが、主人公による殺害についても同様の傾向が認められる。『幸福な死』の主人公メルソーは、ザグルーをピストルで殺害する。ピストルという手段は『異邦人』に共通するが、殺害場面の描写状況が全く異なっている。第一部第1章のメルソーがピストルの引き金を引く箇所を引用する。

彼〔メルソー〕は一歩うしろにさがり、引き金を引いた。一瞬、壁に寄りかかり、両目は相変わらず閉じたまま、彼は、まだ自分の血が両耳のところで脈打っているのを感じた。彼は凝視した。顔は左肩の上にのけぞってしまったが、身体はほとんど曲がっていなかった。それゆえザグルーの顔はもはや見えず、見えているのは、ただ、脳漿や、骨や、血がもりあがっている大きな傷痕だけだった。〔…〕メルソーは不具者の口と顎を見た。彼〔ザグルー〕は窓を見つめていたときとそっくり同じ、あの真剣で悲しげな表情をしていた。（I, p. 1107）

この一節には、殺害されたザグルーの凄惨な姿が具体的に描かれている。それは、脳漿、骨、血が盛り上がった傷痕、さらには死の直後の表情にまで及ぶ。『異邦人』におけるアラブ人殺害場面では、殺害後の死体について「身動きしない体」という一語にとどまっていた。これに対して『幸福な死』においては、死体の凄惨な状況描写が詳細にわたる。殺害行為は現実味を帯び、迫真性がきわめて高いものとなっている。

しかしこのような現実味の強い場面であるにもかかわらず、上記箇所の直後に「現実感のない」(irréel)という形容詞を用いた表現が現れている。

このとき鋭いラッパが戸口の前で反響した。もう一度、その現実感のないラッパの合図が聞こえた。相変わらず肘掛椅子の上にかがみこんでいたメルソーは、微動だにしなかった。

(I, p. 1107)

ザグルーを殺害した直後に主人公メルソーが耳にする音は、戸口の前で鳴るラッパの音である。その音が、「現実感のない合図」(l'appel irréel)と表現されている。これは殺害直後の主人公メルソーが、「現実感のない」精神状態であったことを示す。『幸福な死』は『異邦人』の母胎となった重要な作品であるとはいえ、著者も自覚していた作品の欠点ゆえに、生前は刊行されなかった未完成作品である。完成作品としての『異邦人』におけるアラブ人殺害場面では、「現実感のない」という表現を直接には使用せずに、現実感を離れた虚構の世界を描出することに成功したのである。

IV

次に死刑囚ムルソーの死が、どのように描かれているのかを述べる。『異邦人』は次の一文で終わる。

一切がはたされ、私がより孤独でないことを感じるために、この私に残された望みといっては、私の処刑の日に大勢の見物人が集まり、憎悪の叫びをあげて、私を迎えることだけだった。
(I, p. 213)

ここに明らかなように、ムルソーの死刑執行場面は具体的に描かれていない。最終部に描かれるのは、死刑執行に多くの見物人が集まり自分を迎えてくれることを願う、ムルソーの想いである。実際の処刑場面ではないため、主人公の死体の描写も存在しない。

それでは『幸福な死』の場合はどうだろうか。最後の一節を引用する。

あと一分、あと一秒、と彼〔メルソー〕は思った。上昇がとまった。そして彼は、小石のなかの小石となって、心は歓喜にひたりながら、あの不動の世界の真実に還っていった。

(I, p. 1196)

主人公メルソーは肋膜の病気によって死ぬ。最終部に描かれるのは、メルソーが死んでいく様子である。『異邦人』においては、主人公の実際の死自体は描かれていない。他方『幸福な死』では、主人公の死が描かれる場面で終わる。

語り手が主人公の死を語ることを可能にするためには、語り手は主人公とは別の人間である必要がある。『幸福な死』の最終部が主人公の死を描写可能としているのは、主人公メルソーが語り手ではないためである。『異邦人』においては、語り手は主人公ムルソーである。それゆえ、自らの処刑の場面の描写は存在し得ない。『幸福な死』を母胎として『異邦人』が誕生するにあたって、語りの形式が三人称から一人称へと変化した。一人称形式であることによって、主人公は死刑囚という確実に死ぬ運命の身でありながらも、自らの死の描写をもたない作品となった。死ぬ運命でありながら、その死自体が描かれないという状況とは、確実性が否定されている、ということである。

先にも言及したように、一九三九年付の『手帖』中『異邦人』最終部についての長いメモが記されている。その覚え書きには、決定稿と同じ一人称による文が列挙されている。しかし次の箇所は、一人称の語りではない。

母親――「今やっとあの人たちは私に息子を返してくれました。何て姿にしてしまったんでしょう……あの人たちは息子を二つにして返してくれました」

(II, p. 871)

ここでは、母親が処刑された息子について語っている。したがってこのメモの場合には、処刑後、つまり主人公の死が描かれている。そして最終部をめぐる『手帖』の覚え書きのなかで、上記の箇所のみに括弧記号がついている。これは、このメモを記した時期に、主人公の死を描写しないということをほぼ決定していた、ということを意味するのではないだろうか。覚え書きの最後には、「完」（FIN）の文字が記されている。実際の完成（一九四〇年五月）とは別に書きとめられたこの「完」とは、作品の大きな方向性が決まったということだろう。そしてそれは、母親による台詞のみに括弧がつけられたのと同じ時期であり、一人称の語りという方向性の決定でもある。言い換えるならば、主人公の死は描かずに処刑直前の姿を最終場面とするという構想である。

このように、『異邦人』という小説は三名の死を軸に構成されているが、主人公の母親、アラブ人、主人公自身という三名のいずれにも共通して、それらの具体的な死の描写は存在しない。そのためこの小説における死とは、具体的な死というよりも、概念上の抽象的なレベルの死といえる。

主人公の母の死については、死去の日時、死因、死の年齢が不明確である。さらに死体の具体的描写が存在しない。そして殺害されたアラブ人、そして死刑囚ムルソーについても、死体の描写は存在しない。これらによって、死は不確かなものとして読者に与えられている。

死がこのように不確かさを伴って描かれている理由は何か。この問いについては、第二部最終章がその答えを導く鍵となる。

V

〔…〕私はこうした傲然たる確実性を受け入れることはできなかった。〔…〕そうして宣告がなされるや、その効果は、私が体を押しつけているこの壁の存在と同じほど、確実な、真面目なものになることを、私は認めざるをえなかった。〔…〕死刑執行より重大なものはない、ある意味では、それは人間にとって真に興味ある唯一のことなのだ。〔…〕あの斬首装置において不都合な点は、それにはチャンスがないこと、正しく絶対にないことだ、ということがわかった。結局、断固として、受刑者の死は確定してしまう。それは処理済みであり、決定的組み合わせであり、協約成立であり、そこに取り消しの余地はない。

（I, pp. 205-206）

ここに明らかなように、この小説における「確実性」（certitude）という言葉は、斬首装置ギロチンと密接に関連する。一九三八年一二月付の『手帖』にも次のメモがある。

〔…〕愛に絶望した人間に、明日ギロチンに掛けられたいかと尋ねてみればよい。彼はいやだと言うだろう。処刑の恐ろしさゆえにであろうか。そうだ。しかし恐怖は確実性から生まれてくる――というよりむしろその確実性を支えている数学的要素から生まれてくる［…］　(II, p. 871)

ギロチンの恐怖は「確実性」(certitude) に由来する。死刑囚を主人公とする物語『異邦人』において、「死」は「確実性」と表裏一体のものである。ここでの「確実性」とは死が確実である、という意味ではない。確実であるのか、あるいは不確実であるのか、という「確実さ自体への意識」という意味である。このような背景によって、『異邦人』には死に関連するさまざまな事柄に「確かさ」が問われている。

「死刑囚」という物語上の要素は、『幸福な死』には存在しない。他方で、『異邦人』は死刑囚を主人公とする物語となった。そして三人称小説の『幸福な死』とは異なって、一人称小説である『異邦人』では、主人公は語り手でもある。『異邦人』において死が不確実なものとして提示されている背景には、主人公であり語り手でもある死刑囚という立場が関係している。ギロチンの処刑を待つ身である死刑囚にとって、死とは「確実性」と切り離すことができないものである。しかし、語り手が主人公でもあることによって、『異邦人』における死は「確実性」に直結するものではなくなった。というのも主人公が処刑され死を迎えると、同時に語り手が不在となり小説の進行は途絶えるためである。主人公と語り手が同一である限りは、主人公の死の場面の描写は存在しない。

『幸福な死』の三人称の語りが踏襲された場合には、死刑囚ムルソーは「確実」に死刑執行され、死の場面も存在する可能性をもっていた。また従来から指摘されてきたように、第二部最終章はその文体がほかの箇所とは大きく異なる。たとえばノイア＝ワイドナーは次のように分析している。

> 最終章は、実際、抽象的な語彙に富んでいる。すなわち「推論」、「省察」、「仮定」、「条件」、「仮説」、「確実性」など[15]

第二部最終章には、推論、省察、仮定、条件、仮説、可能性、確実性といった抽象的語彙が多く使用されている。そしてムルソーが司祭の法衣の襟首をつかみながら怒りを爆発させる場面では、強い信念や自信の表明が描かれる。特に「君はわかっているのか」（Comprenait-il ?）という表現は何度も繰り返されており、ムルソーはこの言葉を叫びながら息を詰まらせる。つまり「わかっているのか」という言葉は、主人公が発した最後の言葉として読者の耳に残る。最後にムルソーは、母親のことが「わかり」、また自分が幸福であることが「わかる」という段階に至る。先に見たように、小説の冒頭では「わからなさ」が強調されていた。しかし結末に至ると、ムルソーは「わかる」段階を獲得する。このようにこの作品は、冒頭での「わからない」という不確定性から、「わかる」という確定性へと向かう小説であるといえる。

VI

以上のように、『異邦人』には未了性というテーマを見出すことができる。それは第一に子ども性、未だ大人ではないという面においてであり、第二に未だ確定された状態ではないという意味においてである。

『幸福な死』を母胎として『異邦人』が誕生するにあたって、三人称から一人称の語りになり、死刑囚という物語上の要素も加わった。三人称の語りであったならば、主人公の死刑執行の具体的な場面も存在し得た。しかし一人称の語りであることによって、死刑執行された後の主人公の姿は描かれない。そのため、死をテーマとしながらもその死は現実味をもっていない。

未了性という視点は、従来から論議の対象となってきた語りの時点をめぐる問題を考察するための展望を与える。小説の冒頭が「きょう」で開始されていることをはじめ、第一部はその日ごとに書かれた日記のような語りだが、第二部に至ると物語的となる。また日記的な語りの第一部についても、語りの時点の移動が認められる。J・C・パリヤント[16]が詳細に分析したように、語りの時点は六つか七つにまで及ぶのである。なぜ語りの時点が移動しているのだろうか。これについてパリヤントは、語り手があとになってから編集し直したかのような構成であることを指摘した。さらにパンゴーはパリヤントの考察を発展させ、ムルソーは裁判官たちによる再提示というかたちではなく、自分で物語ることによってのみ死刑囚となった自分の立場を捉えることができ、そのため日記を小説に変えるための「回顧的修正[17]」も行われることとなった、と解釈する。

『異邦人』とは、修正、すなわち常に推敲され書き直され続けるという要素、未完成のままであり続けるということ、をテーマとする小説である。本書第1章や第2章第1節でも述べたように、カミュは一九五九年のブリスヴィルによるインタビューのなかで、創作者の特質とは「更新する力」(IV, p. 613) であると答えている。本節で見た『異邦人』における未了性もまた、作者カミュの創作観を反映するものとして捉えることができるのではないだろうか。

第2節　『異邦人』と昔話性

本節は第3章第1節及び第2節で行った考察（すなわち戯曲『カリギュラ』及び『誤解』における昔話性に関する研究）と同様に、カミュのテキストを対象としてその昔話性を明らかにすることを目的とする。周知のように、カミュは作品をいくつかの系列に区分した。『異邦人』は『カリギュラ』や『誤解』とともに「不条理の系列」に属する。そして以下でその詳細を示すように、二つの戯曲と同様に昔話的な側面も認められるのである。

I

プロップ[18]は昔話を形態学的に分析し、あらゆる魔法昔話は「加害または欠如」にはじまり、何らかの解決の機能に至る、という点を指摘した。実際、母親や父親の死という「欠如」ではじまる作品として、グリム昔話集の「兄と妹」、「灰かぶり」、「ホレおばさん」、「ねずの木の話」など多くの例[19]があげられる。

さて、『異邦人』は次のように開始される。

きょう、ママンが死んだ。もしかすると、昨日かもしれないが、私にはわからない。(I, p. 141)

小説冒頭には主人公の母親の死という「欠如」が示されており、昔話と同様に「欠如」からの開始である。こうした昔話の形態との類似は、『異邦人』中その他多くの面で見出すことができる。昔話とは主人公を冒険へと駆り立てるという特徴をもち、そのため主人公は本質的に孤立した放浪者である。

昔話は主人公を旅に出させる理由を非常にたくさんみつけだす。すなわち両親の困窮、主人公自身の貧困、まま母の悪意、王様からあたえられた課題、主人公の冒険欲、なんらかの命令あるいは求婚の競争などである。主人公を孤立させ、旅人にしたてあげるきっかけならば、どんなきっかけでも昔話にはふさわしいのである。[20]

『異邦人』の主人公ムルソーは、母親の死を伝える電報を受け取った後、八〇キロ先にあるマランゴの養老院へ一人で向かう。この小説では、母親の死という契機によって、昔話と同様に主人公は孤立して行動を開始する旅人である。

ところで、死というきわめて悲痛なテーマが扱われているものの、その悲痛さが迫真性や現実味を伴っていない理由はどこにあるのだろうか。本章第一節で見たように、養老院に到着したムルソーは、母親の棺のおかれた小部屋へ案内される。しかし棺のふたを開けようとした門衛を引きとめ、母親との対面を行わない。

仮に、母親との対面を選択していたならば、死者である母親の描写が必要となる。しかし対面を行わなかったことによって、死者が具体的に描かれずに終わり、結果として死が迫真性あるものとなっていない。

また『異邦人』の真の主題を死として解釈する立場[21]もあるように、この小説では冒頭に据えられている母親の死を皮切りに、構成を司る重要な箇所に死が提示されている。一つは第一部最終章のアラブ人の死、そして別の一つが小説最終章の主人公自身の死である。それぞれの死がどのように描かれているかについては、本章第一節で詳細に述べたとおりである。まず第一部最終章のアラブ人の死であるが、これはムルソーによるピストル殺害事件である。

殺害されたアラブ人の様子については、単に「身動きしない体」という表現によって示されているに過ぎない。殺害というきわめて残酷な場面ではあるが、負傷の状況は全く描かれていない。他方、小説最終章における主人公自身の死はどのように扱われているだろうか。ムルソーは、アラブ人殺害のかどで最終的にギロチンでの死刑執行を宣告される。ところが結末部は、緊迫した状況ではあるものの残酷な死刑執行場面ではなく、死刑執行直前の主人公の心境が述べられるというかたちで終結している。

『手帖』によると、草稿段階での結末部分は処刑場への廊下を歩くムルソーの姿（II, pp. 871-872）であり、決定稿同様に無惨な描写は存在しない。しかし『手帖』中次の一箇所において、ムルソーが死んだ後の状況まで描かれている。

母親――「今やっとあの人たちは私に息子を返してくれました。何て姿にしてしまったんでしょう……あの人たちは息子を二つにして返してくれました」（II, p. 871）

内容から推測するに、この覚書が記されたのは母親の死で小説が開始されることが決定されていない時期であるが、ここでとりわけ注意すべきは、息子を「二つにして」返したという表現である。昔話では、残酷なテーマを扱いながらも流血場面をもたない、という重要な特徴がある。殺害場面においては、次に引用するように「まふたつに」分割されて描かれる。

死刑の宣告を受けて馬裂きの刑に処せられる者でさえも、血なまぐさく引き裂かれたり寸断されたりするのではなく、寸分たがわずまふたつに分解される。［…］ルンペルシュティルツは自分自身を「まふたつに」引き裂く。われわれが目にするのは対照形（ママ）にまふたつに分割されたふたつの部分であって、その各部分は明確な輪郭の線をもっており、そこからは一滴の血も流れでてはおらず、またその固定した形はすこしもそこなわれていない。[22]

『異邦人』の最終場面は、死刑宣告を受けた主人公の様子が描かれはするが、斬首の残酷な場面は存在しない。またそれは草稿段階においても同様であり、斬首の直後の場面ではあるものの、流血の描写[23]を伴ってはいない。残酷なテーマが扱われながらその描写が存在しないという特徴は、昔話の「固定性」を形作る一つの要素である。

さて昔話の「固定性」とは、こうした「流血が描写されない」という特徴に加えて、固形物質への志向という要素もあわせもつ。

金属の指輪、鍵、鐘、黄金の衣服や髪の毛、あるいは羽毛、それに宝石や真珠はほとんどあらゆる昔話に登場する。［…］金銀でできた梨、くるみ、花、ガラスでできた道具、黄金のつむぎ車などはおさだまりの昔話の小道具である。［…］昔話の金属的なものや鉱物的なものへの愛着は、総じていえば固形物質へのこの愛着は、昔話に固定した形式と、特定の形態をあたえるのに大いに役だっている。[24]

昔話の形式の一要素であるこうした固形物質への愛着という傾向は、以下に述べるように『異邦人』においても同様に見出すことができる。第二部の公判場面には、殺害理由を尋ねられたムルソーが「太陽のせい」と答えるシーンがある。事実、第一部最終章のアラブ人殺害に至るくだりには「太陽」という単語が頻出する。そして同時に多くの金属物質が描かれている。たとえば、武器であるピストル、そして「沸き立つ金属のような海」（I, p. 175）という表現にはじまり、「光は刃にはね返り、きらめく長い刃のように私の額に迫った」（I, p. 175）、及び「額に鳴る太陽のシンバル」（I, p. 175）、「ほとばしる光の刃」（I, p. 176）、「この焼けつくような剣」（I, p. 176）と続く。アラブ人殺害場面での太陽とは、ロラン・バルト[25]が述べているように「金属」のイメージに直接結びつき、すべての物質を金属に変える作用をもち、海を剣にし、砂を鋼鉄にする武器である。

このように、第一部最終章は金属物質のイメージによって支配されている。カミュは、「『異邦人』の作品の意味とは二つの部分の平行関係にある」（II, p. 951）と述べたが、第一部最終章同様、第二部最終章においても金属物質の支配を認めることができるように思われる。第二部最終章とは、死刑執行が確定した主人公が独房で省察する場面であるが、その思索内容とは、ギロチン、つまり鋼の処刑機械をテーマとする。第二部最終章には、この処刑機械に新聞の写真で最初に接した際の印象を述懐する箇所がある。

この写真にうつった機械は、完成した、きらきら光る精密な仕掛けに見えたので、私は胸をうたれた。（I, p. 206）

ここでギロチンを修飾する表現の一つとして用いられている«étincelant»（きらきら光る）という形容詞は、『異邦人』中この箇所を含め、わずか二箇所[26]で用いられているに過ぎない。残り一箇所は、第一部最終章でのピストルの引き金を引く直前の場面である。

すると今度は、アラブ人は、身を起こさずに、匕首を抜き、光を浴びつつ私に向かって構えた。光は刃にはねかえり、きらめく長い刀のように、私の額に迫った。

(I, p. 175)

このくだりでの«étincelant»は、刃のようにきらめく光を形容する言葉として使用されている。また、ムルソーをアラブ人殺害行為へと招く太陽の光である。そして第二部最終章においては、同じ単語がムルソーを死刑へと招く処刑機械ギロチンの光である。つまり、第一部最終章及び第二部最終章は、«étincelant»という単語を共通の要素としつつ、金属のイメージに支配されている。この点において、固形物質への志向という昔話の形態に類似するのである。

II

さて昔話の固定性は、色彩という面でもある傾向がある。昔話では、現実に見られる陰影豊かな色彩ではなく、原色を愛好するのである。

現実はわれわれにさまざまな色どりや陰影を豊かに示してみせる。現実のなかでは原色よりも中間色の方がはるかに多い。ところが昔話は透んだ超原色をこのむ。金、銀、赤、白、黒、それに紺青である。[27]

ロラン・マイヨ[28]も指摘しているように、『異邦人』で用いられている色彩には、陰影を含むものがあまり存在しない。小説中の色彩表現を頻度[29]の特に高いものから順に挙げるならば、黒が最も多く、次が白、そして赤と続く。最も多く使用されている黒は、次に引用するように、埋葬の行列の場面で特に顕著に用いられている。

> 車のうえの、御者のてかてか光った皮帽子は、この黒いどろでこねられたように見えた。青と白の空や、むき出たタールのねばっこい黒、喪服の陰鬱な黒、車の漆塗りの黒――こうした色彩の単調さに、頭がすこしぼんやりした。（I, p. 150）

ここで黒は、単調な色彩空間を作り出す色として象徴的に使われている。他方、白の使用例としては、ムルソーの母親の棺がおかれている小部屋の描写に数多く見出される。

> 大層明るい部屋で、石灰が白く塗られ、一枚の焼絵ガラスが入っている〔…〕棺のかたわらには、どぎつい色の布を頭に巻きつけた、白い上っ張り姿のアラブ人の看護婦が一人いた〔…〕彼〔門衛〕は白いひげをひねりながら、私の方を見ずに、「わかるよ」とはっきり言った〔…〕その〔看護婦の〕顔は、繃帯の白さしか、眼に映らなかった。（I, p. 143）

部屋壁に塗られた石灰の白い色、看護婦の上衣の色、そしてムルソーに強烈な印象を与えた包帯の白さ、というように、この場面には白という色彩が支配的な力を及ぼしている。なお小説中の頻度では白とほぼ同数である赤であるが、昔話の形式研究においてこの色は次のように説明される。

赤は色彩のうちでもっともけばけばしいものである。[30]

赤とは、超原色に属し昔話を構成する色彩の典型である。『異邦人』中赤は、「赤、赤い」（rouge）として、ジェラニウムの花の色や法服の色、浜辺の色、老人ペレの耳の色などにおいて一四回使用されており、「赤味」（rougeur）という単語は一回、動詞「赤くする」（rougir）は一回である。そして陰影を伴った色彩表現「赤味がかった」（rougeâtre）の使用は二例にとどまっている。

このような『異邦人』における黒、白、赤といった原色の顕著な使用は昔話の形式上の特徴に一致する。その他、わずかな使用数ではあるが、中間色である灰色が第二部法廷場面で登場するジャーナリストの服の色として見出される。この人物を目にしたムルソーは自分自身の眼で眺められているような印象をもつことから、従来から作品構成上重要な人物であるとされている。ところで灰色とは、昔話においてはある特別な意味を有する。

中間色としては灰色しかあらわれない。しかもその色は昔話のなかでは金属的性格をもっている。[31]

灰色は、黒、白、赤などの原色と同じく、昔話の固定性を形作る重要な要素であり、金属物質と同等の扱いをすることができるものである。ムルソーの分身と目される人物の背広の色彩に用いられていることによって、原色同様に昔話的な様相を付与することに貢献している。

色彩面においてこうした様相を呈する昔話の固定性は、形容詞をはじめとする説明語彙に関してもさまざまな要請をする。

グリム兄弟は魔女の赤い目とか、彼女が頭をふりながら歩いていたとか、あるいは長い鼻に眼鏡がかけてあったとかいうことを昔話のなかでのべているが、それは純粋な昔話の様式を放棄していることになる～ほんとうの昔話はたんに「いやらしい老女」とか「年をとった魔女」、「悪い魔女」、あるいは簡単に「老婆」といったいい方をするのである。[32]

このように、昔話で用いられる語彙は、ある対象を詳しく説明するのではなく、単に名指すことに限定されるという傾向をもつ。バリエ[33]やフィッチ[34]によって刊行当初から指摘されてきたように、『異邦人』における語彙にはいわゆる難解なものはほとんど存在せず、単純な語彙が多数を占める。動詞においては、総称動詞や準助動詞、ガリシスムが多く、精彩のある語彙の使用は稀である。また、副詞や等位接続詞が多用され、文と文が単純に並置されることによって文章が構成されている。さらに、「私は言った」（j'ai dit）や「彼は言った」（il a dit）などの表現が繰り返し現れる。ここで留意したいのは、同じ表現の繰り返しとは、まさに昔話の抽象的様式という語法であるという点である。

昔話は現実とはことなり、変化のある多様性とか数の偶然性を知らない。昔話が求めているものは抽象的確定性である。〔…〕昔話の語り手はたいてい、変化をあたえるためにことばを入れかえることをさける。それは無能力ゆえにではなく、様式上の要求からそうするのである。頑固な、厳格なくりかえしがあらわれると、それはやはり抽象的様式の一要素である。〔…〕一定の間隔をおいて一語たがわずくりかえされる文章は、関節で結びつけるような結合的機能をもっている。[35]

昔話におけるこうした繰り返しという形式は、語り手の表現力不足や拙劣さなどによって引き起こされているのではない。それは叙事詩的様式が要請する高度に洗練された形式である。反復や限定された語彙の使用によって、昔話には明確な輪郭が与えられ、その結果、固定性という形式上の要請が守られるのである。すなわち、昔話の明確な輪郭とは次のような事情から生じる。

昔話におけるするどい輪郭の線は、昔話が個々の事物を描写するのではなく、ただそれを名指すだけだという事情から当然生まれてくるのである。昔話は文字どおり話のすじの発展をたのしむものなので、図形的登場人物をある点からつぎの点へと導いていくばかりで、描写のためにどこかにたちどまることはしない。[36]

つまり昔話では「描写」というものをもたないのである。

直截な記述は物にはっきりした線で輪郭をあたえ、孤立させる。昔話のなかでは此岸の住人も彼岸の住人も、また道具や無生物、場所などもすべてこの方法で記述されている。昔話の主人公が森のなかで道にまようとすると、その森はただ名詞でしるされるだけで、けっして描写されない。[37]

昔話では、すべては名指されるのみで描写は行われない。そして人物についても、詳細に説明されないことによって、その明確な輪郭が形成される。

さて他方、『異邦人』の主人公ムルソーについても同様に、作品中その詳細な説明は与えられていない。ムルソーについて明らかであることは、アルジェの船荷証券を取り扱う会社のサラリーマンであるという点である。年齢は正確には示されていない。父親は主人公が幼い頃に亡くなっている。兄弟については一切不明である。またムルソーという名前は、ファースト・ネームのようではあるものの、母親を示す表現としてマダム・ムルソーという言葉が作品中に見出されることからもわかるようにラスト・ネームである。また性格についても詳細は明らかではない。性格面についてこうした事態を招いているのは、主人公が何を考え思ったか、といった内面が描かれることが稀であり、語られているのは主に、主人公が何をしたか、という外面的な行為の部分に限られているためである。一つの例として、養老院に向かう主人公の様子が語られている次の箇所を見てみよう。

私は二時のバスに乗った。ひどく暑かった。いつものとおり、レストランで、セレストのところで、食事をした。みんな私に対して、ひどく気の毒そうにしていた。「母親ってものは、かけがえがない」とセレストは私に言った。私が出掛けるとき、みんな戸口まで送って来た。(I, p. 141)

バス乗車中の主人公ムルソーの思索内容については、車内が非常に暑かったという一点が示されているのみである。そして、セレストのレストランにおいては、周囲の人々がムルソーに対して気の毒な様子をしていたという点、及びセレストの一つの発言、戸口まで皆が見送ってくれたという点は語られているが、ムルソーがその状況のなかで何を考え、思ったのかについては全く示されていない。レストラン内のムルソー自身について提示されているのは、何を思ったかという内面ではなく、食事をしたという行為のみである。さて、このように心の内部ではなく行為という外面点な部分を語るという特徴は、昔話の語法に属する。

[…]昔話には性質を行為に翻す傾向がある。昔話は、「末の息子は思いやりのある心をもっていた」とは書かないで、説明は抜きにして、末の息子がパンを老人にわけてやった有様を物語るのである。[38]

『異邦人』は、描写をもたず、性質ではなく行為が主に語られるという点においても昔話に類似する。また昔話では、描写がないために明確な輪郭が現れ、さまざまな点で極端であるという特徴をもつのだが、『異邦人』中、主人公が老人との通夜を過ごす下記の場面には、顕著な極端さの様相を見出すことができる。

私の前には、影ひとつなかった。どの物体も、どの角度も、いずれの曲線も、眼を傷つけるほど鮮明に描き出されていた［…］彼らは腰はおろしたが、どの椅子も全然きしむ音を立てなかった［…］女はほとんどみなが前掛けをしていた［…］男の方は、ほとんどみんなやせて、杖をついていた。（I, p. 145）

ここにはまず、ひとつの影もなく、いずれの物体も角度もそして曲線に至るまで鮮明に描き出されているという極端な状況が語られている。そして、老人たちが腰をおろす際にすべての椅子が全くきしむ音を立てないという不自然さ、さらに、女性はほとんど全員がエプロンをつけており、男性はほとんど全員がやせて杖をついているという奇異な一致が、この場面での極端さを強める作用をしている。また、ここでの空間の光を司る電灯についても極端さという特徴がある。電灯の配線は、すべてを点灯させるか、あるいはすべてを消すかという選択のみである。

配線がそういう風になっていたのだ。全部つけるか、全部消すかだ。（I, p. 145）

そして、主人公の眼を非常に疲弊させるこの光の点灯が開始された際にも同様に、極端さが提示されている。

夕暮れがにわかに降りて来た。じきに夜が焼絵ガラスの窓に厚くかぶさった。門衛がスイッチをひねると、急に光がはねかかって来て、眼が見えなくなった。

(I, p 144)

夕暮れは徐々にではなく「突如」訪れる。また電灯のスイッチによって、光は「急激に」主人公にはねかかるものとなるのだが、「突如」及び「急激に」何かが生じる状況とは、次に示すように昔話の明確な輪郭や極端さを形成する一特徴である。

「彼らが…するやいなや」とか「彼らがくるやいなや」といういい方は昔話にたびたびあらわれるきまったいいまわしである。フランス語でも「その巨人はすぐさま彼の前にあらわれた」とか「彼の妻はたったいま…したところでした」といういい方がよく使われている。レートロマン語でも、「…するとすぐに」という。[39]

さて、ムルソーが老人たちと通夜を過ごす場面に次のくだりがある。

このとき、彼ら〔養老院の老人たち〕がみんな、私の真向かいにすわって、門衛を囲んで頭をゆすっているのに気がついた。彼らが私を裁くためにそこにいるのだ、というばかげた印象が、一瞬、私をとらえた。

(I, p. 145)

ムルソーは、真向かいに座る老人たちが自分を裁くためにその場に存在しているのだという印象をもつ。第二部では、第一部でのこの場面があたかも伏線であるかのようにして、実際に法律の下で裁かれることになる。第二部第3章で展開される公判場面には、通夜の場面をうかがわせつつ、主人公を裁く立場にある人々が眼前に座るという状況が示されている。

私が腰をおろすと、憲兵がまわりを囲んだ。私の眼の前に、一列をなしている人の顔に気がついたのは、このときだった。誰もが私をながめていた。これが陪審員だということを、私は理解した。(I, p. 189)

通夜の場面、及び公判が開始される直前の場面、いずれにおいても主人公の前に並んで座る人々が主人公を凝視している。このように、第一部が第二部に二重写しされたかたちで展開しているように思われる。先に述べたように、第一部での通夜の場面における老人たちについて、女性はほぼ全員がエプロンをつけており、男性はほぼ全員がやせて杖をついているという奇異なまでの一致が描かれていた。着目すべきであるのは、第二部での裁判官らにもまた、奇異な一致という状況が認められるということである。それは、院長らの証人尋問が開始されるシーンである。

ただ暑さだけが一段と猛烈になっていて、まるで一つの奇跡のように、どの陪審員も、検事も、

私の弁護士も、新聞記者たちも、いずれも麦藁のうちわを手にしていた。（I, p. 192）

ここでは、陪審員や検事たちが皆、奇跡のように麦藁のうちわを手にしている。さらに、文中には「一つの奇跡」という言葉が用いられているが、奇跡という概念は、昔話の様式を語るうえで次のような重要性をもつ。

あらゆる極端なものの真髄、抽象的様式の究極の頂点は奇跡である。[40]

奇跡のような事態が示されるくだりにおいて、強烈な暑さが背景として描かれている。この小説中、暑さが特に顕著に描かれるのは、「太陽のせいで殺害した」と述べられる第一部最終章のアラブ人殺害の場面である。それゆえ、強烈な暑さという要素が提示されるくだりとは、この小説中きわめて重要な場面なのではないだろうか。重要な場面に見出される極端さの真髄としての奇跡という言葉や状況は、この『異邦人』という小説が、極端さを形式上の特徴としてもつ昔話に関連するということを端的に示すといえる。

ところで、昔話の様式としてのこうした明確な輪郭という特徴は、主人公が存在する空間については次のような様相を呈する。

主人公はいつも町や城、あるいは部屋のなかへ入ってきて、その四面の壁のなかでできごとが生まれるのである。[…]主人公がひとりで彼岸の住人たちの宮殿にいのこり、つぎつぎに部屋に入ってみてしまいには禁じられた一二番めの部屋に入ってしまうあの場面を、昔話はなんとしばしば話題にしていることか。主人公や女主人公を塔のなかや、あるいは宮殿のなか、トランクのなか、あるいは箱のなかにとじこめることを昔話はどんなにこのんでいることか。[41]

昔話の物語の枠は、主人公が閉鎖的空間に存在する際に与えられ、その結果として明確な輪郭が形成される。この点からすると、『異邦人』の主人公も同様である。第二部において主人公が身をおく場所とは、刑務所という閉鎖的空間にほかならない。ここにもまた、昔話とこの小説との類似点を指摘することができる。

主人公の刑務所での生活は、作品の結末部まで続く。そして結末部を子細に分析すると、そこにもまた昔話の形式との類似を認めることができる。本節の冒頭でふれたように、あらゆる魔法昔話は加害または欠如にはじまり、何らかの解決の機能に至る、という特徴をもつのだが、『異邦人』の結末部には、まさにこの要素が見出される。結末に近づくにつれて、顕著に反復される言葉が現れる。それは「わかる」(comprendre)や「知っている」(savoir)という表現である。「わかっているのか」(Comprenait-il donc ?)(I, p. 212)という言葉が刑務所付司祭に対して挑戦的に繰り返されていることに加え、次のように母親についての述懐に際しても同内容の言葉が見出される。

一つの生涯のおわりに、なぜママンが「許婚」をもったのか、また、生涯をやり直す振りをした

のか、それが今わかるような気がした。（I, pp. 212-213）

主人公は死刑執行を前にして、母親についての全面的な理解という段階に至る。そしてこの箇所に続き、小説は次の文章で終わる。

一切がはたされ、私がより孤独でないことを感じるために、この私に残された望みといっては、私の処刑の日に大勢の見物人が集まり、憎悪の叫びをあげて、私を迎えることだけだった。（I, p. 213）

主人公は小説の結末において「悟る」段階、及び「一切が果たされる」という段階に到達する。他方、作品冒頭では、「わからない」という逆の思いを表明していることに留意したい。

きょう、ママンが死んだ。もしかすると、昨日かもしれないが、私にはわからない。（I, p. 141）

このように、『異邦人』は「わからない」で開始され、結末に近づくにつれ「理解する」、「悟る」という段階となり、ついにはすべてが「果たされる」というかたちで作品が終わる。そしてこの様相とは、プロップも指摘する「何らかの解決の機能に至る」という昔話の形式に類似するのである。

III

以上で見たように、『異邦人』は、昔話の形態とさまざまな面で類似点をもつ。昔話の機能と意義をめぐり、リューティは次の見解を明らかにしている。

［…］昔話が、なやみ、不安におびえて問いかけてくる人間にあたえる答は、聖者伝の答よりも説得力があり、永遠である。なぜならば、聖者伝は説明しようとし、励まそうとするので、その意図が感じられる。それははなされた内容の現実性と、解釈の正当性に対するせまい信仰を要求する。ところが昔話はなにも要求しない。昔話は解釈せず、説明もしない。ただ見て叙述するだけである。[42]

昔話は、人間の不安への問いに対して答えを与える。現在もなお、世界各地でカミュの小説はよく読まれているという。カミュが人々の心を捉え続けているのはなぜだろうか。それは、『最初の人間』の日本語版発行に際して、訳者大久保敏彦が指摘しているように、レヴィ＝ヴァランシの次の言葉がその答えとなるにちがいない。

相変わらず、カミュには熱狂的な若者の読者がいます。それは恐らく、カミュが本質的な問題、つまり〈いかに生きるか〉という問題に答えているからではないでしょうか。[43]

カミュの作品は、人間の本質的な問題に答えるという点においても、昔話の属性に共通している。

第3節　『異邦人』と待つということ

一九九二年一二月、『異邦人』刊行後の五〇年を記念する学会がアミアンで開催された。その討論会の席上、パンゴーが指摘[44]したように、カミュは『異邦人』という作品の意味について数多くの解釈を与えた一方で、いわゆる最も『異邦人』的として評されている点、つまり形式面については、単に一つの言葉、すなわち「アメリカ小説の技法」という言葉によってその由来を説明したに過ぎない。いうまでもなく『異邦人』の語りの形式とは「小説の文体という領域における一発明[45]」であって、アメリカ小説の技法の枠を超え出るものである。したがって作者にとって、ヘミングウェイ、フォークナーといったアメリカ小説の技法が、この小説を「始動させる装置としての役割を果たした[46]」にせよ、『異邦人』的とされる文体を形作った唯一の源とは言い難い。本節ではこの見地に立ち、「アメリカ小説の技法」という由来説明に付加すべき別の源を見出すことを目的とする。またそれが、本書のテーマである未了性に関連することも明らかにしたい。

I

一九五九年に行われたブリスヴィルによるインタビューのなかで、カミュは次のように自己の創作方法を明らかにしている。

ブリスヴィル：あなたの執筆の方法はどのようなものですか。
カミュ：ノート、紙片、漠然たる夢想、そういうものが何年ものあいだ続きます。ある日、観念が、発想がやって来て、ばらばらな分子をつなぎます。すると、秩序づけるための長くて苦しい作業がはじまるのです。これは、私の混乱が深くて、極端なものであるだけに、いっそう長期にわたります。（IV, p. 612）

『異邦人』が作り出されるうえで、ある日もたらされた発想とはどのようなものだったのだろうか。キーヨによると、一九三七年八月に『手帖』に記された次の文章は、『異邦人』のテーマが初めて具体的なかたちで示された箇所である。

ふつう誰もが求めているようなところに（結婚、職業等々）、人生の意味を求めてきた男。それがモードのカタログを読んでいるとき、突然どれほど自分がそれまでの人生と（モードのカタログのなかで考えられているような人生と）縁遠かったかに気づく。

（II, p. 824）

この一節は、作者も認めている『異邦人』の原初点であり、まさに作品創作上の鍵となった発想源にかかわるくだりである。しかし内容上の『異邦人』の現れであり、語りの形式のうえでの『異邦人』らしさ、つまり『異邦人』的文体は、このくだりの時点では明らかではないという点に注意しなければならない。研究者の多くが指摘しているように、『異邦人』的文体の最初の現れは一九三八年に『手帖』に記された次の文章である。

きょう、ママンが死んだ。もしかすると、昨日かもしれないが、私にはわからない。養老院から電報をもらった。「ハハウエノシヲイタム、マイソウアス」これでは何もわからない。恐らく昨日だったのだろう。

（II, p. 863）

この文章は決定稿[47]の冒頭に相当するものであるが、注意すべきは、この「画期的文体」が『手帖』のなかで突然現れている、という点である。すなわち、文体という形式面での作者の発想経緯は、内容面での事情とは異なり、明らかなかたちでは示されてはいない。これはどのような理由によるのだろうか。恐らく『異邦人』的文体は、突然カミュのなかに創り出され生み出されたのか、という問いではなく、画期的文体を生み出す啓発要素とは何であったのか、という問いが重要だろう。この見地から『手帖』を捉え直すと、一九四〇年三月の次の文章が考察するための一つの可能性を導き出すように思われる。

異邦人、すべてがぼくにとって見知らぬものであると告白すること。今やすべてがはっきりした。待つこと、そして少しも骨惜しみをしないこと。少なくとも、沈黙と創造活動に支障をきたさないように働くこと。その他のことは、何が起ころうと、みんなどうでもよいことだ。

(II, p. 906)

『異邦人』を執筆中の作者が、自分自身を励行しつつ創作していった様子をここにうかがうことができるが、特に着眼すべきは「今やすべてがはっきりした」という表現である。先述のように、カミュの創作方法とは、夢想などの漠然とした状態から、ある日ある観念がもたらされることによって秩序あるかたちに至るものである。この『手帖』の一文には、作品を構成するうえでの発想の現れとして推測されるような、作者に突然もたらされた「明確さ」の現れを認めることができる。すなわち、画期的文体が生み出されるまでの一啓発要素として、小説執筆中、常に作者の脳裏を離れることはなかった創作姿勢が、作品に(そして恐らくは形式面にも)直接反映したという状況が想定されるのである。この「今やすべてがはっきりした」という一文に続く箇所には、創作過程において必要であるとして、カミュが認識していた二つの態度が提示されている。つまり、一つは「待つこと」、別の一つは「骨惜しみしないこと」であるが、以下において示すように、これらのうち前者の「待つこと」は『異邦人』にとってきわめて重要な概念であるように思われる。

『異邦人』的文体が初めて現れる箇所の直前には、次の文章が記されている。

せめて私に字が読めたらねえ！　でもこの明かりじゃ、夜に編物をすることだってできやしない。だから横になって、じっと待っていなければならないんだよ。とても長くてね、二時間もこんなふうにしていると〔…〕
(II, p. 863)

老女がなしていることとは、「待つこと」にほかならない。この「待つ」人物が描かれる覚書の直後、ついに画期的文体による文章をカミュは記したのである。さて、「待つ」とは、進行を急がず静止し時を過ごす状態、とも言い換えられる。この引用部分に引き続いて記されている『異邦人』の覚書には、「緩やかに時間を過ごす状態」（待つ状態）及びその逆としての「速度を伴って時間を過ごす状態」（待つことをしない状態）という両者が見出される。

管理人が言っていた——「平野は暑いんです。だからよそより早く埋葬します。特にここではね」〔…〕パリでは、二日は、ときには三日も、死者と一緒に過ごすからだ。ここでは時間がない。死んだという実感が湧かないうちに、もう葬儀車のあとを追って走り出さなければならない。

(II, pp. 863-864)

「急いで」行う埋葬、死者とともに「ゆっくりと」過ごすこと、葬儀車を追って「走ること」がここに描かれているが、このように時の過ごし方をめぐる対立概念「緩」と「急」が明示されつつ進行する文章は、さらに続く覚書にも同様に認められる。

しかし葬列も早く進み過ぎた［…］係の看護婦がいみじくも言った。「もしゆっくりいくと、日射病に罹る恐れがあります。でも急ぎ過ぎると、汗をかいて、教会に入ると急に寒気がします」

(II, p. 864)

『異邦人』的文体が初めて記されるに際して、直前には「辛抱強く待つ」人物の描写が、他方、直後には「緩」と「急」の対立概念にあえて拘ったかのような文章が見出される。この小説の画期的文体は、アメリカ小説技法の影響を受けたにせよ、作者が執筆当時に拘泥していた概念、すなわち「待つ」という概念が熟成された先に突然生まれ出たものではないだろうか。この問題を検討するために、まず以下において「待つ」がこの小説中でどのように使用されているのかを分析していく。

『異邦人』全体で「待つ」(attendre) という単語(派生語を含む)は四一箇所[48]で用いられている。これらのうちで、主人公ムルソー以外の人物が行為主となっている「待つ」は、第一部では一七回のうち七回であるのに対して、第二部では二四回中一回にとどまり、残りの二三箇所においてはすべて、主人公ムルソーが行為主の文脈で用いられている。言い換えるならば、主人公が行為主である「待つ」は、第一部では一〇回、第二部においてはより頻度を増し二二回にも及んでいる。ここでムルソーに焦点を絞り、第一部と第二部の詳細な比較を試みることとする。

第一部の一〇箇所中、第4章の「待つ」は「期待していた」のか否かを尋ねられたムルソーが、「期待して」はいなかったことを答えるというくだり（I, p. 162）で用いられたに過ぎない。また残りの八箇所のうち、長時間にわたって「待つ」ことが（assez longtemps を介し）明示されている場面は一箇所（I, p. 149）のみである。他方「待つ」時間の僅少の程度が（un peu を介し）示されている場面は二箇所となっており、第1章養老院の院長を待つ場面（I, p. 142）、及び第6章マソンとともに待つ場面（I, p. 170）である。このように、第一部での主人公は「待つ」ことをしない人物として描かれている。

次に第二部を見てみよう。第一部と異なり第二部では、ムルソーの「待つ」行為主としての頻度が高くなる。この主要因は、主人公が裁判機構のなかに拘束されている、という点にある。特に公判が描かれる第3章と第4章では、開廷までの時間を「待つ」という文脈でこの単語が現れており、さらに第5章においては、死刑執行の朝を「待つ」立場として繰り返し使用される。ところで、ムルソーが裁判機構上、「待つ」ことを余儀なくされている立場であるとはいえ、アラブ人殺害事件をめぐり予審判事を最も困惑させたことが、ピストルの二発目を撃つ前に少しのあいだ「待った」点であるとして扱われることは興味深い。第一部最終章でのアラブ人を殺害する場面においては、「待つ」という表現は用いられておらず、第二部第1章（I, p. 180）で初めて現れる。なお、この表現は公判場面において（第4章）主人公自身による証言中（I, p. 199）でも用いられている。このように第二部では、「待つ」という表現がきわめて目立ったかたちで現れている。こうした状況の頂点となっているのが、最終章の激昂した調子で繰り返される「待つ」である。さらに、次の注意すべきくだりがある。

こうして、それを飲むと受刑者は（私は受刑者と考えていたのだ）一〇のうち九つは死ぬというような化学薬品の組み合わせを、見つけることもできるように思われた。 (I, p. 205)

主人公は、自分の立場を「受刑者」(patient) という表現で扱っているのだが、これは「辛抱強く待つ」(attendre) という単語を思い起こさせ、先述のように最終章で特に強調されている立場、つまり「待つ」ことに終始している主人公の立場を端的に示すものとなっている。

ところで、第二部最終章がこの小説のなかで、ある特別な意味をもつ箇所であるという点を、ここで思い起こす必要がある。すなわち、フィッチの説[49]を取るならば、『異邦人』の語りの時点は、まさにこの第二部最終章冒頭部、ムルソーが死刑執行を前にしているときである。死刑囚とはある意味で、あらゆる身分・職業のうちで最も意識的に「待つ」立場におかれている。したがって、この小説の語りは「待つ」ということを特に意識している人物によって進行していく、と言い換えることができるだろう。先に指摘したように、第一部では「待つ」ことをしない主人公が描かれているが、これは第二部で展開される「待つ」ことを余儀なくされる立場を対照的に明示するに際して、きわめて効果的なものとなっているのである。

すなわち『異邦人』の文体の源とは、作者の言及している「アメリカ小説的技法」にあることはいうまでもないが、ある別の概念が同時に関連している。それは、執筆当時の作者に内在していたこと、つまり「待つ」ということであり、第一部では「待たない」イメージが、他方第二部では次第に「待つ」イメージで占められるようになっている。サルトルが「息切れしたような」[50]という表現によってこの小説の文体を形容したが、それは別の言葉で言うならば、「待つ」ことをせず常に変化を（時間、空間ともに）しているような文体となる。

III

さて、「待つ」という概念は、作者にとってどのような意味をもつものだろうか。カミュのほかの諸作品も対象として、以下において考察を試みたい。

カミュの作品中、常に「待つ」ことをし続ける人物が描かれている小説がある。短編集『追放と王国』に収められた「背教者」である。この作品では、砂漠のなかで、主人公（かつ語り手）が厳しい暑さや寒さにふるえ、喉の乾きに耐えながら終始「待つ」ことをし続ける。それは、最初の段落から明示されている。

> 宣教師は今朝または今晩着くはずだ。案内人といっしょに来るという噂を私は耳にした。二人で一頭のラクダしか使えないかもしれぬ。私は待とう、私は待っている。私がふるえるのは、寒さ

の、全く寒さのせいだ。もうちょっとの我慢だ、きたない奴隷よ!　(IV, p. 19)

作品の最終部に至っても同様に「待つ」という立場に変化はない。

すでに夜。私はひとりきりだ。喉が乾いた。まだ待たねばならぬ [...]　(IV, p. 32)

このように、この作品において「待つ」という行為は、きわめて厳しい苦行であるかのように呈示されている。また戯曲『誤解』においても同様に、余儀なく「待つ」立場におかれた人物が描かれている。下記はマルタの独白のくだりである。

兄さんは望みが叶ったのに、私はとうとう一人ぽっちになってしまった。待ち焦がれた海などははるかかなたに遠ざかってしまった [...] 波が私をさらっていってくれるのを待ち焦がれながら一生が過ぎてしまった。　(I, p. 490)

ここで着眼すべきは、母親と共謀して兄を（兄と見分けることができずに）殺害したマルタが、自分の立場を「待ち続けた者」として捉えている点である。祖国を捨て外国で成功を収めた兄とは異なって、マルタは、祖国にとどまり、海辺の地域に移住することを長期間にわたって「待ち焦がれ続けていた」のである。この作品において、祖国を離れた側は幸福を得た人間として描かれ、他方、祖国にとどまり外国への移住を待ち焦がれ続けた側は不幸な人間として呈示されている。マルタが殺人を犯したことは、待つことがいかに不幸であり困難であるのかを明示する働きをしている。
さらに長編小説『ペスト』で描かれるオランの人々もまた、囚人のように「待つ」ことを強制され、自由な移動が禁止されている立場にある。ペストの蔓延は、人々に自宅という鉄格子にとどまることを強制し、流刑者のような深刻な苦しみを与えるものであった。それは、たとえば次の箇所からうかがうことができる。

彼らは生きているというよりもむしろ漂流しつつ、方向もない日々と、得るところのない思い出のまにまに、みずからの苦痛の大地に根をおろすことをうべなった暁にのみ生気を生じ得るのであろうところの、さまよえる亡霊となり果てていたのであった。彼らはこのようにして、なんの役にもたたぬ記憶をいだいて生活するという、すべての囚人、すべての流刑者の深刻な苦しみを味わった。　(II, p. 82)

カミュの作品中「待つ」立場の人物は、厳しい忍耐を課せられたかのように描かれており、結果として、「待つ」ということの難しさが明示されている。またそれは、次に示すように、カミュの諸作品における冒頭部、そして結末部の特徴からも認められる。

IV

先に述べたように、『異邦人』の文体は「待つ」ことをせず常に変化をし続けるという印象を与える。そのイメージは、小説冒頭から現れている乗り物（速度をもつ移動手段）の描写をはじめとした「常に動いている」という状態が明示されていることも一因となっている。

私は二時のバスに乗った［…］エマニュエルの部屋へ、黒いネクタイと腕章を借りに登ってゆかねばならなかったから、私は少々目が回った［…］私はバスに遅れないように走った。私が眠くなったのは、きっと、こんなにいそいだり、走ったりしたためだった。それに加えて、車体の動揺やガソリンの匂いや、道路や空の照り返しのせいもある。（I, pp. 141-142）

「バスに乗る」、「走る」、「急ぐ」という移動の描写、さらに「目が回る」、「車体の動揺」といった種々の揺らぎへの言及をここに認めることができる。こうした「動」をイメージさせる描写は、カミュのほかの作品においても、冒頭部に特に目立って見受けられる。

たとえば『幸福な死』の冒頭は、次のように主人公が「歩いている」場面で開始されている。

朝の一〇時だった。パトリス・メルソーは規則正しい足取りでザグルーの別荘に向かって歩いていた。

（I, p. 1106）

また『追放と王国』に収められた作品のいくつかの冒頭にもまた、「動」のイメージが見出される。「不貞」の冒頭は次のように開始される。

痩せた蠅が一匹、バスの引上げられた窓ガラスのところを、ひとしきり、飛びまわっていた。

（IV, p. 3）

ここでは、「移動するバス」そして「飛び回る」という動きをする蠅が「動」のイメージを形成している。また「口をつぐむ人々」の冒頭には、「自転車」の動きが提示されている。

港を見おろす大通りに沿うてのろのろと車を走らせていた。自転車の固定ペダルの上で、利かないほうの脚はじっと休んでいて、動かない。

（IV, p. 34）

「客」では、「馬」という移動手段、そして「歩く」人物の描写ではじまる。

教師は自分のほうへ二人の男が登ってくるのを眺めていた。一人は馬に乗り、一人は徒歩である。

（IV, p. 46）

「生い出ずる石」では、「車」の描写である。

> すっかりぬかるんだ紅土の径を車は苦しげに曲った。 (IV, p. 84)

さて、こうしたカミュの作品の冒頭に認められる「動」的特徴[51]に対して、結末部においては「不動」のイメージが呈示されることが多い。たとえば『幸福な死』は次の一文で終わる。

> あと一分、あと一秒、と彼〔メルソー〕は思った。上昇がとまった。そして彼は、小石のなかの小石となって、心は歓喜にひたりながら、あの不動の世界の真実に還っていった。 (IV, p. 1196)

また「生い出ずる石」最終部では、人々が石の周りに円形に陣取り、沈黙した状態でうずくまる、という「動きの停止」が描かれている。

> 彼らは石のまわりに円形にうずくまって、黙っていた。 (IV, p. 111)

そして、長編小説『ペスト』の場合、『手帖』に明らかなように、草稿段階においての結末部が「身動きをしない」人物の描写となっているのである。

『ペスト』。最終場面を、喪服をまとい、じっと動かぬひとりの女の姿とすること。彼女の苦しみには男たちが命と血と引換えに与えたものが表れている。（II, p. 1007）

さらに、常に不動状態の人物が描かれている「背教者」においては、唯一動いていた舌まで停止させる出来事が最後の一文に記されている。

ひと掴みの塩が、おしゃべりな奴隷の口をいっぱいにした。（IV, p. 33）

このようにカミュの諸作品は、「動」で開始し「不動」で終わる。「待つ」すなわち「不動」と「動」が、作品の構成上で重要な要素となっている。これはカミュにとって「待つ」ということが、きわめて重要な概念であったことを示す。

V

カミュは『異邦人』を発表するまでは全くの無名作家であった。『異邦人』の母胎とされる小説『幸福な死』の執筆の時期、師グルニエに書き送った手紙のなかに次の一節がある。

［…］私がものを書き続けるべきだと本当にお考えでしょうか？　びくびくしながら私は自分に問い掛けております［…］お教え頂きたいのです。あなたは私がものを考える人間になれるだろうとおっしゃいます。でもそれについても私には確信がありません。[52]

カミュはこの当時、自分が作家に向いていないのではないかという不安を抱いていた。ところでブリスヴィルによるインタビューのなかで、創作活動において最も好む段階について尋ねられ、次のように答えている。

ブリスヴィル：作家としてのお仕事の過程で、あなたのもっとも好まれる瞬間は？（構想、第一稿、手直し）

カミュ：構想です。　（IV, p. 612）

「構想」段階を好むカミュにとって、「第一稿」や「書き直し」といった段階は、いかなる意味をもつものだったのだろうか。この点をめぐって、本節冒頭においても引用したインタビュー箇所が、一つの解答を与える。再び引用する。

ブリスヴィル：あなたの執筆の方法はどのようなものですか。

カミュ：ノート、紙片、漠然たる夢想、そういうものが何年ものあいだ続きます。ある日、観念が、発想がやって来て、ばらばらな分子をつなぎます。すると、秩序づけるための長くて苦しい作業が始まるのです。これは、私の混乱が深くて、極端なものであるだけに、いっそう長期にわたります。

(IV, p. 612)

「秩序づけを行う段階」、あるいは「書き直しを行う段階」は、この作家にとって「長く苦しい作業」である。このインタビューは物故の一年前に行われた。ここに示されているカミュの発言は、作家として終生感じていたことなのである。とするならば、作家としての自信を未だもち得ずに不安を抱きながら『異邦人』を執筆していた当時には、「文章を漸進的に辛抱強く書き進めていく段階」がカミュにとってかなりの苦行であったと推測できる。すなわち、この小説の創作過程でカミュが常に感じていたこととは、「辛抱強く書き進めていく」難しさであったのではないだろうか。

したがって、到達し難い境地としてカミュ作品上にしばしば描かれる「待つ」という状況が、『異邦人』の文体を生み出すうえでの啓発要素となっていった背景にあるものは、作者自身が獲得し難いものと意識していた創作姿勢である。

「待つ」とは、何かがこれから起こることであり、完結していない状態である。このような意味において、『異邦人』は未了性に関連するといえる。

第4節　『異邦人』における声

本節では「声」という視点から、『異邦人』における未了性を明らかにする。以下での「声」とは、明確な有声音となっていない段階のもの、すなわち「息」とも言い換え得るものに限定している。それは未だ言葉にはなっていないという意味において、未了性に結びつく。

カミュの『異邦人』は、不条理の小説として知られる。「不条理」という語は、作者が作品を系列に分類した際の言葉でもある。一九四七年六月付の『手帖』に明らかなように、当初は五つの系列で構想されていた。

第一の系列―不条理（Absurde）：『異邦人』―『シーシュポスの神話』―『カリギュラ』及び『誤解』
第二の系列―反抗：『ペスト』（補遺）―『反抗的人間』―『カリヤーエフ』
第三の系列―『審判』―『最初の人間』
第四の系列―引き裂かれた愛：『火刑』―『愛について』―『誘惑者』
第五の系列―『修正された創造』あるいは『体系』―長編小説＋大瞑想録＋上演不可能の戯曲

(II, pp. 1084-1085)

第三の系列[53]に属する未完の小説『最初の人間』[54]が遺作となった現在、最終的にカミュの作品は三つの系列に分類される。これらのうち第一の系列が不条理の系列であり、これに属するのが小説形式の『異邦人』、哲学エッセイの『シーシュポスの神話』、戯曲形式の『カリギュラ』及び『誤解』である。このように「不条理」[55]は、『異邦人』を理解するうえできわめて重要な言葉である。それゆえ、この言葉が作品中で多用されているかのように思われがちである。しかし実際は、『異邦人』中一箇所で（形容詞 «absurde»）使われているに過ぎない。下記の引用にあるように、«absurde» は主人公が刑務所付司祭を前に怒り叫ぶ場面で用いられている。

これまでのあの虚妄の人生の営みのあいだじゅう（pendant toute cette vie absurde）、私の未来の底から、まだやって来ない年月を通じて、一つの暗い息吹（souffle obscur）が私の方へ立ち上ってくる。その暗い息吹（souffle）がその道すじにおいて、私の生きる日々ほどには現実的とはいえない年月のうちに、私に差し出されるすべてのものを、等しなみにするのだ。

(I, p. 212)

この箇所こそ「不条理」が現れる唯一のくだりであり、『異邦人』にとって重要な意味をもつ場面[56]である。ところがしばしば指摘されているように、『異邦人』のなかでも最も理解が困難な一節とされる。難解さをもたらしているのは、特に、暗い息吹がすべてを等価値にする、という文脈である。

従来から「暗い息吹」(un souffle obscur) は、死との関連で解釈される傾向がある。

本節ではこれまでの解釈にもとづきつつも、新たに「声」という視点から考察した。論述にあたってはまず《souffle》の使用状況の分析から開始し、次に《souffle》における下の空間から上の空間に向かう動きに着目し、解釈の方向づけを行った。

I

「息吹」(souffle) は、未来の底から主人公ムルソーに立ち上り、差し出されるすべてのものを等価値にする。未来の底から上昇し、あらゆるものを等価値にする息吹とは何か。《souffle》は『異邦人』中六箇所で使用されている。小説最終部の当該場面での二箇所を除く四箇所において、各々どのような意味で用いられているのかを考察してみよう。

まず、第一部第3章でレエモンの部屋から出たムルソーが階段の踊り場に佇む場面における《souffle》を取り上げる。


彼の部屋から出て、ドアを閉めると、私は、一瞬、踊り場の闇のなかにじっとしていた。家じゅうがひっそりと静まり、階段の底から、暗い湿った風(un souffle obscur et humide) がのぼって来た。

(I, p. 160)

この箇所の«souffle»には形容詞«obscur»がつけられており、小説最終部の一節と共通する。またいずれも底から立ち上って来るという共通点をもつ。一方は未来の底から立ち上って来る「暗い息吹」であり、他方は、階段の底から立ち上って来る「暗い湿った風」である。第一部第3章での「暗い湿った風」及び小説最終部の「暗い息吹」を、死のメタファーとして捉える解釈がある。

ここでは、同じ「一つの暗い息吹」が死のメタファーとして用いられている。すなわち、未来の奥底からやってくる「暗い息吹」が、すべてを同等の価値のものにしてしまい、死を前にしては何ものも重要ではなく、すべては無差異（indifférence）なのである。[57]

「暗い息吹」は、このように死のメタファーとして解釈することによってその曖昧さは取り除かれる。というのも«souffle»と死との関連は、小説中の別の箇所にも見出されるのである。次に引用する«souffle»は、第一部第6章の太陽が強く降りそそぐ場面に現れる。

顔の上に大きな熱気（souffle chaud）を感ずるたびごとに、歯がみしたり、ズボンのポケットのなかで拳をにぎりしめたり、全力をつくして、太陽と、太陽があびせかける不透明な酔い心地とに、うち勝とうと試みた。（I, p. 174） «souffle»は«chaud»を伴って「熱気」の意味で使われている。熱気は太陽によってもたらされるものだが、太陽とはムルソーを殺人行為へと導く。それは法廷内でのムルソーの発言（太陽のせいで殺害した）にも明らかである。«souffle»と死との関連は、第一部第6章中の別の箇所にも見出すことができる。アラブ人をピストルで撃つ直前の一節である。

> 焼けつくような剣は私の睫毛をかみ、痛む眼をえぐった。そのとき、すべてがゆらゆらした。海は重苦しく、激しい息吹き（un souffle épais et ardent）を運んで来た。空は端から端まで裂けて、火を降らすかと思われた。私の全体がこわばり、ピストルの上で手がひきつった。
> (I, p. 176)

«souffle»は、海から運ばれて来る重苦しく激しい息吹である。太陽の熱気という«souffle»に加えて、海から運ばれる重苦しい«souffle»が、ムルソーを殺害行為へ誘うものとなる。この場面における息吹については、次の解釈がある。

「ある暗い（得体の知れない）息吹《アン・スーフル・オブスキュール》」は、ムルソオを殺人へと促し《不幸の扉をたた》かせることとなった《海《メール》》の、すなわち〈悪い母《メール》〉の吐く《濃く熱い息吹《スーフル》》と重なろう。それに、「この息吹」が「すべて等し並にしていた《エガリゼ・トゥー》のだ」という表現は、「死はすべてを等しくする《エガリゼ・トゥー》」や「死はすべての身分の高低を均しくする《エガリーズ・トゥート・レ・コンディション》」という成句的言いまわしを踏まえていようから、その点から見ても、それは死の「息吹」なのである。[58]

このように«souffle»は、成句表現からも死の息吹として捉えられる。ところでこの引用にもあるように、«souffle»には人間の内部から吐き出される「息」、「呼吸」の意味もある。『異邦人』における六箇所の«souffle»のうち、すでに言及した五箇所では、外界に由来する「息吹」や「風」の意味で使用されている。しかし第一部第3章の下記に引用する場面では、「息」の意味で用いられている。

　それから、エマニュエルが腰掛けるのを手伝った。われわれは息を切らしていた（Nous étions hors de souffle）。トラックは塵と太陽とにつつまれ、波止場の不揃いな敷石の上ではね上がった。エマニュエルは息がとまるほど笑った。
(I, p. 155)

ムルソーはエマニュエルと走り興じ、「息」を切らす。«souffle»の意味のうち、「息」は人間の内部からのものであるのに対し、「風」は外界に属する。『異邦人』最終部における「暗い息吹」とは、「私の」未来の底から立ち上る。「私の」という表現に焦点を当てると、«souffle»とは、人間の内部に由来するものとして解釈できる。

人間の音声は大きく二つに分類される。有声音と無声音である。「息」とは無声音としての人間の声である。

次に、小説最終部の«souffle»を「音声」という視点から考察していく。

II

«souffle»は未来の底から上昇して来るものであり、下の空間から上の空間へ向かう動きをもつ。この小説において、下から上へ向かう動きをもつものとして、ほかにどのようなものが描かれているだろうか。以下では、上昇の動きとともに描写されている対象を分析することを通じて、«souffle»と音声との関連を明らかにしていく。

第一部第3章の«souffle»すなわち「暗く湿った風」もまた、階段の「下から立ち上るもの」として描かれている。また第一部第5章の二箇所の«souffle»のうち、一方は太陽によってもたらされる熱気であって、下から上への動きはもっていない。残り一方は、海から運ばれて来る重苦しく激しい息吹であり、海面という低空間から上昇する空気である。このように小説中の«souffle»のほとんどに下から上への動きを認めることができる。そのため「下から立ち上るもの」とは、こうした「風」や「空気」に限定されるように思われる。しかしテキストをより子細に見ていくと、「風」や「空気」だけではないことがわかる。たとえば第一部第6章の次の箇所を見てみよう。アルジェの郊外にバスで降り立ったムルソーが、レエモンやマリイらと海を見下ろす丘を歩いていく場面である。

モーターの軽快な響きが、しずかな大気を縫うて、われわれのところまで上って来る。はるかかなたに、小さなトロール船が、きらきら光る海のさなかを、かすかに進むともなく進んで行くのが見えた。

(I, p. 169)

この箇所での「下から立ち上るもの」とは、トロール船のモーター音である。空気や風ではなく、音が立ち上る箇所はほかにも見出される。次に引用するのは、第二部第2章に描かれる刑務所面会室の一節[59]である。

アラブ人は大声をあげない。この喧噪のなかでも、彼らは低く話し合って、しかも意思を通じ合うことができる。地面の方からはいあがってくる、アラブ人の鈍いつぶやきは、彼らの頭上で交差する話し声に対して、引き続き、いわば一種の低音部をなしていた。

(I, p. 183)

アラブ人の囚人とその家族は、喧噪のなかでも低い声で会話をする。その声は、地面から上方へ向かう鈍いつぶやきである。この場面においても、「下から立ち上るもの」とは音であり、特にここでは人間の声である。また同じ章の最後の段落にも、立ち上る音が描かれる場面がある。

日が暮れかけていた。これは私の語りたくない時刻だった。この名のない時刻に、沈黙を連ねた刑務所の各階という階から、夕べの物音が立ち上ってゆく。

(I, p. 188)

夕方になると、ムルソーは独房で沈思する。そのとき刑務所のさまざまな階から、夕暮れの物音が立ち上って来る。独房での「下から立ち上るもの」としての音は、小説最終部にも見出される。刑務所付司祭を前にムルソーが怒り叫ぶ箇所の直後のシーンである。

彼が出てゆくと、私は平静をとり返した。私は精根つきて寝台に身を投げた。私は眠ったらしかった。顔の上に星々のひかりを感じて眼をさましたのだから。田園のざわめきが私のところまで上って来た。夜と大地と塩の匂いが、こめかみをさわやかにした。

(I, p. 212)

ムルソーは平静を取り戻し眠りにつく。眼を覚ましたとき、田園のざわめきが上って来る。このように『異邦人』中で「下から立ち上るもの」とは、空気や風だけではない。さまざまな音もまた「下から立ち上るもの」として描かれている。具体的には、モーターの響き、人々のつぶやき、夕べの物音、田園のざわめきなどである。

先に述べたように、小説最終部の«souffle»は、従来から第一部第3章に描かれる場面（階段踊り場）と重ね合わせて解釈される傾向がある。実際、いずれの«souffle»も形容詞«obscur»で修飾されており、底から立ち上って来るという共通点をもつ。

しかしこの小説には「下から立ち上るもの」として、空気や風以外に、音や声が多数描かれていることが認められた。さらに«souffle»を音として捉える視点に立つと、次に示す第二部第3章の一節がきわめて重要な意味をもつ。というのも、小説最終部の«souffle»が描かれる場面と多くの点で類似するためである。

第二部第3章の最終段落に、次の文章がある。

> 護送車の薄闇のなかで（Dans l'obscurité de ma prison roulante）、私の愛する一つの街の、また、時折り私が楽しんだひとときの、ありとあらゆる親しい物音を、まるで私の疲労の底から（du fond de ma fatigue）わき出してくるように、一つ一つ味わった。すでにやわらいだ大気のなかの、新聞売りの叫び。辻公園のなかの最後の鳥たち。サンドイッチ売りの叫び声。街の高みの曲がり角での、電車のきしみ。港の上に夜がおりる前の、あの空のざわめき。——こうしたすべてが、私のために、目の見えない者への道案内（un itinéraire d'aveugle）のようなものを、つくりなしていた。——それは刑務所に入る以前、私のよく知っていたものだった。[…] あたかも夏空のなかに引かれた親しい道が、無垢のまどろみへも通じ、また獄舎へも通じ得る、とでもいうように。
>
> (I, pp. 197-198)

この箇所には、「私の疲労の底から」（du fond de ma fatigue）という表現[60]があり、小説最終部の«du fond de mon avenir»と同様に下から上への動きを見出すことができる。また「私の」及び「底」という語[61]を用いている点でも共通する。そしてこの場面には、「暗い息吹」でも用いられた形容詞«obscur»の名詞形«obscurité»[62]を見出すことができる。ムルソーは護送車の「薄闇」（l'obscurité）のなかにいるのである。さらに「目の見えない者への道案内」（un itinéraire d'aveugle）という表現は、小説最終部での、未だやって来ない年月を通じて立ち上る道筋と重ね合わせることができる。また道案内は、無垢のまどろみと同時に獄舎にも通じる、とある。無垢のまどろみと獄舎は、同等比較級の表現で並べられ同列の扱いとなり、小説最終部のすべてのものを等価値にするという文脈に類似する。

このように、小説最終部の暗い息吹が描かれるくだりと第二部第3章最終段落の上記くだりは、多数の共通点をもつ。第二部第3章での「私の底」から立ち上るものが音であるように、小説最終部の«souffle»もまた音として捉えることができるのである。

III

「音」すなわち「息」としての«souffle»とは、『異邦人』においてどのような意味をもつのだろうか。«souffle»は「虚妄の人生の営みのあいだじゅう」という継続した時間のなかで存在する。第二部第2章にも、継続した時間のなかで「音声」が描かれる場面がある。

アラブ人の囚人とその家族は、喧噪のなかでも低い声で話す。その声は、地面から立ち上る鈍いつぶやきであるとともに継続的なものである。

> アラブ人のつぶやきは、われわれの足もとで、続いていた。
> (I, p. 184)

アラブ人のつぶやきは、下部空間で響き続ける。そのため、未来の底という下の空間から立ち上る

«souffle» に類似する。アラブ人の声は、高音の話し声とは異なって低音部を構成するのである。そして、高い叫びではなくこのような低音の声とは、ヴィアラネーも述べているようにカミュの諸作品に共通する特徴にほかならない。

アルベール・カミュの著作は、読者の耳に苦痛をあたえるような作品ではない。そこには、ささやき声は聞かれても、叫び声が聞かれることはずっと稀である。かん高い音があまりに大きく鳴り響くのを、通奏低音が押さえている。[63]

カミュが創作活動で追求したものとは何か。『裏と表』再刊への序文で、作者は次のように述べた。

一人の人間の仕事とは、かつて一度、はじめて心がひらかれた二、三の単純で偉大なイメージを、芸術という紆余曲折を経て再発見する、そのための長い道行き以外の何ものでもないと。そこにこそ多分、二〇年にわたる仕事と創作活動のあとで、いまなお私が、私の作品はまだはじめられてさえいないと思いながら生きている理由があるのだ。

(I, p. 38)

カミュは「かつて一度、はじめて心がひらかれた二、三の単純で偉大なイメージ」を生涯にわたって探究し続けた。それは『裏と表』で展開された世界である。そして『裏と表』の一作品「肯定と否定のあいだ」は、『異邦人』と類似性をもつと指摘されている。特に『異邦人』最終段落においてムルソーが世界の無関心に心をひらくくだりは、「肯定と否定のあいだ」の次の一節と多くの共通点をもつ。

室内には誰もいない。下の方の町から騒音が聞こえてくる。もっと遠くでは、湾の上に、光が点々としている。アラブ人がとても深い息をするのが聞こえる。そして、彼の両眼が薄暗がりのなかで輝いている。遠くで聞こえるのは、あれは海鳴りの音か？ 世界は、長いリズムを刻みながらぼくに向かって吐息を吹きつけ、死なざるものの無関心と静寂をぼくのところに運んでくる。赤い大きな焔の揺らめきが、壁の上のライオンを波打たせている。大気はさわやかになってゆく。海の上で、サイレンが鳴る。燈台がまわりはじめる。一つは緑で一つは赤、もう一つは白だ。そして相変らず世界の大きな吐息だ（Et toujours ce grand soupir du monde）。一種のひそかなる唄が、あの無関心から生れる。そしてぼくは還ってきている。ぼくは、貧しい町の一画で暮した一人の子どものことを思うのだ。

(I, p. 48)

『異邦人』最終段落との類似点は、次のように指摘されている。

カフェの話者と同じように、主人公ムルソーは全身で世界の吐息を感じる。「星々のひかりを感じ」、「田園のざわめき」に耳を傾け、「夜と大地と塩のにおい」に彼はこめかみがさわやかになるのを覚える。世界の吐息が、「潮のように」彼の中に入ってきて、彼は静かに世界に溶け込んでいく。[64]

ムルソーと同じく「肯定と否定のあいだ」の話者は、「世界の無関心」に心をひらく。『異邦人』での「田園のざわめき」、「夜と大地と塩の匂い」、「眠れる夏のすばらしい平和」といった「世界の無関心」を呼び起こす諸要素は、「肯定と否定のあいだ」では「世界の吐息」(soupir du monde)と表現される。「世界の吐息」は、「下の方の町からの騒音」、「アラブ人が立てる深い息」、「海鳴りの音」、「海のサイレン」と同列に描かれている。したがって「世界の吐息」とは「音」[65]に属するものと理解することができる。また「長いリズムを刻みながら」と説明されているように、「世界の吐息」はリズムを伴って存在し、その点でも「音」とのつながりをもつ。

『異邦人』最終部の«souffle»は継続した時間のなかで存在し、『肯定と否定のあいだ』に描かれる「世界の吐息」も同様の特徴を有する。というのも、「世界の吐息」は「相変わらず」(toujours)という継続を示す表現を伴っているからである。この表現は「肯定と否定のあいだ」中、別の箇所でも繰り返されている。

> いまや火は消え、炉のなかの灰に埋もれている。そして相変わらず(toujours)、大地のあの同じ溜息が聞こえている。アラブの太鼓が、その珠玉のような唄を聞かせてくれる。女の笑い声がそれに重ね合わされる。
> (I, p. 51)

「世界の吐息」は、「アラブの太鼓」や「笑い声」などと同列のものとして描かれる「音」である。また«toujours»とともに用いられ、継続した時間のなかで存在するという特徴ももつ。「肯定と否定のあいだ」との類似がしばしば指摘される『異邦人』の最終段落には、「吐息」(soupir)という単語を見出すことはできない。しかし「息」を意味する単語(souffle)が最終段落の直前に(「暗い息吹」の文脈において)おかれているのである。このように『異邦人』最終部の«souffle»とは、「肯定と否定のあいだ」にも描かれた「世界の吐息」に通じるものということができる。

IV

作者によって「不条理」の系列に属する作品の一つとして創作された小説『異邦人』だが、「不条理」(absurde)は、作品最終部の一箇所で用いられているに過ぎない。「不条理」が現れるその重要な一節には、«souffle»[66]という単語がある。本節は、その単語をめぐって分析を行った。考察をとおして、最終部の«souffle»を「声」、「息」として捉え得ることを示し、またそれが「肯定と否定のあいだ」で展開された「世界の吐息」に通じていることを明らかにした。

この小説にとってきわめて重要な場面には、「息」が重要な役割を果たすものとして描かれている。「息」とは、明確な有声音となっていない段階、未だ言葉の段階に至っていないという点において未了性という特性をそなえている。

第5節　古代レトリックとプラトン的対話

本節では、口承性という視点をとおして、『異邦人』と未了性のつながりを明らかにすることを目的とする。

カミュは一九三六年、アルジェ大学哲学科に「キリスト教形而上学と新プラトン主義」と題する学士論文を提出している。このような背景もあり、カミュと古代ギリシア哲学とのつながりについて語るとき、新プラトン主義の哲学者プロティノスの名前があげられることが多く、プラトン（すなわち新プラトン主義が依拠する哲学者）について言及されることは少ない。たしかに『手帖』に記された文章や書簡にもプラトンについての記述が見出されるものの、作品への直接的影響はあまり認められないように思われる。

しかしブリス・パランの『プラトン派のロゴスに関する試論』（1941）や『言語の本性と機能についての探究』（1943）をめぐる評論「表現に関する一哲学について」（1944）を発表したカミュは、パランが言語の問題を形而上学的問題と捉えている点に注目して分析を進め、言語の不確実性を超越するための方法としてプラトンの対話を取り上げている。

［…］ギリシア思想がそのもっとも純粋な文学的形式を対話に見出したのは、無意味なことではないのである。ソクラテスの努力、プラトンの努力は我々の行為と我々の表現とを超越する法を見出すことであった。

（I, p. 904）

プラトンの著作は、論文形式ではなく対話でつくられている。対話とは、ギリシア語ディアレクティケーである。ディアレクティケーは弁証法と訳され、ヘーゲルの弁証法として受け取られることが多いが、元来は問答法や対話術の意味をもつ。その後、西洋哲学の歴史のなかで各国語に取り入れられさまざまな意味を与えられていった。ディアレクティケーを最初に哲学的探究の方法とし体系化したのはプラトンである。ディアレクティケーに類似し、かつ対立する概念にレートリケーがある。レートリケーとは、古代レトリックつまり古代弁論術を意味している。プラトンは、「長い言論（弁論）によって人々を説得する方法であったレートリケーに対して、できるだけ短い言葉からなる問答（対話）によって、ものごとの〈何であるか〉の知識を探究する方法[67]」としてディアレクティケーを提唱した。ディアレクティケーとレートリケーにはこのような違いはあるが、いずれも何らかの相手を前にして話す方法である。

このように対話とは話される言語に属するが、従来から『異邦人』には話し言葉的な要素が含有されていると指摘されてきた。本節の目的は、『異邦人』をプラトン的対話という視点、「話される言葉」という視点から解釈し、その意味を探究することにある。以下では、「話される言葉」及びその対立概念「書かれた言葉」を、「音の世界（聴覚の世界）」と「文字の世界（視覚の世界）」として捉えることをとおして『異邦人』を分析することからはじめた。次にレートリケーと『異邦人』との関連を明らかにし、最後にこれらをふまえ、ディアレクティケーの視点によって考察を行った。

I 『異邦人』における文字と音

1 否定される文字の世界

(1) 批判の対象としての電報

この小説は主人公ムルソーの「わからない」という感想から開始される。

きょう、ママンが死んだ。もしかすると、昨日かもしれないが、私にはわからない。養老院から電報をもらった。「ハハウエノシヲイタム、マイソウアス」これでは何もわからない。(I, p. 141)

「わからない」という感想は、電報文への批判である。ウリ・アイゼンツヴァイク[68]が指摘するように、『異邦人』においてエクリチュールは否定されており、小説冒頭で批判される電報はそれを象徴している。またその電報が伝える内容は、母の死という不幸を伝えるものである。小説冒頭から否定され、かつ、死にも密接に結びついている文字の世界は、以下に示すように、小説中のほかの場面においても何らかの罪悪や不幸に連関し、最終的には主人公を死へと導く契機となっている。まず新聞について述べ、次に手紙について考察する。

(2) 新聞に付与された不幸

第一部第2章に、アパルトマン内で過ごすムルソーの様子が描かれる場面がある。

昼食のあと、少し退屈してアパルトマンのなかをぶらぶらした。ママンがここにいたときは便利だった。今では私には広過ぎるので、食堂の机を私の部屋へ運びこまなければならなかった。私はもうこの部屋でしか生活しない。すこしくぼんだ藁椅子と鏡の黄色になった衣裳箪笥と、化粧机と、真鍮の寝台とのあいだに。そのほかはどうでもよかった。しばらくたって、何かしなければならないから、私は古新聞を手に取って読んだ。クリュシエンの塩の広告を切り抜き、古い帳面にはりつけた。新聞のなかで面白いと思った事がらをそこに集めておくのだ。手を洗った。最後に露台へ出た。（I, p. 152）

この場面は、第二部で独房の身となる状況の伏線として読むことができる。というのも第二部第2章に描かれるムルソーは、刑務所内で退屈を克服しようと模索するのである。また独房という空間もまた、伏線的要素として認められる。第一部第2章には、「私はもうこの部屋でしか生活しない」という表現がある。これは、一つの部屋としての独房空間を暗示する。さらに第二部第2章の次のくだりは、第一部第2章の場面に多くの類似要素をもっている。

藁布団とベッドの板とのあいだに、実は、一枚の古新聞を見つけたのだ。すっかり布にはりつき黄ばんで裏がすけていた。その紙は、頭の方こそ欠けていたが、チェコスロバキアに起こったらしいある事件の記事を載せていた。

(I, p. 187)

まず指摘できる類似点は、藁という要素である。藁椅子と藁布団という違いはあるが、いずれも藁素材である。そして次に、古新聞を読むという共通点である。さらに、年月を経て黄色になったものが描かれているという共通要素もある。第一部では鏡の黄色になった衣裳箪笥であり、第二部では黄ばんで裏がすけている古新聞である。このように、第一部第2章の古新聞の広告を読む箇所には、第二部で囚人となるムルソーが伏線として描かれている。

また、『異邦人』における新聞は不幸な事件と深いつながりをもつ。たとえば次の箇所を見てみよう。第二部第3章で法廷が開始される直前の場面である。法廷内に多数の人々が集まっている状況を前にして、ムルソーは憲兵と言葉を交わす。

「何という大勢の人だろう!」と憲兵に言うと、これは新聞のせいだと答え、陪審員席の下のテーブルのそばに陣取った一団を示した。「あそこにいるよ」と彼は言った。「誰がです?」と尋ねると「新聞さ」と繰り返した。

(I, p. 189)

憲兵はムルソーからの二つの質問いずれに対しても、「新聞」という省略した表現で答えている。省略せずに答えるならば、ムルソーの最初の質問には、たとえば「新聞記者がたくさんいるためだ」となる。しかし憲兵は人物を示す言葉「新聞記者」ではなく、「新聞」という事物を示す表現をしている。そして続く質問についても同様である。この質問には「新聞記者」と人物を示す表現で答えるべきところである。しかしここでもまた「新聞さ」と答えている。

さらに、続く場面では、ある新聞記者が次のように話す。

「御承知のように、あなたの事件を少々もち上げました。夏は新聞にとっては種切れの季節でね。それで何かバリューのあるものといったら、あなたの事件か親殺しの事件しかなかったんで」と彼はつけ加えた。

(I, p. 190)

ここで新聞記者が発している「新聞」という言葉は、憲兵が繰り返した言葉「新聞」を直接受け継ぐかたちで読者の耳に響く。新聞記者がここで述べているのは、新聞にとって価値のあるものは、ムルソーの事件あるいは親殺しの事件であるということである。つまりこれらの場面には、「新聞＝殺人事件」という図式が形成されている。

新聞への言及は第二部最終章にもある。最終章の前半部には、死刑制度をめぐって熟考するムルソーが描かれている。

私はかねて死刑執行の話に充分注意を払わなかったことが、悔やまれた。ひとはいつもこの問題に関心をもたねばならないだろう［…］みんなと同じように、私も新聞の記事としては読んだことがある。［…］新聞は、しばしば、社会に対する責務ということを語っていた。新聞によれば、それは償わねばならないのだ。

(I, p. 204)

新聞は本来さまざまな話題を取り扱うものだが、ここでは新聞が死刑制度と直接のつながりをもつものとなっている。新聞と死刑とのつながりは、第二部最終章でのギロチンをめぐる熟考の箇所で鮮明化する。

長いこと私は、なぜかわからないが、ギロチンにかけられるには、階段をのぼって、断頭台に上がらねばならぬ、と信じていた［…］しかしある朝、ある噂高い処刑の際に新聞に載った一枚の写真を思い出した。

(I, p. 206)

新聞はギロチンをめぐるくだりにおいて、処刑という生々しい死に直接結びついて提示されている。

このように小説中に描かれる新聞は、罪悪を付与され不幸と密接なつながりをもっているのである。

(3) 手紙に付与された不幸

ムルソーが死刑執行判決を受ける身となったのは、アラブ人を殺害したためである。しかしそのアラブ人とムルソーとの関係は、友人レエモンの恋敵であったに過ぎず、ムルソーが殺害対象のアラブ人に強い憎悪をもっていたわけではなかった。またレエモンはアパルトマンの一隣人であり、二人が親しくなるのは、ムルソーがレエモンから手紙の代筆を依頼されたことがきっかけである。それは、法廷での検事の言葉に端的に示されている。

> 続いてレエモンの番が来た。彼が最後の証人だった［…］すると検事は、ドラマの発端をなす例の手紙が私の手で書かれた、そのいきさつを尋ねた。(I, p. 196)

殺人事件の発端は手紙にあった。レエモンに依頼され手紙を書いたからこそ、ムルソーは殺人を犯し最終的に死刑判決を受けた。つまり、ムルソーを死に導いたのは手紙である。

小説冒頭の電報にはじまり、新聞、手紙はいずれも、何らかの不幸や罪悪に関連している。さて、文字の世界・視覚情報の世界が、不幸に結びついて描かれていることとまさに対照的に、音の世界・聴覚情報の世界は、幸福につながる様相を呈している。以下においてその詳細を述べていきたい。

2 幸福感につながる音の世界

『異邦人』結末部に次の一節がある。

このとき、夜のはずれでサイレンが鳴った。それは、今や私とは永遠に無関係になった一つの世界への出発を告げていた。ほんとうに久し振りで、私はママンのことを思った。一つの生涯の終わりに、なぜママンが「許婚」をもったのか、また生涯をやり直す振りをしたのか、それが今わかるような気がした。［…］世界を自分と非常に似た、いわば兄弟のようなものと悟ると、ぼくは、自分が幸福であったし、今でもそうだと感じた。［…］

(I, pp. 212-213)

ムルソーはサイレンの音を耳にし、それを契機に「わかる」段階を得、さらに「幸福であったし、今でもそうだ」ということを自覚する。

先に言及したように、小説冒頭は主人公の感想「わからない」で開始されていた。しかし結末部においては、主人公は「わかる」段階に至る。このようにこの小説は、主人公の「わからない」で開始され、最後は「わかる」段階に至る。またムルソーの「わからない」という感想をもたらした契機とは、電報という文字による情報である。他方、小説最後に「わかる」という段階を得る契機となったのは、サイレンつまり音による情報である。ムルソーは、文字に対しては否定的（「わからない」という感想）であるが、音に対しては肯定的な反応（「わかる」段階の獲得）を示している。さらに、電報が伝える内容は「死」であったが、サイレンの音を契機に自覚されたのは「幸福感」である。

このような「幸福感」など肯定的な意識につながる音の描写は、結末部以外にも見出すことができる。それはたとえば第二部第4章の次の場面である。

［…］弁護士がしゃべり続けている最中に、街の方から、この法廷の広がりをわたって、アイスクリーム売りのラッパの音が、私の耳もとまで届いてきたのだ。もはや私のものではない一つの生活、しかし、そのなかに私がいとも貧しく、けち臭い喜びを見出していた一つの生活の思い出に私は襲われた。夏の匂い、私の愛していた街、夕暮れの空、マリイの笑い声、その服。（I, p. 202）

法廷内にいるムルソーは、アイスクリーム売りのラッパの音を聞き、囚人となる以前の幸福な生活を思い出す。ラッパの音という聴覚情報が、夏の匂い、夕暮れの空、マリイの笑い声など、自由で幸せであった生活を思い出すきっかけとなっている。このように、音は幸福感に結びつくものとして描かれている。

同じようなくだりは、第二部第3章にもある。裁判所から刑務所に戻る護送車のなかで、ムルソーは街の物音を耳にする。そこでは、牢獄の身となる以前の幸せな日々を思い出させる音が列挙されている。

護送車の薄闇のなかで、私の愛する一つの街の、また、時折り私が楽しんだひとときの、ありとあらゆる親しい物音を、まるで私の疲労の底からわき出してくるように、一つ一つ味わった。すでにやわらいだ大気のなかの、新聞売りの叫び。辻公園のなかの最後の鳥たち。サンドイッチ売りの叫び声。街の高みの曲がり角での、電車のきしみ。港の上に夜がおりる前の、あの空のざわめき。——こうしたすべてが、私のために、目の見えない者への道案内のようなものをつくりなしていた。——それは刑務所に入る以前、私のよく知っていたものだった。そうだ、ずっと久しい以前、私が楽しく思ったのは、このひとときだった。

(I, p. 97)

このくだりには「目の見えない者への道案内のようなもの」という表現があり、視覚情報が排除された世界が展開している。視覚情報が完全に排除された聴覚情報の世界、文字ではなく音による世界が、幸福感とつながりをもって高い価値を与えられている。

以上において、『異邦人』における文字の世界と音の世界をめぐる考察を行った。分析をとおして、「否定され、不幸に結びつく文字の世界」、及びそれに相対するものとしての「幸福感につながる音の世界」という図式を得ることができた。次に、これが何を意味するのかについて考察していく。

II　レートリケーとディアレクティケー

1　書かれた言葉と死

ウォルター・J・オングは、プラトンに言及しながら、書かれた言葉と話される言葉をめぐって次のように指摘する。

［…］声の文化の闘技的な心性をまだ保っているプラトンのソクラテスは、つぎのようなことも、書くことへの反論と考えている［…］現実の（話される）ことばと思考は、本質的には、つねに現実の人間どうしのやりとりのコンテクストのなかに存在するが、書かれたものは、そうしたコンテクストから離れ、非現実的、非自然的な世界のなかで受け身にとどまっている［…］[69]

話される言葉は人々の会話のなかに生きて存在するが、書かれた言葉は終結した状態におかれている。オングは次の見解も明らかにしている。

書くことに内在する驚くべき逆説の一つは、それが死と密接なつながりをもつことである。書かれたものは、非人間的で、事物に似ていて、記憶を破壊するというプラトンの非難のうちに、このつながりはそれとなく示されている[70]。

書かれた言葉は死に結びつく。しかし話される言葉は、他者とのやりとりのなかに生きて存在する。先に見たように、『異邦人』における文字の世界は不幸につながり、主人公を死に導くものとして描かれている。プラトンは、対話という形式、すなわち「話される言葉」によってその思想を展開した。『異邦人』における音と文字をめぐる様相を考察する際には、プラトンの対話篇が重要な手がかりを与えるのではないだろうか。

対話つまりディアレクティケーと対立する概念として、レートリケーがある。以下では、話す方法という点で共通するディアレクティケー及びレートリケーをめぐって、『異邦人』との関連を述べていく。まずレートリケーと『異邦人』との関連について扱い、次にディアレクティケーについて考察する。

2 レートリケーとディアレクティケー

(1) 古代レトリックと三種類の弁論

一般にレトリックには修辞学という日本語訳が与えられるが、元来は言葉によって説得する技法、つまり弁論術を指す言葉であった。弁論術は、紀元前五世紀半ば、現在のシチリア島の都市シラクサに生まれた。当時シラクサでは人民の大集会で政治の大討論会がしばしば開かれ、多くの人々の前で話す技術をもっていることが重要であった。そしてレトリックはその誕生からおよそ一世紀を経て、アリストテレスの『弁論術』によってはじめて学問としての体系化が行われた。アリストテレスは、これまでの弁論家が法廷弁論を主に対象としてきたことを非難し、法廷弁論を含みつつも二つの弁論を加えて三つの種類、「法廷弁論」、「審議弁論」（議会弁論）、「演示弁論」（慶弔弁論）に分類した。「法廷弁論」とは裁判官を前に弾劾や弁護を行うことを目的とし、「審議弁論」（議会弁論）とは、民会のような政治的な会議の構成員に助言を与え賛同させることが目的である。そして「演示弁論」（慶弔弁論）とは、多くの聴衆を前に称讃する（英雄の称讃や死者の追悼）ことを目的としている。アリストテレスの『弁論術』は、現代に至るまで弁論術について言及するすべての概論書の材料でありこの三種類の区別についても後代のレトリック理論に定着[71]していった。

(2) 古代レトリックと『異邦人』

弁論術はアリストテレスが体系化した際、議会での審議弁論と慶弔の場面での演示弁論が加わった。これはよりよく話すことが求められる場面として、法廷、議会、慶弔という三種類があることを示している。

『異邦人』は次に述べる点において、古代弁論術に類似する要素をもっている。

①話すことに苦心する場面：弔いの場面、及び法廷の場面

主人公ムルソーは、口にすべきではなかった、といった自己の発言への反省の態度を繰り返し示す。これは、よりよく話そうとする態度の現れである。たとえばムルソーは、母の死の報を受けて、

会社の主人に休暇を願い出たときに次のように考える。

「私のせいではないんです」と言ってやったが、彼は返事をしなかった。そこで、こんなことは口にすべきではなかったと思った。とにかく言いわけなどしないでもよかった。(I, p. 141)

ムルソーは、母の死をめぐる場面において自分の適切でない発言を反省している。このくだりの直後に次の場面がある。

いつものとおり、レストランで、セレストのところで、食事をした。みんな私に対して、ひどく気の毒そうにしていた。「母親ってものは、かけがえがない」とセレストは私に言った。(I, p. 141)

「母親ってものは、かけがえがない」というセレストの言葉は、ムルソーが不適切であると自覚した発言の直後におかれ、弔いをめぐる適切な言葉の例として提示されているのではないだろうか。また、ムルソーは門衛の前でも自己の発言を後悔している。それは母の棺を前にした場面である。

彼は棺に近寄ったが、私は彼をひきとめた。「御覧にならないですか」と言うから、「ええ」と私は答えた。彼はやめた。こう言うべきではなかったと感じて、私はばつが悪かった。(I, p. 143)

さらに、会社の主人に母親の年齢を聞かれ、次のように答える。

私が疲れ過ぎてはいないかと彼は尋ね、また、ママンの年をきいた。私は誤りを犯さぬように「六〇ぐらいで」と言った。（I, p. 154）

ここには、正しく話そうと努力するムルソーが描かれている。このようにムルソーは、母の死をめぐる場面において自己の発言を後悔し、うまく話そうとする。ムルソーは、弔いの場面においてよりよく話そうとしている。

『異邦人』第一部では母の死をめぐって物語が展開するが、第二部では裁判がテーマであり、ムルソーは法廷を舞台として話す（弁明する）立場になる。話すことへの努力は、第一部においては母の死に関連する場面で展開し、第二部では法廷を舞台にして行われるのである。つまり、ムルソーに話すことが要請されている場面は、第一部では弔いの場面であり、第二部では法廷の場面である。これら弔い、及び法廷とは、古代において弁論上の技術が求められた場、すなわち古代弁論術の主要三種類のうちの二つの場であり、よりよく話すことが求められる場である。

②最終部での感情表出

第二部最終章には、ムルソーが怒りを爆発させるくだりがあるが、古代弁論術において、弁論の最終部ではまさに感情を表出することが要求されたのである。たとえばバルトも『旧修辞学』のなかで次のような説明を与えている。

弁論が終わるかどうか、どのようにして知るのか。それは、発端と同じく、全く恣意的なものである。したがって、終わりのしるし、結尾のしるしが必要なのである〔…〕ローマでは、結論は、大演技の、弁護士の身振りの見せ場だった。[72]

③大勢の見物人が集まる広場：断頭台、及び演説台

死刑執行の朝を迎えたムルソーは、大勢の見物人に憎悪の叫びとともに迎えられるという望みをいだく。

大勢の人々を前にし処刑されるということは、多数の人々を前に断頭台に上がるというイメージに結びつく。そしてそれは、古代弁論術における多くの聴衆を前に演説台に上がるという状況を想起させる。たとえば古代ローマにおける広場での弁論は、次のように行われた。

カピトリウムの丘のふもとの広大な広場に人民が集まり、法律に賛成するか廃止するかを議論した。発言するのは政務官や護民官だけではなく、教育のないただの市民が多かった。ざわざわした群衆を前に、弁士は声をはりあげ、大げさな身振りで議論をもち上げるのであって、こまやかな言葉遣いや推論は一切さけねばならなかった。下卑た言葉遣い、どぎつい悪罵がこういう演説

の強烈な特徴である。[73]

広大な広場に集まった群衆を前にして、弁士は大げさな身振りや激烈な悪罵を特徴とする弁論を行った。『異邦人』結末の場面、そして広場での弁論のいずれにも共通する要素として、広場に集まる群衆、そこで発せられる激烈な叫び（『異邦人』では群衆側による憎悪の叫び、古代の弁論では弁士側による激烈な罵りの声）がある。

以上のように、『異邦人』は主人公がよりよく話すことが求められる場面（弔い及び法廷）、最終部での感情表出、そして多くの人々が集まる広場という要素において古代レトリックと類似する。弁論術とはよりよく話す方法である。『異邦人』における古代弁論術との類似は、話し言葉に価値をおく作品であることを示しているのではないだろうか。次項では、この探究を進めていくために、レートリケーと同様に話す方法という点で共通するディアレクティケーと『異邦人』との関連について考察する。

3　プラトンの対話篇と『異邦人』

(1)　姿を隠している話者

モーリス・ブランショは次のように指摘する。

この〈異邦人〉は、まるで他人が彼を眺め、彼のことを話すときのように、自分自身に対している。[74]

『異邦人』の語り手は、他人が自分のことを話すように語る。その結果、自分がはっきりと現れていない。ところでこれは、プラトンの対話篇に類似する特徴でもある。というのもプラトンの著作は膨大な数にのぼるが、それらはすべて論文の形式ではなく、プラトン以外の人物による対話によって構成されている。著者の不在がプラトンの対話篇の大きな特徴である。議論を進めるのはたいていの場合ソクラテスであり、プラトンの代弁者である。

プラトンの「対話篇」の中で、われわれは、いわば言論の無重力空間に立たされたような、ある奇妙な体験をすることになる。しかも、それはプラトン的理解のために不可欠な体験であるように思われる。彼の「対話篇」は単に対話体による哲学的著作という点で特異であるにとどまらず、彼以外の誰にも二度と試みられることのなかった多くの特質をはらんでいる。「著者の不在」もその一つで、奇妙な無重力感は、それによるところが大きい。[75]

プラトンの対話篇にプラトン自身は登場しない。ソクラテスの刑死に際し、多くの弟子がソクラテスのもとに駆けつける場面があるが、一番弟子のプラトンはそこには描かれていない。以下に引用するのは、ソクラテスの刑死に駆けつけた弟子の名前が列挙されるくだりである。

エケクラテス：いったい、その場に居た人々というのは、パイドン、誰と誰だったのでしょうか。

パイドン：このアポロドロスのほかに、アテナイの土地のものとしては、クリトブロスとその父（クリトン）、さらにはヘルモゲネスと、エピゲネスと、アイスキネスと、アンティステネスがいました。それからバイアニア区のクテシッポスとメネクセノス、ほかにもアテナイの者がまだ何人かいました。プラトンはたしか、病中だったと思います。[76]

プラトンは病中であったため、ソクラテスの刑死の場に不在だった。この病中という語句には、訳者による次の注釈がある。

この語句は、そのまま歴史的な事実を示しており、プラトンは、実際にソクラテスの死に立合わなかったのか、あるいはこれは虚構か。ともあれプラトンが、彼の対話篇のなかで自分の名に言及したのは、この箇所のほかには、『ソクラテスの弁明』中で、その裁判に立合っていることを明らかに示すのが、二箇所（34A、38B）あるのみである。[77]

プラトンの対話篇では、プラトンが実際に登場しないことに加え、自分自身への言及もわずかである。プラトンは自らの思想を、自分以外の登場人物の対話によって展開させた。『異邦人』の語り手は、他人が自分のことを話すように語り、語り手自身が隠れている。そしてプラトンの対話篇では、著者は姿を現さず隠れている。

次にプラトンの対話篇と『異邦人』との類似について、「問いに答えるのみ」という点から述べていく。

(2) 問いに答えるのみであるということ

『手帖』第四ノートに記されているように、ムルソーは「問いに答えることだけに甘んじている」(IV, p. 950)。そしてここにもプラトンの対話篇との類似を指摘することができる。プラトンの対話篇において、議論の担い手は対話の相手に問いを投げかけ、対話相手がそれへの問い返しを行う。たとえばプラトンの想起説が展開される書『メノン』には、幾何学を全く学習したことがない子どもが、ソクラテスとの対話によって正方形の作図問題を解くくだりがある。この子どもが幾何学の答えを得るために行ったこととは、問いに答えることのみである。

〔…〕これまでまったく幾何学を学んだことのない少年が、この場でも何一つ「教え込まれる」ことなく、ただ問いかけに応ずるだけで、ともかくも正しい答えに行き着いた〔…〕最終的には、少年が自力で正しい答えに到達したのだ。[78]

少年は教えられることではなく、問いに答えることを繰り返していくことによって、自ら答えに到達する。ムルソーの「問いに答えるのみである」という点は、プラトンの対話篇に登場する子どもが知を獲得していく過程の状況に類似する。

このように、語り手あるいは著者の姿が曖昧となっているということ、及び、問いに答えるのみであるという点において、『異邦人』はプラトンの対話篇と類似する要素を有している。次にこの類似がもつ意味を考察していく。

III　客観性と自己超越の練習

プラトンは、なぜ対話という方法で自らの思想を表明したのか。著者自身が直接議論を展開していないということから、プラトンが客観的な真理を否定していたとする見方も可能であるが、むしろ次のように捉えることができる。

〔…〕ソクラテスの対話的活動が対話相手の（主観的・相対的な）思いなしを客観的な吟味の場に引き出すことを意図していたように、「対話篇」とは知と真理を客観的なものとして成立させるためのスタイルであったと考えるべきであろう。それゆえにこそ、著者は意識的に「第三者」の位置に退き、いわば対象化された自己としての登場人物たちによる対話の進展に向き合っているのである。[79]

プラトンが第三者の位置に身をおいたのは、知と真理を客観的なものとして成立させるためである。この「客観的」という表現は、従来から『異邦人』をめぐる分析の際に用いられている言葉でもある。たとえば、ブランショは次のように述べている。

これ〔『異邦人』〕は、主観という概念を消失させた本である。そこで示されている一切のものは、客観的なかたちで捉えられている。[80]

またカミユ自身、『異邦人』を「客観性」という言葉を含む表現「客観性と自己超越の練習」(III, p. 416)によって説明したことがある。ここで留意したいのは、「練習」という言葉である。「練習」という言葉は、完成をめざしていく過程という面をもつが、プラトンの対話篇も同様、「過程」という要素を有しているからである。対話とは、話される言葉であって、書かれて固定した言葉ではない。オングが述べたように、書かれた言葉とは死に結びつき、終わりという段階をもつ。プラトンの対話篇は、対話のスタイルをとっているゆえ、終わりをもたず生き続ける。そして『異邦人』は、客観性と自己超越の練習過程として、終結せずに生き続ける作品である。

IV　終結せず生き続ける作品

『異邦人』における音の世界と文字の世界を比較すると、音の世界は幸福の象徴として提示されているが、文字の世界はムルソーを死へ導き不幸に密接に結びついている。また、作品を子細に分析すると、古代における話す方法としての二つ、すなわちレートリケー（古代弁論術）やディアレクティケー（プラトンの対話篇）との類似も見出すことができた。これらは『異邦人』において、文字の世界（視覚の世界）よりも音の世界（聴覚の世界）に高い価値がおかれていることを示すものである。そして、この話される言葉の優位性とは、プラトンの対話篇において対話という方法がめざしていることに共通する。

プラトンにとって書かれた言葉としての書物とは、否定される対象であり副次的な意義しかもちえない一方で、同じ対象について探究しようとする人々にとっての共通な下書きとしても位置づけられている。対話篇における議論は、話される言葉でつくられているという点では生成の過程（生きている状態）であるが、書かれた言葉、つまり書物となっているという点では固定化（終わりの状態）している。しかし、それは読み手がそれにコミットする余地を与える下書き的なものである。プラトンにおいて、その思想内容の最終的な決定権は読者にゆだねられる。『異邦人』における話される言葉の優位性は、プラトンの対話篇と同様にこの小説が読者に開かれているということを示すものである。生成の過程を描いたプラトンの対話篇と同様に、『異邦人』とは終わりをもたないテキストである。小説の最後に描かれているのは、死を迎えたムルソーではなく、死刑執行の朝の未だ生きているムルソーである。死という完全な終わりは描かれていない。『異邦人』とは、終わりをもたず、豊かな未了性を有しつつ生き続ける作品である。

註

1 カミュは、フランシス・ジャンソン本人ではなく「現代」誌の編集長サルトル宛で論争を挑んだ。そしてこれが、サルトルとカミュとのあいだの修復不可能な断絶の要因となった。

2 古屋健三は「練習」ではなく「試み」という訳を与えている。「[…]『異邦人』は、結局標題が示すとおり、客観性と解脱との試みである」（『カミュ全集5』新潮社、一九七三年、二三七頁）。「試み」という訳によって、未完成性が弱められることを考慮したためではないだろうか。

3 たとえば次を参照。「[…]これは、それまで発表された『異邦人』についての批評を、きわめて簡単に作者自身が確認したにすぎない」（三野博司『カミュ『異邦人』を読む——その謎と魅力』彩流社、二〇〇二年、一五二頁）。

4 ベルナール・パンゴーは次のように述べている。«L'"étrangeté" de Meursault ne signifie donc pas que le narrateur refuse de se comprendre. Il s'agit plutôt, comme le dira plus tard Camus, d'un "exercice d'objectivité et de détachement"» (Bernard Pingaud, *L'Étranger* de Camus, p. 41). また次の箇所では「練習」について言及している。«J'ai déjà cité le mot de Camus selon lequel *L'Étranger* serait un "exercice d'objectivité". S'il y a exercice, c'est que l'objectivité, malgré les apparences, ne va pas de soi.» (*ibid.*, p. 56)

5 『手帖』に次のメモが記されている。«Mai. *L'Étranger* est terminé.» (II, p. 914)

6 Robert Champigny, *Sur un héros païen*, Gallimard, 1959, p. 26.

7 M.-G. Barrier, *L'Art du récit dans L'Étranger d'Albert Camus*, Nizet, 1962, p. 27.

8 松本陽正『アルベール・カミュの遺稿 *Le Premier Homme* 研究』駿河台出版社、一九九九年、二〇九頁。

9 Robert Champigny, *op. cit.*, pp. 43-44. 訳出に際し次の邦訳を参考とした。ロベール・シャンピニー『カミュ『異邦人』のムルソー——異教の英雄論』平田重和訳、関西大学出版部、一九九七年。

10 本田和子『異文化としての子ども』ちくま学芸文庫、一九九二年、二三頁。

11 子どもを対象とする物語（昔話）とカミュ作品の関連については、本書第3章第1節『カリギュラ』と昔話性、第3章第2節『誤解』と昔話性、第4章第2節『異邦人』と昔話性、第5章『ペスト』と昔話性も参照されたい。

12 この場面に代表される『異邦人』の細部描写をめぐって、バリエは「観察しているというよりも記録している」のであると分析する。«On ne peut dire qu'il observe. Il faudrait plutôt dire qu'il enregistre.»（M. -G. Barrier, *op. cit.*, p. 38）

13 «C'est le thème de la mort qui seul permet de concilier les deux parties.» : Brian T. Fitch, *L'Étranger d'Albert Camus, un texte, ses lecteurs, leurs lectures, études méthodologique*, Larousse, 1972, p. 135.

14 ジョン・クリュイックシャンクのように、この場面における隠喩表現の増大をムルソーの精神的混乱に対応させる解釈もある。John Cruickshank, «La technique de Camus dans *L'Étranger*», *Configuration critique 1*, Lettres modernes, 1961, p. 93.

15 Alfred Noyer-Weidner, «Structure et sens de *L'Étranger*», *Albert Camus 1980*, University Presses of Florida, 1980, p. 82.

16 Jean-Claude Pariente, «*L'Étranger* et son double», *Albert Camus 1*, Lettres Modernes, 1968, pp. 53-80.

17 «le remaniement rétrospectif du journal»（Bernard Pingaud, *op. cit.*, p. 54）

18 ウラジーミル・プロップ『昔話の形態学』北岡誠司・福田美智代訳、水声社、一九八七年、一四八頁。

19 野村泫『グリムの昔話と文学』ちくま学芸文庫、一九九七年、六七頁。

20 マックス・リューティ『ヨーロッパの昔話』二八頁。

21 Brian T. Fitch, *L'Étranger d'Albert Camus*, pp. 128-135.

22 マックス・リューティ『ヨーロッパの昔話』四七頁。

23 流血を意味する単語の使用は『異邦人』中皆無ではないが、それらはいずれも会話内での言及にとどまり（I, p. 157 及び I, p. 158）無惨なイメージを読者に喚起する長い描写として提示されてはいない。

24 マックス・リューティ『ヨーロッパの昔話』四八頁。

25 «Sur la plage, autre figure du soleil : celui-là ne liquéfie pas, il durcit, il transforme toute matière en métal, la mer en épée, le sable en acier, le geste en meurtre : le soleil est arme, lame, triangle, mutilation, opposé à la chair molle et sourde de l'homme.» Roland Barthes, «Le Degré zéro de l'écriture», *Œurres Complètes tome I*, Seuil, 1993, p. 400.（«*L'Étranger*, roman solaire», paru d'abord dans Bulletin du Club du meilleur livre, No. 12, 1954）

26 次を参照した。Jean de Bazin, *Index du vocabulaire de «L'Étranger» d'Albert Camus*, Nizet, 1969.

27 マックス・リューティ『ヨーロッパの昔話』四九頁。

28 ロラン・マイヨは «Aux couleurs sans nuance» というタイトルに一つの章を割いている。Laurent Mailhot, *Albert Camus ou l'imagination du désert*, Montréal, Les Presses de l'Université de Montréal, 1973, pp. 196-205.

29 詳細は次のとおり（数字は使用数）：黒 noir 22, 白 blanc 19, 白さ blancheur 2, 白くする blanchir 2, 赤 rouge 14, 赤味がかった rougeâtre 2, 赤味 rougeur 1, 赤くする rougir 1, 赤褐色 roux 1, 青 bleu 11, 黄 jaune 2, 黄ばんだ jaunâtre 1, jaunir 3, 紫 violet 1, 金色（blond 1, blondeur 1）, バラ色 rose 2, 茶褐色 brun 4, 褐色にする brunir 1, 緑 vert 4, 灰色 gris 3.　色彩の使用数の調査にあたり次を参考とした。Herausgegeben von Manfred Sprissler unter Mitwirkung Hans-Dieter Hänsen, *Albert Camus Konkordanz zu den Romanen und Erzülungen*, Band I, II, Georg Olms, 1988.

30 マックス・リューティ『ヨーロッパの昔話』四九頁。

31 *Ibid.*, p. 49.

32 *Ibid.*, p. 45.

33 M. -G. Barrier, *op. cit.*

34 Brian T. Fitch, *Narrateur et narration dans L'Étranger d'Albert Camus*, Lettres Modernes, 1968.

35 マックス・リューティ『ヨーロッパの昔話』六〇頁。

36 *Ibid.*, p. 43.

37 *Ibid.*, p. 45.

38 マックス・リューティ『昔話の解釈』二一六頁。

39 マックス・リューティ『ヨーロッパの昔話』五六−五七頁。

40 *Ibid.*, p. 64.

41 *Ibid.*, pp. 46-47.

42 *Ibid.*, p. 152.

43 アルベール・カミュ『最初の人間』大久保敏彦訳、新潮社、一九九六年、三二五頁。

44 «Je suis frappé d'une chose, c'est que Camus s'est beaucoup expliqué sur *L'Étranger*, il a donné plusieurs versions du sens de *L'Étranger*, de ce qu'il avait voulu dire ou ce qu'il avait dit, car il ne savait pas très bien lui-même, je crois, ce qu'il avait voulu dire ; mais sur la forme de son récit, sur la narration dans *L'Étranger*, il a simplement dit : «J'ai utilisé la technique américaine»»（«Table ronde sur *L'Étranger* sous la directions de Jacqueline Lévi-Valensi», *Albert Camus 16*, Lettres Modernes, 1995, p. 186）

45 ジャクリーヌ＝レヴィ・ヴァランシが用いた次の表現を参照。« [...] une invention dans le domaine de l'écriture romanesque, qui est capitale et troublante. »（*ibid.*, p. 185）

46 ベルナール・パンゴーが次のように述べている。« [...] à mon avis, ça ［la technique américaine］ a été le déclic qui a déclenché l'écriture de *L'Étranger* [...] »（ibid., p. 187）

47 決定稿では下線のように変更が施された。Aujourd'hui, maman est morte. Ou peut-être hier, je ne sais pas. J'ai reçu un télégramme de l'asile : «Mère décédée. Entrerrement demain. Sentiments distinguées.» Cela ne veut rien dire. C'était peut-être hier.（I, p. 141）

48 第一部全体で一七回であり、第一章七回、第二章及び第三章〇回、第四章四回、第五章三回、第六章三回である。また第二部全体で二四回であり、第一章三回、第二章四回、第三章六回、第四章五回、第五章六回である。

49 «Qu'en dépit des apparences, le présent du narrateur se situe au même moment pendant toute la durée du roman,

c'est-à-dire vers la fin, au début de son dernier chapitre. » (Brian T. Fitch, *Narrateur et narration dans « L'Étranger » d'Albert Camus*, pp. 18-19)

50 « [...] le récit essoufflé de Meursault [...] » (J. P. Sartre, *Situations I*, Gallimard, 1947, p. 106)

51 未完の長編小説『最初の人間』においては、タイトルの付いた一三種類の章区分のうち6章が、動的イメージによって開始されている。第一部冒頭には二輪馬車が描かれている。また「サン＝ブリウー」というタイトルの章では列車、第4章では船、第7章では車が描かれている。また第二部第1章には動力車の描写も見出される。

52 *Correspondance Albert Camus - Jean Grenier 1932-1960*, p. 29.

53 H・R・ロットマンは、第三の系列の部分《3 e — Le Jugement — *Le premier homme.*》を作者が出版に際して書き加えたものであることを指摘している。Herbert R. Lottman, *Albert Camus*, Seuil, 1978, p. 439.

54 『手帖』の一九五六年付の文章では第3の系列は「愛」である。« Le troisième étage, c'est l'amour : le Premier Homme, Don Faust. Le mythe de Némésis. La méthode est la sincérité. » (IV, p. 1245)

55 クリスティアーヌ・ショーレ＝アシュールは、『異邦人』のなかに一九三〇年代のアルジェリアにおける異民族間及び共同体間の緊張を読み取り、従来からの「不条理」のみに依拠する解釈に異議を唱えている。「[…] 不条理による説明がアルジェリアと植民地状況の問題とをいかに巧みに隠しおおすことを可能にしているかが理解されよう」（クリスティアーヌ・ショーレ＝アシュール『アルベール・カミュ、アルジェ――『異邦人』と他の物語』大久保敏彦・松本陽正訳、国文社、二〇〇七年、一一一頁）。

56 この場面についてクリスティアーヌ・ショーレ＝アシュールは、次の指摘をしている。「〈同国人〉の拒否と、（挫折にしろ死にしろ）排除を宣告する〈他者〉の拒否。この拒絶によって、フィクションのかたちを借りて、先行きの見えない歴史的状況を生きることの不可能性が示されているのである」（クリスティアーヌ・ショーレ＝アシュール、*op. cit.*, p. 64）。

57 三野博司『カミュ『異邦人』を読む――その謎と魅力』一三五頁。

58 鈴木忠士『憂いと昂揚――カミュ『異邦人』の世界』雁思社、一九九一年、三七六頁。

59 クリスティアーヌ・ショーレ＝アシュールは、この箇所について次の指摘をしている。「この文章は移住植民地における曖昧な力関係についての最も明白なメタファーの一つであるように思われる」(クリスティアーヌ・ショーレ＝アシュール、*op. cit.*, p. 87)。

60 «fatigue»と同じ«f»で開始される単語«futur»に置き換えると、«du fond de mon futur»が作り出され«du fond de mon avenir»と同義となる。

61 『異邦人』全体で«fond»は一五箇所で使用されている。小説最終部の「未来の底」(二箇所)という表現以外で、「底」の意味での使用は第二部第3章の「私の疲労の底」という一節のみである。

62 『異邦人』全体で«obscurité»は二箇所で使用されている。残り一箇所は、第二部最終章の司祭の言葉の中に現れる。«Mais, du fond du cœur, je sais que les plus misérables d'entre vous ont vu sortir de leur obscurité un visage divin.» (I, p. 210)

63 «L'œuvre d'Albert Camus n'est pas de celles qui vous déchirent l'oreille. Le cri y est plus rare que le chuchotement. Une basse continue y retient les notes aiguës de monter trop haut.», Hiroshi Mino, *Le Silence dans l'œuvre d'Albert Camus*, José Corti, 1987, p. 7.　なおこれは、一九八七年にパリのコルチ書店から刊行された三野博司氏の著作に、ポール・ヴィアラネー氏が寄せた序文の一節である。和訳は、三野博司『カミュ　沈黙の誘惑』彩流社、二〇〇三年を踏襲させていただいた。

64 松本陽正『アルベール・カミュの遺稿 *Le Premier Homme* 研究』八三頁。

65 音の重要性については次を参照されたい。「特権的瞬間はこうして無関心によってもたらされるのだが、話者が世界の無関心を受容する際、そのもっとも大きな媒介となるのは、音である」(松本陽正、*ibid.*, p. 78)。

66 『異邦人』及び「肯定と否定のあいだ」のいずれにおいても、継続した時間のなかで存在する音声が描かれる場面には、ある共通要素が含まれている。それはアラブ人という存在である。『異邦人』第二部第2章に描かれる継続した音声とは、アラブ人のつぶやきである。また「肯定と否定のあいだ」での「世界の吐息」が説明される場面にも、「アラブ人が立てる深い息」や「アラブの太鼓」が描かれている。「世界の吐息」とアラブ人とはどのように関連するのか。これはカミュのほかの作品も対象とする«souffle»の分析によって、明らかになるだろう。たとえば、『追放と王国』所収の作品「客」の次のくだりにも、アラブ人の音声（息づかい）が継続した時間とともに描かれている。«Dans la nuit, le vent grandit. Les poules s'agitèrent un peu, puis se turent. L'Arabe se retourna sur le côté, présentant le dos à Daru et celui-ci crut l'entendre gémir. Il guetta ensuite sa respiration, devenue plus forte et plus régulière. Il écoutait ce souffle si proche et rêvait sans pouvoir s'endormir.»（IV, pp. 54-55）

67 浅野楢英『論証のレトリック』講談社、一九九六年、一五五頁。なお、本稿では古代における「レトリック」と「ディアレクティク」の意味であることを明示化するために、「レートリケー」、「ディアレクティケー」というギリシア語の表現を用いた。

68 «C'est dès l'abord du texte que se manifeste la négativité de l'écriture [...] »（Uri Eisenzweig, *Les jeux de l'écriture dans L'Étranger de Camus*, Minard, 1983, p. 11）

69 Walter -J. Ong, *Orality and Literacy*, Routledge, 1982, pp. 78-79. 訳出に際し次の邦訳を参考とした。ウォルター・J・オング『声の文化と文字の文化』桜井直文・林正寛・糟谷啓介訳、藤原書店、一九九一年。

70 *Ibid.*, p. 80.

71 «A partir d'Aristote, la rhétorique se trouve fixée [...] » : Olivier Reboul, *La Rhétorique*, coll. «Que sais-je ?», No. 2133, Presses Universitaires de France, 1990, p. 18. 古代弁論術の歴史について次の邦訳を参考とした。オリヴィエ・ルブール『レトリック』佐野泰雄訳、白水社、二〇〇〇年。

72 Roland Barthes, «L'ancienne rhétorique. Aide-mémoire» *L'Aventure sémiologique*, Seuil, 1985, pp. 151-152. 訳出に際し次の邦訳を参考とした。ロラン・バルト『旧修辞学』沢崎浩平訳、みすず書房、一九七九年。

73 Jules Senger, *L'Art oratoire*, coll. «Que sais-je ?», No. 544, Presses Universitaires de France, 1967, p. 18. 訳出に際し次の邦訳を参考とした。ジュール・サンジェ『弁論術とレトリック』及川馥・一之瀬正興訳、白水社、

一九八六年。

74 Maurice Blanchot, «Le roman de *L'Étranger*», *Faux pas*, Gallimard, 1943, p. 249. 訳出に際し次の邦訳を参考とした。モーリス・ブランショ『カミュ論』清水徹・粟津則雄訳、筑摩書房、一九七八年。

75 内山勝利『対話という思想』岩波書店、二〇〇四年、二一頁。

76 プラトン『パイドン』松永雄二訳『プラトン全集』第一巻、田中美知太郎・藤沢令夫編、岩波書店、一九七五年、一六〇頁。

77 *Ibid.*, p. 161.

78 内山勝利「プラトン的対話について——若干の補遺と再確認」『ディアロゴス』片柳榮一編、晃洋書房、二〇〇七年、一一頁。

79 内山勝利編『哲学の歴史』第一巻、中央公論新社、二〇〇八年、四四六頁。

80 Maurice Blanchot, *op. cit.*, p. 248.

第5章

『ペスト』と昔話性

『ペスト』は、一九四七年に刊行されたカミュの長編小説である。この小説への着手を示す表現「ペストあるいは冒険（小説）」が『手帖』に最初に現れるのは一九四一年四月（II, p. 923）であるが、一九三八年一二月の『手帖』（II, pp. 867-870）ですでに、作品に結実することとなる覚え書をいくつか見出すことができる。またこの一九三八年の『手帖』には『カリギュラ』や『誤解』、『異邦人』などの覚え書も同時に混在している。カミュは自らの作品を系列によって区分した（II, pp. 1084-1085）。『カリギュラ』、『誤解』、『異邦人』は、『シーシュポスの神話』とともに第一の系列「不条理の系列」を構成する作品群である。他方『ペスト』は、『反抗的人間』や『正義の人びと』と同じ第二の系列、すなわち「反抗の系列」に属している。

先に、本書第3章において初期戯曲『カリギュラ』及び『誤解』における昔話性、また第4章第2節では『異邦人』と昔話との関連を考察した。本章の目的は、これら三作品と系列区分では異なるとはいえ、覚え書の段階で三作品と時期が同じである小説『ペスト』を対象として、そこに見出される昔話性という視点をとおして未了性の側面を明らかにすることにある。

I

プロップ[1]は昔話を形作る要素として、「加害または欠如」にはじまり何らかの解決の機能に至る、という点を指摘した。実際、グリムの昔話集の多くは母親や父親の死という「欠如」で開始される。

先に考察したように、カミュの戯曲『カリギュラ』や小説『異邦人』においても、「欠如」による開始という特徴が認められた。『カリギュラ』は、妹ドリュジラの死に悲嘆し失踪したカリギュラの話題で切り出される。つまり冒頭に、ドリュジラの死という「欠如」、そしてカリギュラの不在という「欠如」がある。また『異邦人』では、主人公ムルソーの母親の死という「欠如」を伝える電報で開始する。さて『ペスト』は次のようにはじまる。

この記録の主題をなす奇異な事件は、一九四＊年オランに起こった。（II, p. 35）

事件の舞台となる場所については「オラン」と明確に記されているが、年号は一九四＊年となっている。つまりここに数字の「欠如」が存在している。そして冒頭に続く数頁でオランの説明がされているが、そこにもまたいくつかの「欠如」を見出すことができる。

［…］鳩もおらず、樹木も庭園もない、鳥の羽ばたきにも木の葉のそよぎにも接することのない町、言ってしまえば一個の中性の場所というような町である。（II, p. 35）

美観もなく、植物もなく、精神もないこの町は、結局、心の休まるものに見え、ついに人々はここで眠ってしまう。（II, p. 37）

ここでは「〜がない」(sans)という表現によって、オランに欠如するさまざまなものが列挙されており、それは「鳩」にはじまり、「樹木」、「庭園」、「鳥の羽ばたき」、「木の葉のそよぎ」、「美観」、「植物」、「精神」と続く。こうしたオランの説明に続き、ペスト疫病の物語が具体的に語られていくが、ここにも「欠如」が鼠の死というかたちをとって現れる。

四月一六日の朝、医師ベルナール・リウーは、診療室から出かけようとして、階段口のまんなかで一匹の死んだ鼠につまずいた。

(II, p. 38)

オランではその後、町の鼠害対策課が乗り出さねばならないほど、死ぬ鼠が増加する。そしてついに門番ミシェルが病に倒れ死亡するが、次のくだりに明らかであるように、門番の死はオラン市民にとってある「開始」を意味するものであった。

門番の死は、人をとまどいさせるような数々の兆候に満ちた一時期の終了と、それに比較してさらに困難な一時期——初めのころの驚きが次第に恐慌に変わっていった時期——の発端とを画したものであったということができる[…]つまりこの瞬間から、恐怖と、それとともに反省とがはじまったのである。

(II, pp. 28-29)

ペストの蔓延が本格的な様相を呈し、オランの人々にとっての恐怖と反省が「開始」されるのが、門番の死という「欠如」である。この「欠如」の範囲は、語り手にも及んで小説は進行し、語り手の名は、小説の第IV部最終章冒頭においてはじめて明らかにされる。

この記録も終わりに近づいた。もう、医師ベルナール・リウーも、自分がその作者であることを告白していいときであろう。

（II, p. 243）

作品冒頭で「欠如」していた語り手の名は、最終章において解答が与えられ「解決」する。これは、プロップの述べた「加害または欠如」に始まり何らかの「解決」の機能に至るという昔話の形態に類似する。

このように、この小説には、年号の「欠如」及び「欠如」する要素によって説明される町、そして鼠の死や門番の死という「欠如」、さらに語り手の名の「欠如」といったさまざまな「欠如」が作品冒頭に提示されている。なお、『ペスト』を子細に分析すると、ほかの多くの面で昔話的様相を見出すことができる。以下において詳細を述べていきたい。

II

ペストが蔓延し、オラン当局は市門の閉鎖を決定する。そしてその瞬間から、ペストがオランの人々全体にとっての重要な事件となる。

この瞬間から、ペストはわれわれすべての者の事件となったということができる［…］ひとたび市の門が閉鎖されてしまうと、自分たち全部が、かくいう筆者自身までも、すべて同じ袋の鼠であり、そのなかでなんとかやっていかねばならぬことに、一同気がついたのである。　（II, p. 78）

市門が閉鎖される以前には、市民は各々の生活を送っていた。しかし「市門の閉鎖」を契機に、ペストが市民全員にとって一番の問題、かつ戦うべき対象となった。つまり閉鎖状況は、この小説構成上きわめて重要な意味をもつ。それは、小説巻頭のデフォーから引用したエピグラフが囚われという閉鎖状況をテーマとしていることからもうかがわれる。

ある種の監禁状態を他のある種のそれによって表現することは、何であれ実際に存在するあるものを、存在しないあるものによって表現することと同じくらいに、理にかなったことである。

ダニエル・デフォー　（II, p. 33）

ところでこうした閉鎖の空間とは、昔話が好む空間である。

主人公はいつも町や城、あるいは部屋のなかへ入ってきて、その四面の壁のなかでできごとが生まれるのである。［…］主人公がひとりで彼岸の住人たちの宮殿にいのこり、つぎつぎに部屋に入ってみてしまいには禁じられた一二番めの部屋に入ってしまうあの場面を、昔話はなんとしばしば話題にしていることか。主人公や女主人公を塔のなかや、あるいは宮殿のなか、トランクのなか、あるいは箱のなかにとじこめることを昔話はどんなにこのんでいることか。[2]

閉鎖空間は、昔話が要請する「固定性」という特徴を形成するために必要な要素である。

さてこの「固定性」は、時間については「突発性」という様相を示す。

「彼らが～するやいなや」とか「彼らがくるやいなや」といういい方は昔話にたびたびあらわれるきまったいいまわしである。フランス語でも「その巨人はすぐさま彼の前にあらわれた」とか「彼の妻はたったいま～したところでした」といういい方がよく使われている。[3]

市門の閉鎖によって別離という状況が生まれるが、そこに付随しているのがまさにこの「突発性」である。

市門の閉鎖の最も顕著な結果の一つは、事実、そんなつもりの全くなかった人々が突如別離の状態におかれたことであった。

(II, p. 78)

市門の閉鎖が引き起こしたのは、市外との交通の遮断にとどまらなかった。通信上での連絡、つまり電話や手紙についても人々に大きな不自由を与えるものであった。初めのうちは許されていた市外電話も、電話回線の混雑を招いたため、市は数日間全面的に停止させ、緊急な場合に限定して使用することが認められた。その結果、唯一の手段となったのが電報であった。また、手紙の交換は、病毒の媒介となるという恐れから一切禁止されてしまったが、手紙を書くことに執着し続けた人々もいた。そして最終的には、次のような事態が生じた。

何週間ものあいだ、そこで、われわれはたえず同じ手紙を書き直し、同じ情報、同じ訴えを写し直すことになってしまい、そのあげく、ある期間が過ぎると、最初はわれわれの心臓から血のしたたるような、なまなましさで出てきた言葉も、すっかりその意味が失われてしまうのであった。われわれはそこでただ機械的にそれを写し直しながら、それらの死んだ文言を通じて、われわれの困難な生活のしるしを見せようと努めていたのである。

(II, p. 80)

ペストが人々にもたらしたものは、同じ情報、同じ訴えの手紙を写し直し続けるという機械的な

「繰り返し」作業であった。このような「繰り返し[4]」という状況は、オランの人々の生活のさまざまな面に及ぶ。ペストは「陰鬱な市内を堂々めぐりすることを余儀なくする」(II, p. 81)ものであり、人々は同じ道を繰り返し歩くこととなった。また、その生活は流刑人の暮らしに類似したものとなり、唯一その苦しみから逃れる方法とは「頑強に鳴りをひそめている呼鈴の繰り返し鳴る響きで刻々の時間を満たし」(II, p. 83)、想像の世界に浸ることである。さらに、乗り物は、市門の閉鎖から一台として市内には入っておらず、「自動車は堂々めぐりをはじめ」(II, p. 86)、同じ自動車の繰り返しの走行が見られるのみとなった。またこの時期、映画館は利を収めたとはいえフィルムの配給網が途絶したため、ついに「どの映画館も同じフィルムを映写する」(II, p. 87)という状況が引き起こされるに至った。こうした事態についてリウーは考える。

そして、こういういつも似かよっている夜の長い連続の果てに来るものとして、リウーは際限なく繰り返される同じような場合の長い連続よりほかには、何にも期待できなかった。全く、ペストというやつは、抽象と同様、単調であった。(II, p. 95)

ペストとは、単調な際限なく反復される苦しい夜の連続のようなものである。そして人々の態度の根底には、無際限で幻想のない同じ諦め、同じ忍耐強さの繰り返しがあった。つまりペストとは、換言するならば「反復」である。ところで「反復」とは、昔話の抽象的様式という語法の一つである。

昔話の語り手はたいてい、変化をあたえるためにことばを入れかえることをさける。それは無能力ゆえにではなく、様式上の要求からそうするのである。頑固な、厳格なくりかえしがあらわれると、それはやはり抽象的様式の一要素である。［…］一定の間隔をおいて一語たがわずくりかえされる文章は、関節で結びつけるような結合的機能をもっている。[5]

昔話では、反復形式や限定された語彙の使用によって明確な輪郭が与えられ、形式上の要請である「固定性」が守られるのである。

市門の閉鎖が人々に突然の別離を強制したという点は先にも述べたが、これは同時に、次に引用するように個人的感情の消失という事態を招くものでもあった。

この病院の無遠慮な侵入は、その最初の効果として、この町の市民に、あたかも個人的感情などもたぬ者のようにふるまうことを余儀なくさせた。（II, pp. 78-79）

その後病疫が極限に達すると、希望や恋愛感情、友情といった個人的感情一切が人々から消失してしまうこととなる。

記憶もなく、希望もなく、彼らはただ現在のなかに腰をすえていた。実際のところ、すべてが彼らにとって現在となっていたのである［…］ペストはすべての者から、恋愛と、さらに友情の能

力さえも奪ってしまった。（II, p. 160）

ピーター・クライル[6]も述べているように、ペストは次第に人々から個人的感情をはじめとする具体性を剥奪していき「抽象」を形成するよう作用する。「抽象」という語のこの小説での意味は、第二部のリウーが省察する箇所において端的に示されている。ランベールにとって抽象とは幸福と相反するものであるが、他方、リウーはペストとは単調であり「抽象」にほかならないものであるとし次の結論を得る。

抽象と戦うためには、多少抽象に似なければならない。（II, p. 96）

ところで「抽象」とは、昔話の形式を形作る重要な要素である。リューティは「抽象的様式」をタイトルに付した章のなかで、昔話を次のように説明する。

昔話は具象的世界をつくりかえ、その諸要素に魔法をかけてべつな形式をあたえ、そうやってまったく独自な刻印をもった世界をつくりだすのである。[7]

抽象にほかならないペストは、第三章では「行政事務」（une administration）にたとえられている。

それ〔ペスト〕は何よりもまず、よどみなく活動する、用心深くかつ遺漏のない、一つの行政事務であった。
(II, p. 158)

そして、続くくだりでは、語り手が自らの語りの方法についての告白をする。

〔…〕何ものをも偽らず、特に自分自身を偽らないために、筆者は客観性ということに努めてきたのである。筆者は、一つの叙述をほぼ筋の通ったものにするための基本的な必要に関するものを除いては、ほとんど何ものも芸術的効果のために変更しようとはしなかった。
(II, pp. 158-159)

この小説の語り手は、ペストがよどみなく続く行政事務のようなものであると捉え、語りに「客観性」(l'objectivité) という立場を採用した。同内容の文章は、語り手が誰であるのかをついに明らかにする結末部においても見出される。語り手リウーは、多くの市民に出会い彼らの感情を直接感じ取ることのできる位置にいたが、その報告にはある種の控え目な態度を固守し「客観的」な証言者の語調をとったのである。

〔…〕この記録の最後の事件を叙述する前に、彼〔リウー〕はせめて自分の差し出がましい行為を弁明し、また自分が客観的な証言者の語調を取ることに留意したことを理解してもらうようにだけはしておきたいのである。
(II, p. 243)

このような個人的主観を加えないという語り手の手法は、登場人物の肖像の提示にも用いられている。キーヨも指摘するように、登場人物の内面は内面それ自体ではなく、外面の描写の説明となっている。

> 一人物を描いて見せるのに、カミュはたいていの場合、二行もあればたりる。描くという言葉は不正確だ。カミュはむしろ人物を性格化する。美しく描いたり、シルエットを追うようなことは断じてない。丈が短く、厚みがあって、ずんぐりし、すくんだようなランベールを前にすると、彼が決断力があり、頑固で具体性に富んでいるのが一目してわかる。[8]

決断力があり頑固なランベールの内面は、外面的特徴に代替して表現される。さて、こうした「主観的評価」の不在とはまさに昔話の形式に一致する。昔話では、主観的評価が介入されず、現実をありのままに写し出す。そのため心の中は照らし出されないという特徴をもつ。

> そもそも昔話は感情の世界をのべることはしない。昔話はそれを物語のすじの中におきかえ、内的世界を外的事件の平面へと移しかえる。[9]

〔…〕昔話には性質を行為に翻す傾向がある。昔話は、「末の息子は思いやりのある心をもっていた」とは書かないで、説明は抜きにして、末の息子がパンを老人に分けてやった有様を物語るのである。[10]

第4章第2節で見たように、『異邦人』においても心の内部が描かれないという特徴があった。主人公が何を考え思ったか、といった内面が描かれることが稀であり、語られているのは主に、主人公が何をしたかという外面的な行為の部分に限られている。キーヨも次のように指摘している。

〔…〕わざと数多く間接話法を使って、このえせの非人称的性格を強調している。「夕方、リウーは妻に電報で知らせた。町が閉鎖されたこと、彼自身は健在であること、彼女は今後も健康に注意すること、それに彼は彼女のことを思っていることを」ムルソーが受け取った電報の機械的な挑発性とこれ以上に似ているものはない。感情は凝縮され、耳をふさいでいる〔…〕[11]

先に引用したように、『ペスト』の語り手は何も偽らずに、特に自分自身を偽らないために客観性に努めてきた、ということを告白する。これは『異邦人』のアメリカ大学版への序文にある、作者カミュの言葉を思い起こさせるものである。

彼〔ムルソー〕は嘘をつくことを拒む、ということだ。嘘をつくというのは、ただ単に、ないことをあるように言うことだけではない。それはまた、何にもまして、実際にある以上のことを言う

ことであり、そして人間の心情に関しては、感じている以上のことを言うことである。(I, p. 215)

『異邦人』の語り手ムルソーが、嘘をつくことを拒否する立場を固守したように、『ペスト』の語り手も自分自身を偽らないよう客観性に努める。このように『ペスト』と『異邦人』は、語り手の姿勢という作品形成上の主眼となる部分において共通する。『異邦人』に見出された昔話性を、『ペスト』においても認める重要性は、この点からも裏づけられるだろう。

III

昔話の形態への類似は、さらにほかの諸点についても見出される。オリヴィエ・トッド[12]によると、カミュは一九四三年に「表現の大げさな箇所を削除した」という。リウーの語りの基調である「客観性」とは、作者のこうした創作時の状況を反映しているように思われる。また最終章には、自作の小説の文章を書き直し続けているグランの次の発言があるが、これも同様に『ペスト』の語りの基調を暗示するものだろう。

「すっかり削ってしまいましたよ。形容詞は全部」と彼〔グラン〕は言った。(II, p. 246)

グランは、形容詞をすべて削除し書き直しはじめる。形容詞の不在とは、昔話の「固定性」を形成する一要素にほかならない。

昔話の主人公が森の中で道にまようとすると、その森はただ名詞でしるされるだけで、けっして描写されない。〔…〕ほんとうの昔話はたんに「いやらしい老女」とか「年をとった魔女」「悪い魔女」、あるいは簡単に「老婆」といったいい方をするのである。〔…〕直截な名詞だけによる記述は昔話のすべての要素に、昔話の様式全体が獲得しようとめざしているあの形式の固定性をあたえる。[13]

明確な輪郭を要請する昔話では、形容詞を用いずに名指すことに限定される。つまり昔話とは描写をもたない。そしてこうした描写の不在は、残酷を扱いながら血が伴われないという様相を呈する。

ルンペルシュティルツは自分自身を「まふたつに」引き裂く。われわれが目にするのは対照形（ママ）にまふたつに分割されたふたつの部分であって、その各部分は明確な輪郭の線をもっており、そこからは一滴の血も流れでてはおらず、またその固定した形は少しもそこなわれていない。[14]

アブー[15]が述べているように、カミュの戯曲の特徴として、暴力は常に舞台裏で行われるという点がある。『ペスト』においても、その残酷さはグロテスクなかたち[16]では語られない。悲惨なテーマを扱いながらもその詳細は描かれないという特徴は、昔話の形態に類似する。昔話との類似は、作品の結末部にも見出すことができる。

〔…〕ペスト菌は決して死ぬことも消滅することもないものであり、数十年のあいだ、家具や下着類のなかに眠りつつ生存することができ、部屋や穴蔵やトランクやハンカチや反古のなかに、辛抱強く待ち続けていて〔…〕

(II, p. 248)

このように作品最終部には、ペスト菌が消滅することなく生存し続けるのであるという点[17]への言及がある。昔話の「固定性」を形成している諸要素として先にいくつか述べたが、始まりと結びにおける型どおりの表現の使用という点があることをここで加えたい。昔話は「昔々あるところに」で開始され、結末部には「主人公は今でもやはり生きている」という文がおかれる。リューティの昔話に関する著作中[18]、この「今でもやはり生きている」という表題をもつものがあることが最もよく物語るように、これは昔話の様式上きわめて重要な特徴である。『ペスト』の結末部は、まさにこの特徴とともに閉じられているのである。

IV

以上のように、作品冒頭におかれた「欠如」の提示にはじまり、結末での「相変わらず生存している」という表現に至るまで、『ペスト』は多くの点で昔話の形態と類似する。

現代の作家であるカミュの作品が、このように昔話との共通点をもっているのはなぜだろう。昔話の世界について、リューティは次のように述べている。

昔話が聞き手や読み手（今日では主として子どもたち）をいざなう形象の世界は心の糧である。「見とおしのきかない現実の中から事物を際立たせ、人の目に見させる」というのが文学の、いや芸術一般の根源的な機能であるが、昔話はこの機能をめったにないほどよく果たしている。[19]

昔話は、不透明な現実から事物を際立たせるという機能を果たす。そしてカミュ作品も同様に、芸術一般の根源的な機能をもっているということではないだろうか。

註

1　ウラジーミル・プロップ『昔話の形態学』一四八頁。

2　マックス・リューティ『ヨーロッパの昔話』四六―四七頁。

3　*Ibid.*, pp. 56-57.

4　『ペスト』における「反復」のもつ重要性については次の諸論文を参考とした。三野博司「『ペスト』再開始のモラル――カミュにおける瞬間と持続（VI）」『人文研究』（大阪市立大学文学部）第三八巻第五号、一九八六年、五五―七〇頁。神垣亨介「『ペスト』における模倣――ランベールの場合」『仏語仏文学』（関西大学仏文学会）第二一号、一九九四年、一一―二三頁。

5　マックス・リューティ『ヨーロッパの昔話』六〇頁。

6　Peter Cryle, « *La Peste* et le monde concret : étude abstraite », *Albert Camus 8*, Lettres modernes, 1976.

7　マックス・リューティ『ヨーロッパの昔話』四二頁。

8　Roger Quilliot, *La Mer et les prisons*, p. 172.　訳出に際し次の邦訳を参考とした。ロジェ・キーヨ『アルベール・カミュ――海と牢獄』室淳介訳、白水社、一九五六年。

9　マックス・リューティ『ヨーロッパの昔話』二七頁。

10　マックス・リューティ『昔話の解釈』二一六頁。

11　Roger Quilliot, *La Mer et les prisons*, pp. 178-179.

12　« En 1943, il [Camus] a fait disparaître un personnage, Stephan, remplacé par Grand et Rambert, et gommé des passages grandiloquents. »（Olivier Todd, *Albert Camus une vie*, Gallimard, 1996, p. 417）

13　マックス・リューティ『ヨーロッパの昔話』四五―四六頁。

14　*Ibid.*, p. 47.

15　André Abbou, « Le théâtre de la démesure », *Camus et le théâtre*（actes du colloque tenu à Amiens du 31 mai au 2 juin 1988 / sous la direction de Jacqueline Lévi-Valensi « Bibliothèque Albert Camus »）, Imec, 1992, pp. 171-176.

16　『ペスト』においてグロテスクな場面が描かれてはいない、という点をめぐって次の論文にも言及がある。「リウーの記録にはペストということばから予想されるグロテスクな場面は一切ない。『ペスト』のクライマックスシーンのひとつは、オトン判事の息子フィリップの死の場面であるが、そこに感じられるのは、血と肉をもったひとりの人間の死を最初から最後まで看とることの恐ろしさであって、ペストの恐怖をことさらに書き立てているわけではない」（東浦弘樹「『ペスト』と『スローターハウス5』」『カミュ研究』第2号、青山社、一九九六年、四二頁）。

17 『カリギュラ』も「生存し続けていること」への言及で作品が閉じる。

18 原書での表題は「今でもやはり生きている」（So Leben Sie noch heute）であり、副題は「昔話の解釈」（Betrachtungen zum Volksmärchen）だが、翻訳では副題が表題となっている。

19 マックス・リューティ『昔話の解釈』一九〇頁。

第6章

後期作品における未了性

第1節　終わりなき物語としての『追放と王国』

『追放と王国』は六作品からなる短編集である。各作品の舞台、登場する人物など種々であり、作品集としての統一性をめぐって論議がなされてきた。クライル[1]は、六作品の共通項を求めようとする試みは無益であり、多様性こそが『追放と王国』の特質であるとしているが、この考察には、六作品を個々切り離すという前提が存している。従来から、この短編集の研究において、このような方向のみから解釈される傾向がある。一九五七年の刊行に際して、作者自らが述べた言葉に次のくだりがある。

［…］追放という唯一の主題が、内的独白から現実主義的な物語にいたる六つの異なった手法で扱われている。しかも、この六つの物語は、別々に手がつけられ、仕事がなされたものでありながら、継続的なものとして書かれた。（IV, p. 123）

このカミュの言葉にも見出される作品集の継続性という面からの統一については、あまり言及されることがなく明確になっていない。

一九五二年にはすでにこの作品集の構想が、次のように現れている。

『追放の物語』という表題の短編集。
1 ラグアット。不義をはたらく人妻。
2 イグアペ――人間的な温かみ、黒人のコックの友情。
3 高原地方と罪人。
4 閉じ籠もる芸術家（題―ジョナース）。やがて彼はもう絵を描かなくなる。両手を膝にのせて、彼は待ち受ける。「私はいま幸福だ」
5 インテリと牢番。
6 混乱した精神――進歩派の宣教師が未開人の教化に出かけるが、耳と舌とを切り取られ、奴隷に成り下がる。彼は次の宣教師を待ち受け、憎しみをこめて殺す。
7 狂気に関する短編。

(IV, p. 1140)

これらのうち、5と7は決定稿には収められず、「口をつぐむ人々」が付加されている。1、2、3、4、6はそれぞれ、決定稿での次の作品に相当する。

1「不貞」
2「生い出ずる石」

3「客」
4「ヨナ」
6「背教者」

決定稿では「口をつぐむ人々」が加えられるとともに、次のような配列上の変更がなされている。

1「不貞」
2「背教者」
3「口をつぐむ人々」
4「客」
5「ヨナ」
6「生い出ずる石」

構想段階と実際の刊行されたものとのあいだに生じている作品配列上の変化は、作品集の継続的な面を考察することの重要性を物語る。本節ではこの立場にもとづき、『追放と王国』を構成する六作品が、どのように継続的に描かれているのかを分析することをとおして、この作品集に見出される未了性という様相を明らかにすることを目的とする。また加えて、『追放と王国』刊行の前年（1956）に出版された作品、すなわち『追放と王国』の一部をなす予定であった小説『転落』が、この作品集とのあいだにある類似点をもっていることも示したい。

I

一見すると、各作品は何の継続性ももつようには思われない。しかし、以下に示すように、各作品の結末部が次に続く作品を暗示するという状況を認めることができる。『追放と王国』の作品配列の順序で考察していく。

1 「不貞」〜「背教者」

「不貞」の結尾に次のくだりがある。

〔…〕ジャニーヌが戻ったとき、マルセルはまだ目覚めていなかった。が、彼女が横になったとき、ぶつぶつうなった〔…〕夫が何か言ったが、彼女にはその意味がわからなかった〔…〕そこにあった鉱水の瓶からゆるゆると水を飲んだ〔…〕そのとき、片膝を寝台にかけて、妻のほうを見つめたが、わけがわからなかった〔…〕(IV,p.3)

他方、「背教者」は次のように開始される。

わけがわからぬ。この頭のなかを整理せねばならぬ。奴らが私の舌を切り取って以来、自分にもわからぬ、もう一つの別の舌が、休みなしに私の頭蓋のなかで動いている［…］

(IV, p. 19)

「背教者」の冒頭の表現「わけがわからぬ」(Quelle bouillie, quelle bouillie !) は、「不貞」結末部での「鉱水の瓶」(la bouteille d'eau minérale) という言葉に用いられている«bouteille»という単語、さらに「彼女にはその意味がわからなかった」及び「わけがわからなかった」という一節における何かが不明であるという状況を受けた構造となっている。

従来から指摘されているように[2]、「不貞」の結末部は結末部らしさに欠けているのだが、この主要因となっている結末部の曖昧性、多義性は、次に続く作品「背教者」への橋渡しとなる不純物としての要素が含まれているために生じたものではないだろうか。

2 「背教者」〜「口をつぐむ人々」

「背教者」は次の表現で閉じる。

ひと摑みの塩が、おしゃべりな奴隷の口をいっぱいにした。

(IV, p. 33)

「背教者」はこの一文を除くすべてが、モノローグによる語りの作品である。したがって、この作品中この一文のみが異質の存在である。この異質性は、この一文が「背教者」という作品の一部にとどまるのではないことを暗示しており、言い換えるならば、「背教者」の次に続く作品「口をつぐむ人々」の名称自体に関連していくことを示すものである。[3]

さらに「口をつぐむ人々」冒頭の次のくだりも同様に暗示的である。

［…］そのとき彼〔イヴァール〕は袋の中身のことを考えて情けなくなる。大きな二切れのパンのあいだに挟んであるのは、彼の好きなスペイン風オムレツとか油であげた牛肉ではなくて、チーズだけなのだ。（IV, p. 34）

袋の中身が欲するものではなく別のものである、という点は「背教者」結末部において、口の中を満たしたものは、主人公が強く欲していた水ではなく塩であった、という状況に類似する。このように、作品集は「背教者」から「口をつぐむ人々」へとつながりをもちつつ移行していく。

3 「口をつぐむ人々」～「客」

「口をつぐむ人々」の結末部に次の描写がある。

［…］彼〔イヴァール〕は海のほうを向いてじっと動かずにいた。海の上では水平線の端から端まで、もう速やかな黄昏の色が流れていた［…］（IV, p. 45）

他方、「客」は次の一節からはじまる。

教師は自分のほうへ二人の男が登ってくるのを眺めていた。一人は馬に乗り、一人は徒歩である。丘の中腹に建てられた学校へと通ずる、切り立った急坂には二人はまだかかっていない。砂漠の高原の広大なひろがりに、岩間を抜け雪を踏んで行き悩み、道はなかなかはかどらない。

(IV, p. 45)

「口をつぐむ人々」の結末部は主人公が水平線を眺めている場面である。また「客」の冒頭には、主人公の教師が砂漠の広大なひろがりを眺める様子が描かれている。水平線と地平線という違いはあるものの、それぞれの主人公はいずれも共通して、ある広大な風景を眺めている。『追放と王国』の六作品中、この二作品を除いて、広大な風景で開始、あるいは閉じられるものはない。

さらに、「口をつぐむ人々」では、二人が海の向こう側へ旅立つことを思い描く一文で終わっているのに対して、「客」においては広大な砂漠を歩いている二人の描写で開始している。「口をつぐむ人々」での想像が、「客」で現実化したかのような描写となっているのである。『追放と王国』を構成するほかの作品には、二人の人物がともに移動する場面が描かれていない。このように「口をつぐむ人々」は、「客」へのつながりをもちつつ作品は終わる。

4 「客」〜「ヨナ」

「ヨナ」は、主人公の画家ヨナが特別の価値を与えている「自分の星」をテーマとする作品であり、それは作品冒頭に象徴的に現れている。

画家、ジルベール・ヨナは、自分の星を信じていた。（IV, p. 59）

また「客」の結末部のシーンに次の文がある。

しばらく経って、教室の窓べに突立ったまま、教師は、高原の縁一面に、新しい光が空からさっと躍り出るのを、見るとはなしに眺めていた。（IV, p. 58）

ここで、「新しい光」（jeune lumière）という表現があるが、『追放と王国』全体で«lumière»を用いた言葉のうち«jeune lumière»はこの一箇所のみである。«jeune lumière»は、達成途上にある若者の希望を暗示する。「客」に続く作品「ヨナ」のテーマ、つまり「星」を仄めかす意味深長な表現である。この単語の導入によって、「客」は「ヨナ」へ移行する。

5 「ヨナ」〜「生い出ずる石」

「ヨナ」の結末部は、従来からさまざまな分析対象となっている。[4]

［…］ヨナは実に細かい文字で、やっと判読できる一語を書き残していた。が、その言葉は孤独と読んだらいいのか、連帯と読んだらいいのか、わからなかった。（IV, p. 83）

ここには孤独（solitaire）か連帯（solidaire）という二者択一の問題が存すると同時に、文字が判読しがたいという状況、何かがよく見えないという状況がある。

他方「ヨナ」に続く作品「生い出ずる石」の冒頭は、次のとおりである。

すっかりぬかるんだ紅土の径を車は苦しげに曲った。ヘッドライトが急に径の片側に一軒、次いで反対側に一軒、トタン葺き木造バラックを、闇のなかに浮き上がらせた。右手の、二つ目の小屋の近くに、粗末な材木で組んだ櫓が、薄靄のなかに見分けられる。（IV, p. 84）

薄靄の描写、つまり「何かがよく見えない」という状況は、「ヨナ」の結末部にある「何かが判読しにくい」ことに類似する。こうして「ヨナ」から「生い出ずる石」へ継続的に作品は移行する。

(1)〜(5)で考察したように、『追放と王国』の六作品は、配列順に従って、連続した様相を呈しているが、この連続性はこれにとどまる問題ではないように思われる。というのも、作品集の最後におかれた短編「生い出ずる石」の結末部を子細に検討すると、以下の解釈が可能であるためである。

II

「生い出ずる石」の結末部を見てみよう。

> 彼ら〔小屋の住民たち〕は石のまわりに円形に蹲って、黙っていた〔…〕兄弟は少々コックから離れて、半ばダラストのほうへ向き、これを見つめることなしに、空いた場所をさした。「われわれといっしょに腰をおろせ」（IV, p. 111）

このように「生い出ずる石」は、主人公ダラストが石のまわりに坐るよう命令される言葉で終わっている。注意したいのは、ダラストが坐ることによって空いた場所がふさがれ、結果として、石を取り囲んで人々が円形を作り出したという点である。つまり、この作品の結末部には円形の生成というテーマを認めることができる。

クライルら[5]は、「生い出ずる石」を「不貞」とともに、『追放と王国』の六作品を規定する重要な二作品としているが、作品間の継続性ということが、ほかの作品と同様に、これら二作品のあいだにも認めることができる。

「不貞」は次のようにはじまる。

痩せた蠅が一匹、バスの引上げられた窓ガラスのところを、ひとしきり飛び回っていた。

（IV, p.3）

このように、蠅の飛び回る（tourner）描写が冒頭におかれている。飛び回る描写によってもたらされる円形のイメージは、「生い出ずる石」の結末部に共通する。

«tourner»と同様に円形のイメージをもつ言葉を、『追放と王国』の六作品ごとにその頻度[6]を比較すると次のようになる。

	autour	cercle	circuler	parcourir	rond	tour	tourner	tournoyer	virer
「不貞」	7	1	0	1	0	1	13	0	0
「背教者」	3	1	0	0	0	0	2	0	0
「口をつぐむ人々」	2	4	2	0	0	4	7	0	0
「客」	2	0	0	0	1	1	6	0	0
「ヨナ」	2	0	0	1	0	1	0	0	0
「生い出ずる石」	19	8	3	7	3	4	12	2	2

これらの円形のイメージの言葉を総計すると、「不貞」23、「背教者」6、「口をつぐむ人々」19、「客」10、「ヨナ」4、「生い出ずる石」60である。六作品のうち「生い出ずる石」が最も多く、「不貞」が次に続く。「生い出ずる石」の結末部と「不貞」の冒頭部はいずれも円形のイメージをもつことは先に述べたとおりだが、これらの二作品は円形のイメージの言葉が頻出するという共通点ももっているのである。

円というかたちは車の動き、つまり車軸の動きにも伴うが、六作品について車軸の現れの有無を見てみよう。「不貞」はバスの車軸の動きによって生み出される円形のイメージが存在する。ただしこれは、作品半ばでバスの停止とともに消失する。またこの停滞の影響を受けるかのように、「背教者」では車軸は一切描かれておらず、主人公が身を拘束されることによって極端な停止が示される。さらに「口をつぐむ人々」では、主人公イヴァールが自転車をこぐ場面が作品冒頭に提示されるが、「利かないほうの脚はじっと休んでいて動かず」(IV, p. 34)、車軸の動きによって形成されるはずの円形は不完全である。「客」においても、主人公の教師は、人里離れた学校でほとんど修道僧のように暮らす人物であり、動ではなく静の世界に生きている。そして「ヨナ」では、主人公ヨナが屋根裏部屋に籠るという、徹底した空間的移動の停止が見られる。しかし、「生い出ずる石」では夜明けまで走り続ける車が数ページにわたって描かれる。

すなわち、六作品のなかで、「不貞」及び「生い出ずる石」のみが車軸の動きによって作り出される円形のイメージを共通してもっている。

以上のように、「生い出ずる石」及び「不貞」の二作品は、円形のイメージという点でいくつかの類似が認められる。このことは『追放と王国』の最後に位置する作品「生い出ずる石」から、最初におかれた「不貞」へと物語が継続していくということを意味するのではないだろうか。つまり、作品集『追放と王国』は終わりをもたない作品の連なり、という形態を呈している。

III

『追放と王国』を構成する六つの作品は、全く無関係に羅列されているのではない。全体として一つの継続的な作品となっているのである。ただしこの統一性は、全体に同質な何かが明確に存在することによってもたらされているのではない。各作品の結末部が、それぞれ暗示的に次の作品につながりをもって形成されている。各作品の最後の箇所は、終わりのかたちをとっていながら終わりではない。また、最後尾におかれた作品「生い出ずる石」は、最初におかれた作品「不貞」につながりをもっているため、結果として『追放と王国』は円環構造となっている。

なお、『転落』の結末部に関して、モニク・クロシェは次のように分析する。

ここでもまた、小説の構造が円環的であること、そしてその構造がいまやカミュの神話的地獄とでも名づけ得るような場所の同心円状の運河を想わせることが確認されるのである。実際、無垢の主題、小説の終りで紛いものであることが証明される無垢の主題は、小説の幕開きの主題でもある。[7]

『転落』は『追放と王国』の前年に刊行された小説であり、元来は『追放と王国』を構成する一作品となる予定であった。このような作品成立の背景から、『転落』と『追放と王国』は、内容上での類似がしばしば指摘されてきた。しかし、本節で考察したように、形式面、すなわち、いずれの作品も終わりのない円環構造を有しているという点で未了性をそなえているのである。

第2節 『転落』とコミュニケーション

カミュは『ペスト』(1947) 刊行の後、数年間小説分野での執筆活動を休止していたが、ついに一九五六年に小説『転落』を発表した。作者が明らかにしたように、『転落』は元来、一年後に上梓された短編集『追放と王国』の一編として構想されたものである。

他者との連帯を扱った作品『ペスト』の後に発表されたこれらの作品『転落』及び『追放と王国』において、「他者」というテーマはどのように変化しただろうか。

『転落』と『追放と王国』を同時に扱う場合、『転落』のもつ重要性を看過することはできない。短編集『追放と王国』の一部という構想段階での枠を超えるほど、『転落』には『追放と王国』の各短編にも共通するある特徴が、より明確な様相を呈して提示されているように思われる。あえて独立して発表されることとなったこの小説の顕著な特徴こそが、この時期の作品群を理解する手がかりとなるのではないだろうか。本節ではこの観点に立ち、『転落』を際立たせている主要な要素「暗黙的モノローグ」のもつ意味を、他者との関係から捉え直すことから出発する。そして特に「語りの現在における発話」という面を中心として、カミュの後期作品における未了性を明らかにすることを目的とする。

『転落』の舞台はアムステルダムのバー「メキシコ・シティー」である。作品は、主人公クラマンスがバーで隣り合わせた男に、五日間にわたって自分の過去を語るかたちで進行する。語られる回想のなかではさまざまな人物が話題となるものの、クラマンスの語る現在に登場するのは、バーで隣り合わせた男、そしてバーの主人などである。以下では、これらの人物の描かれ方に限定し、『転落』における他者の発話を考察していきたい。

まず、バー「メキシコ・シティー」の主人を検討していく。この人物の正式な名前は明らかにされていない。クラマンスは彼に霊長類的な特徴を認め、「ゴリラ」と呼んでいる。世界各国の船乗りを客とする店でありながら、この男の話す言語はオランダ語のみである。またきわめて無口な人物ということもあり、直説話法のかたちでの彼の発話は小説全体で一度も提示されていない。アムステルダムにあるこの店の名前を「メキシコ・シティー」としたのはこの人物である。

次に、クラマンスとバーで隣り合わせた男について見てみよう。この人物についてもその名前は不詳である。そして小説結末部で判明するように、クラマンスと同様にパリで弁護士をしていたという経歴をもっている。クラマンスは一貫してこの男を対話相手に語り続けているが、この男自身の実際の発話は文章中に一つとして見出すことができない。彼の発話や行動は、クラマンスの語る言葉から推測されるに過ぎない。たとえば、この男の最初の行動とはジンの注文であるが、それはクラマンスの次の言葉からのみうかがい知ることができる。

〔…〕私に弁護させてくださらない限り、あなたの注文がジンだということは、主人にはわかりま

せんよ。（III, p. 697）

そして、クラマンスからの質問に答えたと思われる箇所も多数見出される。なかでも次の場面では、クラマンスが質問を立て続けに行っている。

二、三おたずねしてもよろしいですか、失礼だとお思いになったらご返事には及びません。あなたは財産をおもちですか？　え、いくらかおもちですって？　結構。では、貧乏人に財産を分けておやりになったことがありますか？　ない。［…］（III, p. 700）

男の返答はすべて、クラマンスによる相手の言葉の反復によって知り得るのみである。このように、バーの主人と同様に、隣り合わせたこの男についても、その発話は一度として直接話法では示されない。

なお、これら二名以外にクラマンスの語る現在時に登場する人物として、バー内の客や、アムステルダム市内の人々がいる。これらのうち、クラマンスから話しかけられる人物も存在する。クラマンスがアムステルダム市内をそぞろ歩く場面に次のくだりがある。

どうも失礼、マダム！　いや、フランス語は通じなかったんだっけ。（III, p. 701）

クラマンスは歩行中の女性にぶつかりそうになり、一言述べている。女性はオランダ人のためフランス語を理解することができず、返答はしていない。

語りの現在時に登場する人物のうち、バーで隣り合わせた男以外はすべて、話す言語はオランダ語でありフランス語を理解できない、という共通点をもっている。よって、この小説は舞台設定段階からすでに、他者との言語コミュニケーションが不可能となっている。またクラマンスの語りも、隣り合わせた男との対話というかたちはとりながら、実際には独白[8]であり言語コミュニケーションの現実味が希薄である。

このように、語りの現在に登場している他者は、言語コミュニケーションというものから排除された存在である。『転落』における他者の発話の不在という特徴は、主人公のみが語り続けるという特殊な状況に加え、主人公にとっての異国オランダが舞台として設定されている点、バーの主人がきわめて寡黙である点など、作品を形成する要素自体からもたらされている。このように『転落』は、他者との言語コミュニケーション[9]の欠如という点で未了性を有する作品である。

第3節 『追放と王国』とコミュニケーション

人間が互いに意思や感情を伝達し合うための方法には、声、文字、身振り、表情などがある。これらのコミュニケーション手段のうち、最も本質的なものとは何だろうか。オングは、人間のコミュニケーションについて次のように述べている。

まずどうみても明白としか思えないのは、言語が声に依存する現象だということである。人間は、触覚、味覚、嗅覚、そしてとりわけ視覚と聴覚を使い、ありとあらゆる感覚を利用して、数えきれないほどのやり方で意思の疎通をはかっている。声を用いないしかたで、つまり無言で行われるコミュニケーションにも、たとえば身振りのように、きわめてニュアンスに富んだものもあるが、やはり何といっても、言語、すなわち分節された音声にまさるものはない。たがいに意思を伝えあうときはもちろん、頭のなかで考えるということも、それ自体、全く特殊なしかたではあるが音声とかかわりをもっている。〔…〕人間は、いついかなるときも言語と手を切ることができない。そしてその言語は、基本的にはどのような場合でも、話し聞く言語であり、音の世界に属している。[10]

他者とのコミュニケーションにおいて、声、つまり音の世界に属している言語がほかの手段を包括する。このことからすると、音声言語とは、文学作品における他者を考察する場合にも重要な概念になり得るのではないだろうか。本節ではこの観点に立ち、『追放と王国』に関し、話すということ、特に語りの現在の発話という面から他者についての考察を行う。また、それをとおし、そこに展開される未了性を明らかにしていく。以下ではまず「不貞」についての分析からはじめたい。

I 「不貞」

「不貞」は、砂漠を走るバス内の描写から開始されている。他者とのコミュニケーションというテーマについて考察するに際し、まずバス内に登場する人々を対象に分析する。

バス内に描かれている他者は、主人公ジャニーヌの夫マルセル、バスの運転手、そして乗客である。これらのうち、主人公の夫のみに、固有名詞が与えられている。彼の風貌については、「ジャニーヌは夫を眺めた」(IV, p. 3) という一文からはじまる。描写は、顔の特徴、胴体の重さや手の様子などきわめて詳細な視覚の情報となっている。そしてこの視覚の情報に続いて提示されるのは、聴覚の情報である。以下に引用する。

突然、風のうなりがはっきりと聞こえ、バスをとりまく砂粒の靄がいちだんと濃くなった。

(IV, p. 3)

風の轟音、つまり聴覚の情報が突然現れるという状況は、直前まで続いていた視覚面の描写の長さゆえに、とりわけ突出した印象を与える。この風の轟音の後には、バスの速度の様子、晴れはじめた霧などの描写が数行続く。その後、次のようにマルセルの発話が示されるが、これは作品中、声をめぐる最初の情報である。

「何という国だ」とマルセルが言った。

(IV, p. 4)

このマルセルの発話は、単に「~とマルセルが言った」と説明されるのみである。どのような声の質で、どのような様子で、といった情報は一切加えられていない。その結果、この直接話法による非常に短い言葉は、文章中で孤立して響く。多くの分量が費やされている視覚の情報のくだりとまさに対照的である。

マルセルの発話状況について、ほかのシーンも見てみよう。バスに揺られて二時間ほど経ち、マルセルが妻ジャニーヌに呼びかける場面がある。

「ジャニーヌ!」彼女は夫の声にはっとした。もうこんなに大きくて強いのに、この呼び名はいかにもおかしい――彼女はまたしてもこう考えた。マルセルは見本の鞄はどこかとたずねた。
(IV, p. 4)

ここでは、マルセルが妻の名前を呼ぶ箇所のみが、直接話法で示されている。彼は、鞄の場所を妻に尋ねるために呼びかけた。しかし交わされた会話のうち、この言葉のみが直説話法で提示されている。マルセルがどのような声で呼んだのかについてなどの情報は与えられていない。そのため、直接話法のこの一言が孤立して響くという事態を招いている。また、このくだりで留意すべきは、ジャニーヌが自分の名前を呼ばれた際に驚く、という点である。先に述べたように、マルセルをめぐる長い視覚情報の後に示されたのが、風の轟音という音声情報だが、それは突然現れたものであった。これらいずれにおいても、その音声情報は突発的な要素を共通して含んでいる。そのため、直接話法による音声情報というもの自体が、この作品のなかでは驚きを伴う稀な存在であるというイメージを読者に与える効果をもたらしている。作品中で人々の話す様子は、こうした説明のみの情報であることが多い。それは、バスに故障が生じて急停車する次の場面においても同様である。

車は急に止まった。彼女〔ジャニーヌ〕が毎日耳にして来たのにひと言もわからぬあの言葉で、運転手は誰にともなくぶつぶつ言った。
(IV, p. 6)

バスの運転手は、バスの故障についての不平をアラブ語で言う。しかしそのアラブ語自体は直接話法で示されず、説明されるのみである。ところで、マルセル以外の他者の発声状況の提示としては、この場面が最初である。満員のバスには、アラブ人が多数乗車しているが、それらの人々については、寡黙でいる様子が描かれるにとどまる。

バスは、アラブ風の外套のなかにうずくまって、眠ったみたいなアラブ人でいっぱいだった。ある者は、座席の上にあぐらをかいていたから、車の振動で、ほかの者たちよりよけいに揺れた。彼らの沈黙、その無感動な顔つきが、ようやくジャニーヌの上にのしかかってきた。このもの言わぬ護衛といっしょに、もう何日も何日も旅行したように、彼女には思われた。（IV, p. 4）

砂漠をバスに揺られて移動し、そのバスには多数のアラブ人、つまりフランス語ではなくアラブ語を話す人々、が同乗している。この作品はその舞台設定の段階からすでに、主人公と他者との会話が成立し難いといえる。その点において、『転落』の舞台設定、すなわちアムステルダムというオランダ語を話す人々の土地で、寡黙な男が経営するバーが語りの場であるという状況に類似するように思われる。

さて、バスの運転手がアラブ語で不平を述べる箇所の直後には、マルセルの直接話法による言葉、そしてそれに答えるバスの運転手の様子が描かれている。

「どうしたんだ」とマルセルがきいた。運転手は、今度はフランス語で、気化器に砂がつまったらしい、と言った。マルセルはまたしてもこの国を呪った。運転手は歯を見せて笑った。何でもない、これから砂をとり除けて、まもなく出発できると請け合った。［…］「ドアをしめろ」とマルセルがどなった。運転手は戸口まで戻ってきて笑った。

(IV, p. 6)

マルセルとバスの運転手との会話中、マルセルの発話は直接話法で提示されているが、バスの運転手の返答の様子は、間接話法のみで示されている。会話が直接話法ではないことから、この人物についての聴覚情報は欠如している。またマルセルについても、音声面での情報が詳細に説明されてはいない。どのような様子で、どのような声でといった情報は明らかにされないまま、単に「〜と言った」という言葉のみで提示される。

また、続く場面でのマルセルとジャニーヌとの会話は、いずれも直接話法によるが、そこでもまた、発話時の詳細な様子は加えられていない。なお、この箇所にある言葉「仕方がない」(Laisse !)は、ジャニーヌの最初の直接話法による表現である。

ジャニーヌはこの言葉を発した後、突然驚く。それは、黒い布をまとって旅行者を眺めている人物に気づいたためである。ジャニーヌの反応を見たマルセルは次のように言う。

「羊飼いさ」とマルセルが言った。

(IV, p. 7)

マルセルのこの言葉は、直接話法で示されるが詳細な説明は加えられていない。またこの言葉に対してジャニーヌがどのような返答をしたのかも不詳である。ここにおいてもまた、直接話法による言葉は文章中で孤立する。

さて、砂漠を走るバスという空間は、オアシスに到着するまで継続して作品の舞台となっている。しかし上記のマルセルの言葉以降、バスのなかには沈黙が満ち、直接話法の言葉は現れない。とはいえ、バスが目的地へ到着するまで、誰一人として言葉を発しなかったわけではない。たとえば、次に引用する箇所にはバスの運転手の発話がある。

運転手が戻ってきた。相変わらず快活に、彼もまた顔にかけているヴェールの上で、目だけが笑っていた。彼は出発を告げた。(IV, p.7)

運転手は出発を告げる。しかしそれは直接話法による言葉ではない。また、発話状況が推測される箇所として、あるフランス駐屯兵がジャニーヌに口内香錠入り小箱を差し出す次の場面がある。

ジャニーヌはまさに眠りこみそうに感じたとき、口内香錠のつまった、黄色の小箱が目の前に差し出された。フランス駐屯兵が微笑していた。彼女はためらい、受取り、お礼を言った。兵士は箱をポケットに入れ、たちまち微笑をのみこんだ。(IV, p.7)

フランス駐屯兵は、小箱を差し出す際に微笑を浮かべるのみであり、言葉は発していないと思われる。他方ジャニーヌについては、感謝の意を表す言葉を発したと推測されるが、それは「お礼を言った」という言葉で説明されているに過ぎない。

音声の描写は、バスが到着する直前にも現れる。

彼ら〔フランス駐屯兵〕が乗ってからもう数時間経っていて、疲労のために車内の生気はすっかり消え果てていた。と、そのときおもてで叫び声がした。アラブ風の外套の子どもたちが、独楽みたいにくるくるまわり、飛びはねては手を打って、バスのまわりを駆けめぐっていた。(IV, p.7)

ここには、子どもたちの歓声の様子が描かれている。しかし、それは直接話法ではなく説明のみによる。

このように、バスが停車するまでの空間内に登場する他者は、マルセル、バスの運転手、乗客のアラブ人やフランス駐屯兵、そして現地の羊飼いや子どもたちであった。これらのうち直接話法による発話は、マルセルに限定されている。バスの運転手の発話は直接話法ではなく説明の形式による。乗客については、そのほとんどがアラブ人であり、主人公とは異なる言語、つまりフランス語ではなくアラブ語を話す。そのため、舞台設定の段階から主人公との会話が成立しないという状況であるといえる。羊飼いについても、アラブ人であり言語コミュニケーションが成立しない他者である。そしてマルセルについても、その直接話法による発話はわずか六箇所にとどまり、また発話時の詳細な状況は明らかにされていない。さらに、主人公ジャニーヌ自身の直接話法によって提示される言葉は一言のみである。

さて、バスが停車した後には、舞台空間がオアシスのホテルやその周辺へと移動する。舞台空間の変化によって、主人公は新たな他者に接する。以下では、マルセル、そして新たに登場する人物をめぐってその発話状況を考察していく。

バスはホテルのアーケイドの前に停まり、ジャニーヌはマルセルとともに降りる。その場面においてまず現れる他者は、ジャニーヌの方向へ歩き進んで来る兵士である。しかし、この男は単に通り過ぎる。したがってこの他者は、主人公といかなるコミュニケーションも行っていない。その間マルセルは、旅行鞄を降ろす作業をしているバスの運転手を急がせていた。ここでの他者は、マルセル、そしてバスの運転手である。しかしいずれの人物についても、その言葉は直接話法によって示されてはいない。この場面で唯一の直接話法の表現は、次の一節のジャニーヌの言葉である。

「私、部屋にあがるわ」と彼女〔ジャニーヌ〕は夫に言った。 (IV, p. 8)

ジャニーヌはこのようにマルセルに話しかけるが、マルセルは返答はせず、バスの運転手を呼び続けている。そのため、ジャニーヌの直接話法の言葉は他者との会話とはならずに、独り言のように響く。ジャニーヌがホテルに入ると、ホテルの主人が出迎える。

彼女〔ジャニーヌ〕はホテルに入った。痩せて無口なフランス人、ここの主人が彼女を迎えに出た。
(IV, p. 8)

ホテルの主人はフランス人であり、ジャニーヌと自然な言語コミュニケーションが成立する可能性をもつ他者である。しかしこのフランス人には、「無口な」(taciturne)という形容詞があえてつけられている。それは、『転落』の舞台であるバーのきわめて寡黙な主人などにも共通した特徴である。この作品は物語の進行以前に、登場人物の設定段階において、他者との言語コミュニケーションが成立し難い条件をそなえているといえるだろう。

また、他者との会話の場面自体が少ないことに加え、他者の声は、主人公にとって単なる物音の一つとして捉えられることが多い。たとえば、ホテルの部屋に入ったジャニーヌは次のように考える。

彼女〔ジャニーヌ〕はほんとうに夢みていた。マルセルの声の断片をも含めて、通りから昇ってくるさまざまな物音も、もうほとんど耳に入らず〔…〕
(IV, p. 8)

マルセルの声は、ジャニーヌにとって、通りの物音と同じレベルのものに過ぎない。ジャニーヌからの発話にマルセルが返答しないという状況、そして物音として扱われるマルセルの声、ここには、他者との自然なコミュニケーションが存在していない。この状況は、マルセルの発話に対してジャニーヌが返答をしないというかたちでも見出される。それは食堂内で、マルセルがジャニーヌに助言をする次の場面である。

彼〔マルセル〕は水を飲むことを妻に禁じた。「それは沸かしてない。葡萄酒を飲みなさい」彼女はそれが好きではなかった。葡萄酒を飲むと重苦しくなった。献立表には豚があった。「コーランは豚を禁じた。しかし、コーランはよく焼いた豚は病気を起こさないことを知らなかったのさ。われわれのほうは、料理することを知っている。お前何を考えてる？」ジャニーヌは何も考えていなかった。

(IV, p. 9)

マルセルは、ジャニーヌに対し、衛生上の助言やコーランと豚のテーマをめぐって述べており、それは直接話法によって示されている。ところがここではジャニーヌからの返答が提示されていない。そのためジャニーヌとマルセルとのあいだには自然なコミュニケーションが成立していない。この食堂の場面では、マルセル以外の他者も登場している。それは給仕をする年配のアラブ人男性である。ジャニーヌはこの人物と一言も言葉を交わしてはいないが、マルセルについては多少の会話をしたことが次のくだりから推測される。

マルセルは年配のアラブ人をせきたてて、コーヒーをもってくるように命じた。アラブ人は、うなずいたが、にこりともしない。そして小股に部屋を出た。「朝はしずかに、夜はあまりいそがずに」と言ってマルセルが笑った。

(IV, p. 90)

マルセルは、給仕の男にコーヒーを注文する。しかしそれは直接話法では示されない。注文を受けたアラブ人は愛想もなく単にうなずく。マルセルはその男の様子に笑いながら風刺的言葉を発する。ところがジャニーヌはこれに返答しない。つまり食堂の場面にはジャニーヌ、マルセル、給仕のアラブ人という三名が登場しているが、そのうちで直接話法による発話が示されるのはマルセルのみである。給仕のアラブ人については、身振りコミュニケーションに限定される。

食堂を後にしたジャニーヌとマルセルは、商取引のために街へと向かう。舞台がホテル内から外へ移動するに際し、また新たな他者が登場する。それはマルセルから鞄のもち役を依頼されるアラブ人従業員である。

マルセルは若いアラブ人を呼んで、鞄をもってくれるように頼んだが、例によって報酬のことで争った。(IV, p. 9)

マルセルが、鞄の持ち役をアラブ人従業員に依頼したことがこの一節からうかがわれる。しかしそれは説明によってであって直接話法によるものではない。また、この従業員とマルセルは、報酬面での言い争いをするが、実際の二人の言葉は示されてはいない。

ホテルの場面で登場する人々について整理してみよう。まず、出迎えたこのホテルの主人は、フランス人ではあるものの「無口な」人物である。そして食堂の場面で登場する給仕のアラブ人は、元来、フランス語ではなくアラブ語を母国語とするという点に加えて、身振りコミュニケーションは行うが言語コミュニケーションは行わない傾向のある人物である。また鞄のもち役を依頼されたアラブ人従業員については、その発話状況は直接話法によって提示されてはいない。このように、ホテル内に登場する他者は、その発話状況がほとんど示されていない。

さてジャニーヌは、商取引のために外出するマルセルに付き添う。そこで新たに出会う他者をめぐって、その発話状況を見てみよう。ジャニーヌは、途中、何人ものアラブ人と擦れ違う。そこには多くの他者が登場しているが、発話をする人物は描かれていない。その後、数名のアラブ人商人に出会い、ある商人とは挨拶も行う。とはいえそれは、直接話法によるものではない。またマルセルはこの商人を相手に商取引をする。その様子は次のように描かれている。

マルセルは、商売のときに使うあの低い声で、あわただしくしゃべっていた。(IV, p. 10)

ここから、マルセルは商品を売るために多くの発話をしたことがうかがわれる。ただしそれは直接話法では示されていない。また商取引の後、マルセルは次のように感想を述べるが、ジャニーヌは返答を行っていない。

マルセルは言った。「連中も威張っちゃいるが、商売は商売さ。生活というものは誰にも厳しいものだ」(IV, p. 11)

マルセルとジャニーヌとのあいだに言語コミュニケーションが全く存在していないのではない。しかし、一方の発話の直後に、もう一方の様子をめぐって、「黙っていた」、「答えなかった」などの状況説明があえてつけられている。そのことによって、二人の言語コミュニケーションがあまり行われていないという印象はより強くなる。たとえば次の箇所は、路上で擦れ違ったアラブ人の傲慢な様子に対してマルセルが立腹する場面だが、やはりここでもジャニーヌが返答をしなかったという点が付記されている。

「連中は何をやったってかまわないと思っているんだ」と夫が言った。ジャニーヌは何も答えなかった。(IV, p. 11)

このように、ホテルから街へと舞台空間は移動するが、マルセルとの言語コミュニケーションの状況に変化はない。なお、この空間でジャニーヌが新たに出会う他者とは、路上で擦れ違う多くのアラブ人、商取引の相手のアラブ人であるが、彼らとの言語コミュニケーションも存在してはいない。

夕刻となり、ジャニーヌは、マルセルとともに砂漠の風景を眺めるために堡塁《ほうるい》へと向かう。この新しい舞台空間においてまず登場する他者は、階段の途中で出会う年配のアラブ人である。この男は案内を申し出る。その申し出は間接話法によって示されている。ここでは、ジャニーヌ、マルセルともに何の返答も行わない。堡塁の上まで到着した後、再び戻るまでのあいだに出会う人物は、このアラブ人のみである。その間、マルセルはジャニーヌに対して発話をしているが、ジャニーヌの返答の様子は提示されていない。たとえば、次の引用部ではマルセルの発話が自由間接話法[11]で示されている。そこでも同様にジャニーヌの返答は見出されない。

> 彼〔マルセル〕は寒かった。もう降りたかった。何か見るものでもあるというのかい。しかし、彼女〔ジャニーヌ〕は視線を地平からはなすことができなかった。 (IV, p. 13)

ホテルに戻り、眠りのなかに沈むことができないジャニーヌは、すでに寝入っていたマルセルに話しかける。

> 彼女〔ジャニーヌ〕は話しかけた。が、その口から何の音も出てこなかった。彼女は話しかけた。が、その声は自分にも聞き取れなかった。 (IV, p. 15)

ジャニーヌは、マルセルとの会話を試みようとしたが、自分の声自体を聞き取ることができない。主人公は、他者との言語コミュニケーションが不可能であることを自覚する。その後、ジャニーヌは再び堡塁へと向かう。ホテルの出口で夜番にアラブ語で話しかけられ、次のように答える。

> 〔…〕階段の上から、苦い顔をして、夜番が現われ、アラブ語で話しかけた。「出てきます」と

ジャニーヌは言った。そして夜のなかへとび出した。（IV, p. 17）

返答は直接話法で提示されているが、夜番のアラブ語の発話は説明の形式にとどまる。ジャニーヌが堡塁へ向かう途中、自転車に乗ったアラブ人数名と出会うが、会話は行われていない。そしてジャニーヌは再びホテルへ戻り、作品が閉じる。結末部の一節を次に引用する。

夫が何か言ったが、彼女にはその意味がわからなかった［…］妻のほうを見つめたが、訳がわからなかった。（IV, p. 18）

ジャニーヌはマルセルの発した言葉の意味が理解できない。またマルセル側でもジャニーヌの様子を見て意味を理解できない。この作品は、ジャニーヌとマルセル、つまり主人公と最も身近な他者とのあいだのコミュニケーションの不成立の場面で終わる。

「不貞」に描かれる他者は、主人公の夫マルセル、そして多くのアラブ人（バスの運転手、バスの乗客、街の人々、商取引の相手など）、またフランス人のホテルの主人である。人数として最も多いのは、アラブ人である。したがってこの作品には、主人公の話す言語であるフランス語を理解しない多くの他者が登場する。他者の発話の不在や言語コミュニケーションの不成立というテーマは、舞台設定の段階からすでに開始されている。そのため、主人公にとって、夫マルセルのみが言語コミュニケーションが成立する唯一の（フランス人もホテルの主人として登場するが、「無口な」人物という形容があえてつけられている）他者である。しかし、マルセルとの会話は成立していない。そしてそれは、結末部に象徴的に示されている。

「不貞」の背景描写に際し、カミュに着想を与えたとされている土地は、アルジェリア南部のラグアットである。カミュは一九五二年九月にこの地方を訪問しており、『手帖』にはその覚え書きが記されている。

> オアシスの町では、泥壁の上に黄金色の果実が輝いている。沈黙と孤独。続いて広場に出る［…］おそらくここで、ぼくが同じような逃避を見つけたあの砂漠について語るべきなのだろう［…］浮世離れした沈黙が見つかりはすまいかと期待している［…］
>
> （IV, p. 453）

カミュは、「沈黙」を見出そうと期待しラグアットを訪れた。「不貞」における他者の発話の不在は、作者が作品の舞台を訪問した段階から出発している。カミュは、「沈黙」をより自然に描くために、他者の発話が存在しない状況を必要条件として設定したのではないだろうか。

「不貞」は、舞台が異国であることによって言語コミュニケーションが成立困難である。舞台設定からすでに、他者との会話が成立し難い要素を多くもちつつ物語が進行する。そしてそこにつくり出されているのは、『転落』と同様に、言語コミュニケーションの不在という意味での「未了性」の世界である。

II 「背教者」

次に「背教者」における他者とのコミュニケーションについて考察していく。作者カミュが表明しているように、この作品は悪の宗教を崇める知識人をテーマとする。知識人批判というテーマは『転落』にも共通するものだが、さらに類似する点[12]はモノローグという語りの技法である。『転落』の主人公は五日間にわたって語り続ける。他方「背教者」では、砂漠の岩陰に二四時間、身を潜め続ける主人公の語りによって進行する。この主人公には固有名が与えられていない。そしてその語りとは、心の中の内的独白であって音声を伴わないものである。というのも、作品冒頭に示されているように主人公は舌を切り取られているのである。

奴らが私の舌を切り取って以来〔…〕 (IV, p. 19)

舌を切り取られるということをめぐって、次のような指摘がある。

フランス語の«langue»は「舌」と「言葉」と二つの意味があり、この作品ではメタフォリックに使われて、舌を失うことは言葉を失うこと――さらに言えば、権力を失うことを意味している。なぜなら主人公は言葉によってタガーザの住民を改宗させ、支配することを夢みていたからである。[13]

主人公は「舌」つまり「言葉」を失い、宣教師という立場も失う。主人公は他者へ音声での発話をすることが不可能な状態におかれている。また他者への発話という段階以前に、回想のなかでの他者は存在しているが、語りの現在においての他者[14]は登場していない。すなわち、主人公自体が他者へ向けての音声発話をすることができない、という点、及び、他者自体が語りの現在に存在しない、という状況によって、他者との言語コミュニケーションが皆無となっている。

『手帖』によると、覚え書きの段階では主人公が切り取られるのは舌のみではない。以下に第七ノートに記された一節を引用する。

> 混乱した精神――進歩派の宣教師が未開人の教化に出かけるが、耳と舌を切り取られ、奴隷に成り下がる［…］
>
> (IV, p. 1140)

当初カミュは、舌以外に耳も切り取られる物語を考えていた。舌の喪失は発話を不可能にする。耳の喪失は音声の知覚を不可能とする。聴覚機能と発話機能を喪失した状態とは、他者との関係で言うならば、他者の発話を排除し、さらに他者への発話も不可能とする状態である。構想時期にこうした知覚機能の徹底的な喪失状態を想定していたという事実は、「背教者」が他者の発話を拒絶することをテーマとする作品であることを示唆しているように思われる。

このように「背教者」においてもまた、他者の発話の不在というテーマを認めることができる。『転落』や「不貞」にも見出された他者の発話の不在という状況は、「背教者」ではさらに徹底する。語りの現在において音声発話する人間は一名として存在していない。他者への発話が不可能であり、会話というものは成立不可能である。

カミュの作品に見出される「話す」コミュニケーションの不在は、「書く」コミュニケーションへと向かう状況を暗示しているのだろうか。『追放と王国』の「客」の結末部に示される黒板の文字や、「ヨナ」において主人公がキャンバスに書き記す文字などの分析を通じて、「話すということ」と「書くということ」との対比の下で、詳細に述べていきたい。

III 「口をつぐむ人々」

クライル[15]も指摘しているように、「口をつぐむ人々」をほかの五つの短編から区別する特徴とはその写実主義にある。カミュのいう写実主義的物語が、「口をつぐむ人々」を指すことは明らかだろう。「不貞」や「背教者」において見出された他者とのコミュニケーションの不在という特徴は、写実主義的物語としての「口をつぐむ人々」ではどのような様相を呈しているだろうか。

作品の舞台は樽工場である。工場主と従業員は労使紛争を起こす。ストライキは失敗に終わるが、従業員はその後「口をつぐむ」という反抗行動に出る。「不貞」や「背教者」における言語コミュニケーニケーションの不在という特徴は、この作品の場合にはタイトルの段階からすでに認められる。以下では、語りの現在における発話という観点から、この作品の言語コミュニケーションについてより詳細に考察していきたい。

1　作品冒頭におけるコミュニケーション

主人公イヴァールは樽工場で働く工員である。作品には、イヴァールの一日の出来事が描かれており、仕事へ向かう朝の場面から開始され、帰宅する夕方の場面で閉じる。イヴァールの空間移動に沿いつつ、作品に登場する人々の言語コミュニケーションの状況を見てみよう。

冒頭は、真冬の朝の場面である。イヴァールは自転車で工場へ向かう。工場へ到着するまでのあいだに、イヴァールが出会う他者は描かれていない。ただし、自転車を走らせながらさまざまに思いをめぐらすなかでの会話状況については、たとえば次のように提示されている。

［…］彼〔イヴァール〕は肩をすくめて、フェルナンドに言ったものだ。「こいつがヴェテランだとすりゃ、このおれなんぞはすでに老いぼれだ」　(IV, p. 34)

これは、スポーツ記事上で三〇歳の選手がヴェテランと呼ばれる点について、イヴァールが妻フェルナンドに対して述べた発言である。この発言は、あくまでもイヴァールの回想のなかでのものであり、フェルナンドの返答は示されていない。発話状況は認められるものの、通常の会話の様子が描かれてはいない。しかし、過去の出来事を思いめぐらすなかで現れる発話としては特異なものではない。これと同様の箇所は、ほかにも見出される。

前の晩、彼〔イヴァール〕が集会から戻って、また仕事に戻るのだと告げたとき、フェルナンドは喜んで「それじゃあ親方は賃上げしたの？」と言った。ところが工場主は全然賃金をあげない。ストライキは失敗したのだ、彼らの戦略は巧くなかった。

(IV, p. 35)

ストライキの集会から帰宅したイヴァールは、再び仕事に戻るという旨をフェルナンドに伝える。なお、その発言は間接話法で提示されている。これを聞いたフェルナンドは質問をし、それは直接話法による。質問へのイヴァールの返答は、話法の形式はとらずに明らかにされる。イヴァールの発話の間接話法、そしてフェルナンドの質問の直接話法、さらに質問への返答の説明形式、という流れは、語りの現在における会話であるならば不自然な構成である。しかしここは、先の箇所と同様に回想の一部であるという理由により、全く自然であるといえる。

また次の場面においては、発話が引用のかたちで挿入されている。

実際、工場主は全く無愛想に「どうとでもしろ」と言ったものだ。人間ならこんな言い方はしない。「あいつは何を思っているんだ！　われわれがズボンでもおろすと思っているのか」とエスポジートが言った。

(IV, p. 36)

樽工場の従業員は、賃金をめぐって工場主と交渉する。その際、無愛想な態度で言い放った工場主の発言が間接話法で提示されているが、これは単なる引用に過ぎない。また工場主の発言を受けて、従業員エスポジートが怒りつつ述べた言葉が直接話法で示されているが、これも同様である。工場主及びエスポジートのそれぞれの発話は、語り手が過去の出来事を説明するうえで挿入した言葉である。そのため、ある人物が話をして相手がそれに返答するという、通常の会話形式とはなっていない。しかしそこには不自然さというものはない。さらに次についても同様である。

工場は扉をとざした。「ストライキのピケットなんぞというつまらぬことをするな」と工場主は言った。「工場が動かなければおれは倹約ができる」これは真実ではなかった。が、彼はお情けで連中を働かしてやるのだという顔つきをしていたから、事はそれでは納まらなかった。エスポジートは怒り狂っていた。お前は人間ではない、と言ってのけた。

(IV, pp. 36-37)

工場主の言葉は直接話法によるものであり、また同時に状況説明も加えられている。工場主の発言に対して、従業員も言葉を発したと推測されるが、それは直接話法では示されていない。ただしエスポジートの発言が、間接話法によって提示されている。ここでもまた、工場主と従業員の会話は、自然なかたち、すなわち直接話法によっては描かれていない。しかし、この箇所は、過去の出来事を説明するなかで示されている発言であるため、先に指摘した諸場面と同様に不自然なものではない。直接話法の形式で述べられた発言には臨場感が付加されるが、語り手の説明描写に際しては必要不可欠なものではない。また、次の場面についても同じことがいえる。イヴァールがフェルナンドとの会話を回想するシーンである。

フェルナンドは心配していた。「あんたあの人に何て言うの」、「何も言わん」イヴァールは自転車に跨がって、頭を横に振った。(IV, p. 37)

心配したフェルナンドがイヴァールに尋ね、イヴァールがそれに答えている。いずれの発話も直接話法である。会話の描写はこれで終わっているが、説明描写のなかでの会話であるため、全く不自然ではない。そしてこの箇所に続くシーンには、語りの現在における最初の直接話法の発話が現れる。

イヴァールは歯がみしていた。細かく皺が寄り、日焼けした小さい顔が、こわばっていた。「働けりゃ、それでいいんだ」(IV, p. 37)

イヴァールは、工場へ向かって自転車を走らせながら独り言を発している。独り言のため、この言葉に続く他者の発話は存在しない。また、思いをめぐらすなかでの独り言は全く不自然ではない。

このように、イヴァールが工場へ到着するまでのあいだに登場する他者は、現在時としては一人も描かれていない。ただし過去を思いめぐらすなかでの他者は描かれる。その他者の発言内容は、一言のみ直接話法、あるいは間接話法が続く場合など、通常の会話場面とは言い難い描かれ方となっている。しかし、現在時においてではなく、回想のなかでの会話であるという点を考慮するならば、それらは全く不自然なものではない。

ここで、先に明らかにした点を再び思い起こしたい。すなわち、『転落』において見出された発話の不在という特徴は、物語進行以前に作品を形成する要素自体（主人公のみが語り続けるという特殊な状況に加え、主人公にとっての異国オランダが舞台として設定されている点、バーの主人がきわめて寡黙である点など）から開始されていた。また『追放と王国』の第一番目に配置されている短編「不貞」では、舞台設定からすでに、会話が成立し難い要素（『転落』と同じく、舞台が異国であることによって言語コミュニケーションが成立困難である。主人公と同国人、すなわちフランス人であるホテルの主人も登場するが、〈無口な〉とあえて形容されている）を多くもちつつ物語が進行していた。そして第二番目に配置されている作品「背教者」ではさらに徹底し、語りの現在において音声発話する人間は皆無である。そのため、他者への発話が不可能であり会話は成立（存在）しない。

『転落』、「不貞」、「背教者」において見出されたこれらの特徴は、「口をつぐむ人々」の冒頭以降の数頁にも現れているといえるのではないか。この箇所は、回想を主体として進行しているという点から、作品の要素段階においてすでに〈他者との会話を行わないことが自然である状況〉となっている。主人公が他者との言語コミュニケーションを拒否しているか否かという問題以前に、回想という場面設定ゆえに、他者との言語コミュニケーションの描写はあえて必要とされていない。

さて次に、イヴァールが工場に到着した後の場面をめぐって、詳細に見ていきたい。

2　工場内におけるコミュニケーション

樽工場に到着したイヴァールは、仕事場の扉が閉鎖されているのに気づく。扉の前では、従業員数名が沈黙を守りつつ佇んでいる。この場面は、現在時としてはじめて他者が登場するシーンである。ここには、エスポジート、組合委員マルクー、アラブ人サイド、そしてその他の従業員、さらに職工長のバレステルが登場する。人々は皆、工場への反抗心を示すために沈黙している。賃金交渉をめぐるストライキは失敗に終わり、従業員は工場の作業に戻ることとなった。そして従業員に残された唯一の反抗行動は、頑なに「口をつぐむこと」である。この事情により、これらの人々のあいだに言語コミュニケーションは存在していない。

職工長バレステルが作業場の門の扉を開けると、従業員は一名ずつ沈黙しつつ入っていく。そして仕事は、職工長バレステルの一声から開始される。しかし、「口をつぐむこと」を続ける従業員は誰一人として返答をせずに、自分のもち場へ出向き仕事にとりかかる。各もち場において、バレステルの短い言葉による指示を受けてもなお、返答をする従業員はいない。

「ではじめるか」と彼〔バレステル〕が言った。一人また一人と、ものも言わず自分の位置についた。バレステルは一つ一つのもち場に出向いて、短い言葉で、はじめる仕事または仕上げる仕事を命じた。誰一人返事はしなかった。

(IV, p. 39)

ストライキが起こされる以前には、職工長による開始を告げる一声と、その言葉に応える従業員の声が作業場に大きく響いていたに違いない。樽工場という舞台設定、つまり、樽を共同で作り上げていく仕事場という舞台設定ゆえに、「口をつぐむ」人々の描写は違和感を形成する。仮に別の場所、たとえば従業員が各デスクで各々の仕事をし、他者との会話を特に必要としないような会社の場合には、「口をつぐむ」という態度が特に通常と異なるものとはならない。樽工場という舞台設定は、人々の「口をつぐむ」という行動を浮き彫りにするうえで大きな役割を果たしている。

また樽工場という設定は、描かれる音の中心を、「人間の声」から「事物の作り出す音」へと転換させる働きもしている。人々は口をつぐんでいるため、作業場内に響く音は、金槌や錨打ちの音のみである。その場面を下記に引用する。

木屑の燃える匂いが上屋を満たしはじめた。イヴァールは、エスポジートの切った樽板に鉋をかけ、板をそろえていたが、この昔ながらの匂いを思い出すと心の重荷も少しおりた。誰もが黙りこくって働いていた。しかし、一つの熱気、一つの生命がこの仕事にふたたび生まれはじめた。大きなガラス戸をとおして、爽やかな光が仕事場を満たしていた。金色の大気のなかで煙は青かった。すぐそばで一匹の虫がぶんぶんうなっているのまで、イヴァールには聞こえた。

(IV, p. 39)

ここには、「人間の声」ではなく「事物の作り出す音」のみで構成された世界が形成する幸福、という特殊な時間が描き出されている。舞台としての樽工場という空間設定、そして「口をつぐむ」行動を頑なにし続ける人々が登場するという特殊な状況設定、これらは、作者カミュが「人間の声」の存在しない世界における幸福を描こうとしたためだろうか。それは、初期エッセー『裏と表』で展開した世界に通じるように思われる。

作業場には、また新たな登場人物が現れる。工場主ラサールである。ラサールの登場によって、作業場での言語コミュニケーション状況が変化したかどうかを見てみよう。工場主ラサールは、まず従業員へ向けて朝の挨拶をしている。しかし「口をつぐむ」というかたちで反抗を続けている従業員は、誰一人として返答しない。

お早うという声もいつもほど朗らかではなかった。ともかく誰も返事をしなかった。金槌の音がためらい、ちょっと調子が狂ったが、気を取り直して前より激しく鳴った。（IV, p. 40）

作業場に響くのは従業員の「声」ではなく「金槌の音」である。ラサールの挨拶を受けて従業員は心が動揺し、金槌の音に調子の崩れを起こしている。金槌という「事物の作り出す音」は、ここにおいてあたかも人間の心をもつかのように躊躇し、調子を狂わせている。ここでは、「事物の作り出す音」が構成する世界に、「人間の声」の世界と同じ価値が与えられている。またそれは、続いて描かれる箇所でさらに増幅されている。ラサールは、各もち場にいる従業員一人一人に挨拶を試みる。その言葉は直接話法で提示されている。しかし挨拶を返す者はいない。ラサールの発話場面を中心に、以下に引用する。

ヴァレリーは仕事を続けていた。一言も言わなかった。「おい君、どうだい」とラサールが言った。〔…〕「お早う、マルクー」前よりは素っ気ない調子でラサールが言った。マルクーは返事をせず、その木片からほんのわずかな屑しか出ないようにと、そればかりに気をとられていた。「どうしたんだ」とラサールは激しい声で、今度はほかの工員たちのほうを向いて言った、「話合いはつかなかった。それはわかっている。だが、それはいっしょに働くことの妨げにはならぬ。いったいどうしようと言うんだ」マルクーは立ち上がった。〔…〕仕事場じゅうに金槌と機械鋸の音しか聞こえなかった。「よろしい。こだわりがとれたら、バレステルから言ってもらおう」とラサールが言った。

(IV, p. 40)

発話者は工場主ラサールのみである。ラサールの声以外に作業場に響く音は、「金槌と機械鋸の音」である。工場主から繰り返される挨拶に対して、従業員の誰も返答をしていない。さらに加えて、返答の「声」の代わりに「金槌と機械鋸の音」が響く。この作業場において、工場主の声つまり「人間の声」は空しく反復されることによって、価値が低められているように思われる。他方、「金槌と機械鋸の音」という「事物の作り出す音」[16]には安定した価値が与えられている。

工場主ラサールは従業員と折衝をするため、代表者としてのマルクーとイヴァールを事務所へ呼ぶ。ラサールの事務所へ向かう二人は、事務所に近づいた際イヴァールの声を耳にする。イヴァールは常に、この作品において「声」を発するという特徴を伴って、つまり価値が与えられていない行為を代表する者として象徴的に登場している。

数々の免許状を壁にはりつけた廊下に入ったとき、子どもの泣き声とラサールの話し声が聞こえた。「昼飯が済んだらあれを寝かせなさい。それでだめなら医者を呼びなさい」 (IV, p. 41)

マルクーとイヴァールを事務室に招き入れ、ラサールは話しはじめる。直接話法で示されるその話は非常に長い。この場面における発話部分を合計すると、プレイヤッド版で約一八行にもわたる。下記にその一部のみ引用する。

「坐りたまえ」自分の机の向こうに腰を据えながらラサールが言った。二人は立ったままでいた。「君たちに来てもらったというのは、マルクー君は委員だし、イヴァール君はバレステルに次いでいちばん古い従業員だからだ。[…] 君たちの要求を受ける以前に、進んで実行したい。それまでは、一致協力して働こうじゃないか」 (IV, p. 41)

長く話し続けるラサールに対し、マルクーとイヴァールは一言も言葉を発していない。「人間の声」の無価値化は、ここにおいて極端なかたちで提示されている。「口をつぐむ」という態度は、工場主を前にしたこのシーンならではである。

さて、この箇所に続くくだりは、マルクーとイヴァールが作業場へ戻り、昼休み中の仲間と合流する場面である。なお、従業員のうち職工長バレステルは、その場には同席していない。

二人が仕事場へ帰ったとき、工員たちは昼飯を食っていた。バレステルは外へ出ていた。

(IV, p. 41)

この場面では、互いに「口をつぐむ」という態度を必要としない間柄のみが登場している。ここで、言語コミュニケーションの状況に変化があるだろうか。外出中の職工長バレステルが戻るまでの時間帯における、従業員の仲間同士で行われた会話状況を詳細に見てみよう。発話の箇所を中心に、以下に一部を引用する。

マルクーがぽつりと言った、「風が出てる」彼は自分のもち場に戻った。エスポジートはパンにかぶりつくのをやめて、二人が何と答えたかとたずねた。何も答えなかった、とイヴァールが言った。

(IV, p. 41)

最初に発話を行うのは、マルクーである。風の強さを話題にし、それは直接話法で示されている。続いてエスポジートが発言している。事務室でマルクーとイヴァールが何を話したのかについての質問である。これは直接話法ではなく、間接話法のかたちで示されている。さらにこの質問に対してイヴァールからの返答があるが、これも間接話法による提示である。直前の場面、つまり事務室のシーンでの工場主ラサールの発話は、非常に長い直接話法によって示されていた。ところが、反目し合う関係ではない人々が登場する場面においては、直接話法があまり用いられていない。工場主といういわば「憎まれ役」にあたる人物が、「話すということ」を徹底して行う立場として描かれているということは、「話すということ」におかれた価値の低さを示すのではないだろうか。

この場面における、別の人物の言語コミュニケーション状況も見てみよう。

イヴァールはサイドにもう済んだのかとたずねた。サイドはいちじくを食ったのだと言った。〔…〕彼〔イヴァール〕は立ち上がって、自分のパンを二つに割った。しきりに遠慮するサイドに向かって、来週になれば万事うまくゆく、と言った。「この次にはおれにごちそうしてくれよ」と彼も言った。〔…〕ストライキの失敗を知ったとき食料品屋がくれた、工場に対する贈り物だ、と彼は言った。〔…〕エスポジートは、コーヒーの残りを煮えたぎる鍋からじかに飲んでいた。唇をぺちゃぺちゃ鳴らしたり、「熱いぞ、こんちくしょう」と言ったりしながら。
(IV, pp. 41-42)

イヴァールはサイドに、昼食が済んだかどうかをめぐって尋ねる。その質問は間接話法で提示されている。サイドの返答も同じく間接話法による。また、イヴァールはサイドに自分のパンを分け与えようとする。その際、遠慮の言葉をサイドは発するが、その言葉は説明のみによって描かれている。遠慮するサイドに対してイヴァールが述べた言葉は、間接話法による。続くサイドの言葉は、直接話法となっている。さらに、エスポジートは鍋でコーヒーを温め、仲間たちのコップに注ぐ。コーヒーを飲みながらエスポジートは罵り言葉を発する。ただし、それは説明のみによる。

互いに反目関係にはない仲間同士のみが登場するこの場面に関し、その言語コミュニケーション状況をまとめたい。登場する人物は、マルクー、イヴァール、サイド、エスポジート、そしてその他の従業員たちである。これらのうち発話状況が確認されるのは、名前の明示されている四名、マルクー、イヴァール、サイド、エスポジートである。そして四名のうち、直接話法による発話が描かれるのは、マルクーとイヴァールであり、各一箇所見出される。間接話法による発話は、マルクーを除く三名について示されている。その数は、イヴァール三箇所、サイド一箇所、エスポジート二箇所である。発話状況が話法ではなく説明による描写も存在し、それはサイドとエスポジートについて各一箇所となっている。反目する対象の工場主が登場する箇所とは異なって、間接話法が多用されている。「話すということ」の臨場感が希薄な間接話法が多用されることによって、このシーンにおける「話すということ」は低い価値のものとなっている。

また留意すべきは、この箇所が飲食場面であるという点である。飲食とは、言葉を発する行為を減少傾向にする。ここで「背教者」の結末の一文を思い起こしたい。

> ひと摑みの塩が、おしゃべりな奴隷の口をいっぱいにした。 (IV, p. 33)

主人公は口に塩を入れられ、語りが停止し作品は閉じる。「口をつぐむ人々」において、「口をつぐむ」反抗を必要とはしない間柄の人物のみが登場する場面が、まさに飲食のシーンというのは「背教者」の結末部との関連で考察が可能だろう。口のなかに何らかのものが入っている状態とは、人間の発話行為を困難にする。反目関係にない仲間同士のみが登場するこの場面は、この作品中、最も自由な言語コミュニケーションが展開される可能性のある箇所である。しかし、発話のための器官である口は、ここでは主に飲食のために使用されている。このシーンは、発話が困難となるような場面設定として読解することができるように思われる。

互いに「口をつぐむ」という態度を必要としない人々から構成されているこの場面は、職工長バレステルが工場へ戻ると終結する。バレステルは従業員に向けて長い発話をし、それは次のように間接話法で示されている。

［…］バレステルが来て彼らの中央に立って、あれは誰にとってもひどい打撃だった、おれにとってもそうだ、しかし、そうかと言って子どもじみた振る舞いに出る理由にはならぬ、すねたりふくれたりしたところで何の役にも立たぬ、とだしぬけに言った。（IV, p. 42）

職工長のこの発話に対し、従業員は皆、相変わらず沈黙を固守し続ける。しかしその沈黙の意味については、イヴァールの心の中を描くかたちをとおして、次のように説明されている。

［…］エスポジートと同時にみんなが何を考えているかがイヴァールにはわかった。誰もすねてい

るわけではない、ただ口を封ぜられてしまったのだ。のるかそるかだ。怒りと空しさとは時に声も出なくなるほど深い傷を与えるのだ、と。彼らは人間だった、それだけだ。無理に微笑や、愛嬌をつくろうとしなかったのだ。しかしエスポジートは、こうしたすべてをひと言も言わなかった。その表情もようやく和らいだ。彼はやさしくバレステルの肩を叩いた。ほかの連中はめいめいの仕事に戻った。

(IV, p. 42)

「口をつぐむ」行為は、単なる反抗的態度ではない。それは、怒りや空しさから自然に生み出されたものであり、決して浅いものではない。引用箇所にあるように、従業員エスポジートは職工長の言葉を聞いた後、「肩をやさしくたたく」という身振りによるコミュニケーションをしている。職工長との強固な対立関係は、この場面から緩和されていく。ただしこのように、対立関係が和らぐのは発話という言語コミュニケーションを通じてではなく、身振りのコミュニケーションによってである。ここでもまた「話すということ」に重要な価値が与えられていない。発話の価値が低められているのに対し、沈黙については、その意味するところが詳しく説明されることによって高い価値が与えられている。「発話をしないこと」に与えられている価値の高さ、あるいは言い方を換えるならば「発話すること」の価値の低さは、続く場面においても認められる。以下ではその詳細を明らかにしていきたい。

3　コミュニケーションの変化

モーター音が響く作業場に、突然ベルが数回鳴る。それは工場主の娘の急病を知らせるものだった。呼び出しを受けた職工長バレステルは、作業場のイヴァールに伝える。さらにイヴァールはほかの従業員にも伝える。

彼〔イヴァール〕はサンダルをつっかけ、上着を着ながら外へ出た。「娘さんが発作を起こした。これからジェルマンをさがしてくる」とイヴァールに言って、正門のほうへ駆け出した。〔…〕イヴァールはこのニュースをそのまま繰り返した。〔…〕「何でもないさ」と一人が言った。

(IV, p. 43)

ここに登場している人々を、言語コミュニケーションという観点から見てみよう。まずバレステルの発話が示される。それはイヴァールに向けられたものであり、直接話法による。その言葉に対してイヴァールが、どのように返答したのかは明確ではない。あるいは返答をしなかった可能性もある。というのも、ある人物が発話し聞き手がそれに返答するという通常の言語コミュニケーションが、ここには存在し難い要素がある。病人を助けるために、緊急にバレステルは出発する。そのため、医者を呼びに行く旨をイヴァールに伝えた後、相手の返答を待っている時間はなかった。このシーンは緊急時であるという物語の設定上、言語コミュニケーションが成立することを特に必要としない。そして次の発話者はイヴァールである。イヴァールはほかの従業員にバレステルからの情報を伝える。その発話は話法形式では示されていないが、従業員の一人がつぶやく一言は直接話法による。その内容は、娘の病気という事態において軽率な見解であり、この従業員の発話は的を外れた発言として空しく響く。その結果、「話すということ」が低い価値のものとして位置づけられている。「話すということ」の低い価値に対し、「発話しないこと」については逆の様相を呈する。というのも、以下で示すように、「発話しないこと」つまり沈黙という行為は、一面的ではなく多面的なものとして描かれているのである。

バレステルは医者を呼びに行った後、再び作業場へ戻る。

一五分の後、バレステルがまた入って来て、上着を置いて、一言も言わずにまた側戸から出て行った。

(IV, p. 43)

一旦戻ったバレステルは再び外出する。その様子については、「一言も言わずに」とあえて説明されている。「沈黙」つまり「口をつぐむこと」は、樽工場の従業員が固守し続ける反抗行動である。しかしこの箇所におけるバレステルの「沈黙」は、反抗行動としての「沈黙」とは異なる種類のものである。ストライキ以降、続けられている「沈黙」は、賃金交渉をめぐる衝突に由来する怒りと空しさの混ざった反抗心の現れである。他方、このくだりでのバレステルの「沈黙」は、工場主の娘の急病という突発事に直面したことに由来し、いわゆる「言葉もない」状況である。この一節は「発話をしないこと」のもつ多面性と奥深さを示すものとして読み解くことができるだろう。こうした「沈黙」の多面性は、イヴァールをはじめとするほかの従業員においても見出される。

午後の残りの時間はなかなか経たない。イヴァールはもう、相変わらず胸をしめつけられる思いと疲労以外には何も感じなかった。彼は話をしたかったのだろう。しかし何も言うべきことがなかった。ほかの連中も同じだった。黙りこんだ彼らの顔には、ただ悲しみと一種の片意地だけが読み取られた。
(IV, p. 44)

「口をつぐむこと」によって反抗心を示していた従業員であったが、工場主の娘の急病の後には、その「沈黙」の内実が変化していった。イヴァールは急病事件の後、胸を締めつけられる思いと疲労が混じった感情をもつ。「口をつぐむこと」は積極的に行われ続けているというよりも、発話するという強い意志が消失させられた結果としてのものに過ぎない。それはイヴァール以外の人々についても同様であり、彼らの「沈黙」は悲しみや片意地から構成されている。「口をつぐむ」行動は、当初は怒りや空しさからなる反抗心であった。しかしその後、急病事件や時間の自然経過によって、怒りは片意地に変化し悲しみも伴ったものとなった。

そして、娘の急病という突発事は、従業員が固守し続けてきた「口をつぐむ」という態度そのものにも大きな変化を及ぼすこととなる。従業員は、工場主ラサールが現れるとついに言葉を交わす。その箇所を引用する。

エスポジートはシャツをつかんだ。いそいでそれをかぶったとき、ラサールは少し沈んだ声で「さよなら」と言い、側戸のほうへ歩き出した。
(IV, p. 44)

労使の緊張は、言語コミュニケーションを伴って、ようやく融解しはじめる。まず工場主側からの挨拶がある。これはストライキ以前にもなされていた終業時間の習慣だろう。ただし、作品中で最も「発話をする」人物として描かれていたラサールは、娘の急病[17]の後に作業場に現れるこの場面では、やや沈みがちな声で《bonsoir》とのみ話している。なお、これは直接話法によって提示されている。また、イヴァールはラサールの挨拶に返答して同じく《bonsoir》と挨拶を返し、それは間接話法によっている。さらに続いて仲間たちも《bonsoir》と挨拶を返したことが、話法ではなく説明のみで描かれている。ここには、《bonsoir》という同じ挨拶表現が三種類の方法で提示されている。まずラサールの発話が直接話法によって、次にイヴァールの発話が間接話法によって、最後にほかの従業員の言葉が話法形式をとらずに説明のみによって描かれているのである。一般的には、直接話法による発話は、間接話法や説明形式よりも臨場感や発話者の人間味を読者に伝達する。しかし、ここでのラサールによる直接話法の発話にはあえて《d'une voix un peu détimbrée》(少し沈んだ声で)と説明書きがついている。他方イヴァールの間接話法による発話については、《avec tout son cœur》(心をこめて)という言葉が加えられ、またほかの従業員については《avec la même chaleur》(同じように心をこめて)との状況描写が補われている。付加されている各々の補足説明のため、同じ《bonsoir》であっても直接話法らしさが低減しているように思われる。従業員の挨拶に関して加えられた表現《avec la même chaleur》

（同じように心をこめて）は、次の点から重要な意味をもつ。この作品の冒頭を以下に引用しつつ、説明していきたい。

彼〔イヴァール〕もやはり年を取るのだ。四〇歳になると、まだ葡萄の蔓みたいに痩せこけてはいても、筋肉はなかなか温まってこない。（IV, p. 34）

冬の朝、イヴァールは自転車で工場へと向かう。そして筋肉が思うように温まらないことを自覚する。頑なに温まらない筋肉は、作品のテーマ「口をつぐむ」という頑なさに共通する。冒頭で示されているこれらの寒さ、真冬、頑なさ、固さといったものはすべて、作品後半での労使和解となる場面におかれた表現 «avec la même chaleur» において融解し «chaleur» へと変化したのである。その点からするならば、従業員による挨拶シーンが、この作品にとって最も重要な意味をもつこととなる。つまり同じ挨拶であっても、話法を用いずに説明のみによる描写の箇所に重きがおかれているということである。またそれは、直接話法の無価値化という事態を生じさせている。直接話法とは、臨場感をもって発話を表現するため、ほかの話法以上に「発話らしさ」が描き出され、より「聴覚的」な側面をもつ。

直接話法の無価値化や、「話すということ」の低価値化傾向は、作品結末部にも見出される。というのもそこには、「聴覚」行動の排除と「視覚」行動の優勢が明らかとなっているためである[18]。それは具体的には、主人公の息子をとおして示されている。学校から帰宅した息子は、雑誌を「読む」という「視覚」行動をしている。

家では息子は学校から帰って来ていて、週刊誌を読んでいた。（IV, p. 45）

このくだりでは、「読む」という視覚を伴う行動が描かれている一方、発話という聴覚面を伴う行動は示されていない。ところでこの息子が希望する職業とは、イヴァールの回想のなかで言及されているように、教師である。そして教師とは、「口をつぐむ人々」の次に配置されている短編「客」の主人公の職業[19]にほかならない。続く短編「客」は、「口をつぐむ人々」の〈次におかれた〉作品であると同時に、主人公イヴァールの「次の世代である」息子が希望する職業に就いている男を主人公とする作品である。

イヴァールは老いを自覚しており、それは結末部にも端的に表現されている。

彼〔イヴァール〕も若くなりたかった。フェルナンドも若くなってほしかった〔…〕（IV, p. 45）

老いを自覚した主人公が、若くなるというかなわない夢を思い描く場面でこの作品は閉じる。それは、老いからさらに出発し、主人公の死を暗示する。主人公の死の暗示は、主人公の息子という次の世代を意識させる。短編「口をつぐむ人々」に続いて配置された作品「客」は、イヴァールの息子が希望する職業に就いている男が主人公であるという事情により、きわめて意味深長なものとなる。世代交代は作品交代のかたちをとって描かれているのではないだろうか。イヴァールの息子が現在時で登場するのはこの結末部のみだが、そこにおいて雑誌を読むという視覚面の行動はしているが、発話という聴覚面の行動はしていない。このように、「口をつぐむ人々」は、雑誌を読むという視覚面を重要視しながら、次に続く作品「客」を暗示させつつ閉じる。

さて、こうした聴覚面よりも視覚面を重要視するという傾向は、ほかの点でも指摘することができる。それはイヴァールの態度の変化に関して認められる。イヴァールは作品冒頭では「見ていない」が、結末部では「見ている」状況へと変わる。冒頭には次の一節がある。

> 突堤の端では、海と空は同じ一つの光のなかに溶け合っていた。イヴァールはしかしそれらを見ていない。
> (IV, p. 34)

このようにイヴァールは「見ていない」。これを結末部と比較してみよう。

> 壁の向こうに、夕暮れのやさしい海が見られた［…］話し終わったとき、彼は海のほうを向いてじっと動かずにいた。海の上では、水平線の端から端まで、もう速やかな黄昏の色が流れていた。
> (IV, p. 45)

イヴァールは語りながら海を眺めている。作品冒頭の「見ていない」は、結末部に至って「見ている」に変化した。「非」視覚から開始されたこの短編は、視覚の優位で終わっている。

音声発話の低価値化傾向は、イヴァールが発した最後の言葉からもうかがわれる。それは、直接話法で示された表現«Ah, c'est de sa faute !»（IV, p. 45）[20]である。この言葉に対してその場にいるフェルナンドは、何の返答もしていない。なぜなら、この言葉は独り言に過ぎないからである。聴覚イメージを伴う直接話法によって提示されてはいるが、これは他者との言語コミュニケーションを必要としないものである。

4　発話の不在

以上のように、短編集『追放と王国』の「不貞」や「背教者」において見出された点、すなわち「発話の不在」というテーマは、「口をつぐむ人々」にも見出すことができる。主人公が工場へと自転車を走らせる場面、つまり冒頭の数頁においては、主人公が長い回想を行う場面であるという事情によってもたらされている「発話の不在」である。そして工場到着後は、ストライキ後の「口をつぐむ」という反抗行動による「発話の不在」である。そして、互いに「口をつぐむ」という反抗行動が必要とされない人物のみが登場する場面においても、「発話」にはあまり高い価値がおかれていない。同時にその箇所は飲食場面であるため、「発話」に用いられる口は「発話」専用とはなっていない。工場主の娘の急病という事件の後には、緊急時という事態からもたらされる「発話の不在」である。さらに並行して、「口をつぐむということ」つまり「沈黙する」という行為の高価値化や、「話すということ」の低価値化という傾向も提示されていることが明らかとなった。

この短編に登場する人々は、あえて発話行為を拒絶しているのではない。物語の設定や要素自体からすでに、「発話の不在が自然であるもの」として描かれているのである。それは「不貞」や「背教者」における状況と一致する。

IV 「客」

『追放と王国』所収の小説「客」に関し、音声コミュニケーションという観点から考察を行う。作者が明らかにしたところによると、『追放と王国』に収められた各作品は、内的独白から写実主義的技法まで六種の異なる方法で創作されたものである。そして「客」は、イザベル・シエレンス[21]も指摘するように、「口をつぐむ人々」と同様に写実主義的な作品に属する。「不貞」、「背教者」、「口をつぐむ人々」において見出された音声コミュニケーションの不在という特徴は、写実主義的物語としての「客」ではどのような様相を呈しているだろうか。

「客」の主な登場人物は三名おり、主人公ダリュ、老憲兵バルデュッシ、そして殺人犯のアラブ人である。決定稿以前には、主人公ダリュはこの土地の出身者ではなかった[22]。決定稿で主人公ダリュがこの土地の人間に変更されたことは、何を意味するのだろうか。「客」の作品中に次のくだりがある。

土地柄は、かように、生きていくうえでつらかった。人間すらいなかった。いたところで何をどうすることもできなかったのだ。しかしダリュはここの生まれだった。よそへ行けばどんなところでも、彼は追放を受けたように感じた。

(IV, p. 48)

ダリュは、よその地域では追放を受けたように感じる人間である。ところが小説結末部に示されるように、黒板に脅迫文を見つけたダリュはこの土地からも裏切られ、真の意味での追放に直面する。ダリュがこの土地の人間であることによって、真の追放が描写される。追放とは『追放と王国』全体のテーマである。ところで従来から、『追放と王国』の諸作品には、アルジェリア戦争をめぐる作者カミュの孤立感が反映されていると指摘されてきた。たとえば、フィリップ・ソディは次のように述べている。

諸短篇中おそらくもっとも感動的な「客」の筋書は、アルジェリア問題に対する彼の態度をもっともよく表現した、そしてまた、人生の終わりに際し、アルジェリアに関する彼の意見をまとめようとして直面した測りしれない困難を、もっとも明確に表現した作品といえる。[23]

「客」には、『追放と王国』のなかで最も、当時の作者の孤立状況が表現されている。そしてそれは、主人公が孤立状態になる最後の一文に象徴的である。こうした背景もあり、この小説において、他者とのコミュニケーションをあまり見出すことはできないように思われる。

しかしコミュニケーションとは、二名以上存在すれば成立する。「客」の登場人数はわずか三名であるが、コミュニケーションが成立可能な数である。コミュニケーションに関し三名の組み合わせは次のようになる。①ダリュとバルデュッシ、②ダリュとアラブ人、③バルデュッシとアラブ人、④ダリュとバルデュッシとアラブ人。これらの組み合わせはすべて、小説中に見出すことができるだろうか。また、どのような種類（音声、身振りその他）のコミュニケーションで描かれているのだろう。以下では、冒頭の場面からテキストに沿って、これら三名相互のコミュニケーションの状況を考察していく。

1　作品冒頭におけるコミュニケーション

小説「客」には、主人公ダリュの孤立感が中心に描かれているが、ダリュ一人が一貫して登場し続けているのではない。次に引用するように、冒頭の一文ですでに、主要な登場人物三名が描かれている。

> 教師は自分のほうへ二人の男が登ってくるのを眺めていた。一人は馬に乗り、一人は徒歩である。（IV, p. 46）

主人公ダリュは、二名の男が丘を登ってくるのを眺めている。合計して三名が登場しているが、コミュニケーションは成立していない。男たちがダリュを認識していないからである。ここにおけるコミュニケーションの不在は、ダリュが他者を視覚的に認識しているが、他者があまりにも遠距離に位置しているため自らは認識されない、ということから生じている。ダリュがはじめて他者に認識されるくだりが現れるまでの箇所、つまりダリュのみが描かれる箇所は、プレイヤッドで約二頁分に及ぶ。ダリュがはじめて他者に認識される箇所を引用する。

彼〔ダリュ〕はおもてへ出て、学校の前の土手を進んだ。二人の男は今坂の中腹にいた。馬上の男は、ずっと前から知っている老憲兵、バルデュッシであることがわかった。バルデュッシは縄の先に一人のアラブ人をつないでいた。男は、両手を縛られ、うなだれて、バルデュッシの後からついてきた。憲兵は挨拶のしぐさをしたが、ダリュはこれに答えなかった。もとは青色だったらしいジェラバを着て、足にはサンダルをはいているのに、黄色の厚ぼったい毛の半靴下を着け、頭には幅の狭くて短い懸章を着けたこのアラブ人に、彼はすっかり目を奪われていた。

(IV, p. 48)

他者との距離が狭まり、ついにダリュは認識される。老憲兵バルデュッシがダリュに気づき、挨拶のしぐさ、つまり身振りのコミュニケーションをする。人間が互いに出会い、一方がコミュニケーション行動を表した場合には、その相手も同様の行動をするのが一般的である。しかしダリュは、バルデュッシの挨拶のしぐさに答えていない。さらに続く箇所では、バルデュッシがダリュに対して音声のコミュニケーションを行っている。

声のとどくところへ来ると、バルデュッシが叫んだ。「エル・アムールからここまで三キロの道を一時間だ」ダリュは答えなかった。丈の低い、角張った身体に、厚ぼったい手編みのセーターを着こんで、二人の登ってくるのを眺めていた。

(IV, p. 48)

ダリュが何の返答もしなかったという事実は、二箇所とも「ダリュは答えなかった」という同じ表現によって示されている。ダリュはなぜ答えなかったのだろうか。これにはいくつかの可能性がある。たとえば、①ダリュは儀礼表現に無知で、常識に欠ける人物であるため、②ダリュは相手の存在を意図的に無視しようとしたため、③ダリュとバルデュッシは、あえて返答をし合う必要もないほど意思の疎通が底流に存在している間柄であるため、④ダリュは偶然、相手の行動を知覚できなかったため、などである。これらのうち、①や②については該当の有無を判断できる材料が、作品中から明確には見出すことができない。③や④については、次の理由からその可能性を指摘できる。

まず③の可能性から示す。ダリュとバルデュッシは返答し合う必要もないほど非常に親しい間柄である、という点については、たとえば次の諸場面からも明らかである。

「結構」とダリュが言った、「さてと、これからどこへ行くんだ?」

バルデュッシは茶碗から口ひげを引きあげて、「ここさ」

「何だって、ここへ寝るって?」 « Ici, fils. Drôles d'élèves ! Vous couchez ici ? [...] »

(IV, p. 49)

ダリュはバルデュッシに、親しさをこめて«fils»と呼びかけている。«fils»という表現は、次のくだりにも見出される。


友情のこもった微笑をちらりと浮かべて、バルデュッシはダリュを見つめた。

「何を言ってるんだ」と教師が言った、「おれをばかにする気か」

「いいや、これは命令だ」

Balducci regardait Daru avec un petit sourire d'amitié.

— Qu'est-ce que tu racontes, dit l'instituteur. Tu te fous de moi ?

— Non, fils. Ce sont les ordres.

(IV, p. 49)

ここでは、«avec un petit sourire d'amitié»という表現によっても親しさが確認できる。また、ダリュの発言«Qu'est-ce que tu racontes»や«Tu te fous de moi ?»において、親しい間柄での表現方法、つまり«tutoyer»をしている。この点からも、二人の間柄が親しい関係にあることが明らかである。なお、これらの箇所では、ダリュからバルデュッシに対して«tutoyer»をしているが、次の引用では、バルデュッシがダリュに対して«tutoyer»で話しかけている。

「おい、よく聞け」とバルデュッシが言った。「お前はいい男だ［…］こいつをお前にまかせて、ぐずぐずせずに帰ってこいと、わしは言いつけられた［…］明日じゅうにお前はこいつをタンギーに連れていかねばならん［…］お前はまた自分の生徒に会えるし、結構な暮らしが続けられるというわけだ」

Écoute, fils, dit Balducci. Je t'aime bien, [...] On m'a dit de te confier ce zèbre et de renter sans tarder. [...] Tu dois le mener à Tinguit dans la journée de demain. [...] Tu retrouveras tes élèves et la bonne vie.

(IV, p. 49)

ここでは、«vous» に対する命令形 «Écoutez» ではなく «tu» に対する命令形 «Écoute» が使われている。また、親しさをこめた «fils» という呼びかけも用いられている。ほかにも、下線箇所に明らかなように、バルデュッシはダリュに対して何度も «tutoyer» で話している。

次に、バルデュッシのコミュニケーション行動にダリュが答えなかった理由をめぐり、偶然に相手の行動を知覚できなかった④という可能性を考察していく。«Daru ne répondit pas» という同じ表現の直後のダリュの行動描写には、二箇所に共通する点が存在する。それぞれの箇所を再び引用し、比較してみよう。

憲兵は挨拶のしぐさをしたが、ダリュはこれに答えなかった。もとは青色だったらしいジェラバを着て、足にはサンダルをはいているのに、黄色の厚ぼったい毛の半靴下を着け、頭には幅の狭くて短い懸章を着けたこのアラブ人に、彼はすっかり目を奪われていた。

Le gendarme fit un geste de salutation auquel Daru ne répondit pas, tout entier occupé à regarder l'Arabe

vêtu d'une djellaba autrefois bleue, les pieds dans des sandales, mais couverts de chaussettes en grosse laine grège, la tête coiffée d'un chèche étroit et court.
(IV, p. 48)

声のとどくところへ来ると、バルデュッシが叫んだ。「エル・アムールからここまで三キロの道を一時間だ」ダリュは答えなかった。丈の低い、角張った身体に、厚ぼったい手編みのセーターを着込んで、二人の登ってくるのを眺めていた。

A portée de voix, Balducci cria : « Une heure pour faire les trois kilomètres d'El Ameur ici ! » Daru ne répondit pas. Court et carré dans son chandail épais, il les regardait monter.
(IV, p. 48)

いずれの場面でも、ダリュは«regarder»という視覚行動に集中している。バルデュッシが挨拶のしぐさをした際には、バルデュッシの隣のアラブ人の様子に目を奪われていたため、ダリュは答えることができなかった。他方で、バルデュッシが叫んだときには、丘を登る二人を眺めていた。視覚の行動に集中した結果、音声を聞き取るという聴覚の行動が疎かになったのである。先述のように、小説「客」はダリュの孤立感をテーマに展開する。そのため、人間相互のコミュニケーション全般が種類を問わずあまり描かれていない。なかでも、聴覚の行動としての音声コミュニケーションについては、描かれる場面が特に少ないように思われる。以下では、この点も踏まえつつ考察を進めていきたい。

2　囚人という物語設定とコミュニケーション

続く場面における主要登場人物三名のコミュニケーション状況は、次のとおりである。

一度もアラブ人は頭をあげなかった。二人が土手に出たとき、ダリュが言った。「やあ、入って暖まれよ」バルデュッシはやっとのことで馬からおりたが、縄ははなさなかった。ピンと立った口ひげの下で、その口が教師に向かって微笑んだ。〔…〕彼は二人を自分の部屋へ引き入れた。「教室に火をたいてくる。あそこのほうが楽だろう」と彼が言った。彼が部屋に戻ってきたとき、バルデュッシはソファーに坐っていた。（IV, p. 48）

複数の人間が同一空間内にいる場合、通常は互いに情報や感情の伝達をし合う。しかし、この小説の三名のあいだに行われるコミュニケーションは、ある意味で特殊な状況を呈している。特に顕著な様相を示すのは、アラブ人の男である。この時点において、アラブ人はほかの二名とは全くコミュニケーションをしていない。アラブ人は殺人犯であり、バルデュッシは殺人犯を引き連れてきた憲兵、そしてダリュはアラブ人の殺人犯とは初対面である。こうした事情によって、通常の会話が生まれにくい構造となっている。つまり物語の設定段階においてすでに、音声コミュニケーションが成立し難くなっている。

ダリュとバルデュッシ間のコミュニケーションはどうだろうか。ダリュから部屋に入って暖まるよう言われたバルデュッシは、音声による返答ではなく微笑むという身振りコミュニケーションで応えている。これは、この二人があえて音声での返答をする必要もないほど親しい間柄であることを示す。またこの箇所は、心の通った人間相互のコミュニケーションにおいて、音声発話は重要ではないということが確認されるくだりでもある。さらに続くダリュの言葉「教室に火をたいてくる。あそこのほうが楽だろう」については、バルデュッシがどのような返答をしたのかが全く示されていない。これは、音声発話というもの自体が重要視されていない、ということを意味するのではないだろうか。

ダリュが発話しバルデュッシが答える、という通常の会話状況は、次の箇所ではじめて現れる。アラブ人も含めた三名相互のコミュニケーション状況を見てみよう。

「あちらへどうぞ。薄荷入りのお茶を入れよう」と教師が言った。「ありがとう」バルデュッシが言った。「ああ、厭な仕事だ。隠退したいものだ」それから捕虜に向かってアラブ語で「おい。こっちへこい」アラブ人は立ち上がった［…］

(IV, p. 48)

ダリュは、茶でもてなしたい旨をバルデュッシらに伝える。これにバルデュッシは礼を述べる。同一空間内にアラブ人もいるが、フランス語を話さないためダリュの発した言葉の意味を理解していない。ダリュとバルデュッシのあいだで行われた音声コミュニケーションは、ダリュとアラブ人のあいだでは言語が異なるという問題があるため成立しない。バルデュッシはアラブ人に来るよう、アラブ語で指示を与える。この指示に対するアラブ人の返答状況は描かれていない。バルデュッシとアラブ人のコミュニケーションは、言語が異なるという問題ではなく、二人の立場が囚人と憲兵、という支配関係のため成立し難いのではないだろうか。

続く箇所は、ダリュが茶を入れてもてなす場面である。ここでは、ダリュとバルデュッシのあいだの音声コミュニケーションが数頁にわたって描かれる。

茶碗を囚人にさし出しながら、ダリュはくくられた手を見てためらった。「ほどいてもいいだろうな」。「いいとも」とバルデュッシが言った。「あれは護送のためなんだ」(IV, p. 49)

二人のあいだで頻繁に交わされる音声コミュニケーションは、バルデュッシが立ち去る時点で完全に終わる。バルデュッシは、ダリュがアラブ人を引き渡さないつもりであることに憤激し、捨て台詞を残し去っていく。

「送っていこう」とダリュが言った。「いや」とバルデュッシが言った。「ご丁寧な挨拶には及ばない。わしは恥をかかされたよ」同じ場所にじっと動かぬアラブ人を彼は眺め、不機嫌そうに洟をすすり、顔をそむけて戸口に向かったまま、「あばよ」と言った。(IV, pp. 51-52)

バルデュッシの言葉にダリュは返答をしていない。二人の音声コミュニケーションは、送り手に対する受け手の適切な返答がなされないまま、不完全なかたちで終止する。そして三名全員が揃って登場する場面はここで終わり、次に続く場面では、ダリュとアラブ人のみが描かれる。

以上のように、三名全員が揃うシーンにおいて、ダリュとバルデュッシ間のコミュニケーションは音声発話も含めて存在する。バルデュッシとアラブ人とのコミュニケーションに関しては、憲兵と囚人という立場の関係が影響し、バルデュッシの音声発話に対してアラブ人は音声返答をしていない。さらにダリュとアラブ人のあいだのコミュニケーションや、三名全員が互いに音声コミュニケーションをし合うという箇所も全く見出されない。

なお、アラブ人については、三名が揃うこのシーンにおいて音声発話の様子が全く描かれていない。テキストから判明するのは次の行動である。以下に列挙する。


*一度も頭をあげずに丘を登る。

*教室では蹲《うずくま》って窓を眺める。

*ダリュが茶を入れると、その様子を眺め、供された茶を飲む。

*バルデュッシとダリュとのあいだの身振りまじりの会話を、不安気に眺める。

*再び茶が供され飲み干す。

*同じ場所に動かずにいる。


このようにアラブ人は、さまざまなものを眺めている。音声発話つまり聴覚の行動をしてはいないが、眺めるという視覚の行動はしている。このようにこの小説は、主要登場人物のうちの一名がアラブ人の囚人である、という特殊な物語設定が影響し、作品全体の割合として聴覚の行動よりも視覚の行動の描写が多くなっている。

3　ダリュとアラブ人とのあいだのコミュニケーション

次にダリュとアラブ人のみが登場する場面での、相互のコミュニケーション状況について考察していく。それは、次のくだりから開始される。

ダリュは囚人のほうへ戻った。囚人は動いていなかったが、ダリュから目をはなさなかった。「待ってろ」と教師はアラブ語で言い、寝室のほうへ向かった。（IV, p. 52）

ダリュはアラブ語を用い、アラブ人に待つよう命令する。アラブ人は音声での返答をしていない。アラブ人が音声による返答を行わなかったのは、バルデュッシがアラブ人に命令した場面と同様に、二人の立場が囚人とその監督者、という立場が関係しているためである。また、ダリュはアラブ人に話しかけたのではなく命令したのであり、一方的な発話になる傾向がある。アラブ人にダリュが命令する箇所は次の場面にも見られる。ダリュが、アラブ人の逃走を予感し教室に戻るシーンである。

しかし囚人はそこにいたのだ。ストーヴと机とのあいだに彼は寝そべっていた。目を見ひらいて、天井を眺めていた。この位置では、とりわけ彼の厚い唇が目立った。それは彼にふてくされた

様子を与えていた。「こい」とダリュが言った。アラブ人は立って、ついてきた。（IV, pp. 52-53）

身体を横たえ天井を眺めているアラブ人に対し、ダリュは来るよう命令する。アラブ人は音声での返答はしていない。アラブ人の音声発話がはじめて描かれるくだりは、この直後にある。

寝室に入ると、教師は、窓の下机のわきの椅子をさした。アラブ人はダリュから目をはなさずに腰をおろした。「腹が減ったか」。「ああ」と囚人が言った。（IV, p. 53）

アラブ人は、ダリュから目を離さずに腰を下ろす。ここにもまた視覚の行動への言及がある。しかしその直後、はじめてアラブ人の音声発話が描かれる。ダリュの質問「腹が減ったか」（Tu as faim ?）に対して、アラブ人は「ああ」（Oui）と答えた。これ以後数箇所において、二人の音声コミュニケーションが現れている。ただし、このコミュニケーションは友好関係にある人間相互のものとは異なっている。それは、囚人とその監督者という立場上の問題からもたらされたものである。また、二人の音声コミュニケーションは、ほかの種類のコミュニケーションよりも割合上少ない。夕食を終えたアラブ人は、見るという視覚の行動をしている。

飯が済むと、アラブ人は教師を見つめていた。（IV, p. 53）

小説「客」には音声コミュニケーションの描写と並行して、このような視覚の行動が多く見られる。夕食後、ダリュは寝台の準備をするが、視覚に関連する表現がこの場面の主要部分を占める。

> もはやなすべきこと、準備すべきことは何もなかった。この男を見ていなければならない。そこで彼〔ダリュ〕は男を見ていた。この顔が怒りに逆上したところを想像しようと努めながら。が、それは巧くいかなかった。憂鬱で同時にキラキラ光る眼差しと動物的な口もとだけが目に映った。
>
> Il [Daru] n'y avait plus rien à faire ni à préparer. Il fallait regarder cet homme. Il le regardait donc, essayant d'imaginer ce visage emporté de fureur. Il n'y parvenait pas. Il voyait seulement le regard à la fois sombre et brillant, et la bouche animale.
>
> (IV, p. 53)

寝台の準備を終えたダリュは、ほかになすべきことがないことを悟る。唯一しなければならないのは、囚人を見張ることである。見るとは、ダリュが囚人を監督する立場にあるために必要となった行動であり、物語設定上、この場面の中心となることが約束されていたものであった。このように、音声コミュニケーションという聴覚の行動の描写が限定されていることに反比例し、視覚の行動は多く描かれている。

この傾向は、ダリュのみならずアラブ人の描写においても同様である。二人が会話をする場面では、あたかも音声発話の描写と競い合うようにして、視覚行動の描写が見出される。以下に引用し、音声発話と視覚の行動の描写を比較してみよう。

「あいつが逃げた。おれはそれを追っかけた」

男はふたたび目をダリュにあげた［…］

「これからおれをどうしようというのか?」

「お前こわいのか?」

相手は身をこわばらせ、目をそむけた。

「後悔してるのか?」

アラブ人は口をあけて彼を見つめた［…］

「そこへ寝ろ」と彼はいらいらして言った。「それがお前の寝台だ」

アラブ人は動かなかった。

「おい」とダリュを呼んだ。

教師は男を見た。

「憲兵はまた明日来るのか?」

「わからない」

「あんたはわれわれといっしょに来るのか?」

「わからない。だが、どうしてだ?」

「…」

「どうしてだ?」ダリュは寝台の前につっ立ったまま繰り返した。

アラブ人はまぶしい光の下で目をあけて、まばたきしないように努めながら、彼を見た。「われわれといっしょに来てくれ」と彼は言った。

«Il s'est sauvé. J'ai couru derrière lui.»
Il releva les yeux sur Daru et ils étaient pleins d'une sorte d'interrogation malheureuse.
« [...] Tu as peur ?»
L'autre se raidit, en détournant les yeux.
«Tu regrettes ?»
L'Arabe le regarda, bouche ouverte. [...]
«Dis ?»
L'instituteur le regarda. [...] La lumière de l'ampoule électrique lui tombait droit dans les yeux qu'il ferma aussitôt.
«Pourquoi ?» répéta Daru, planté devant le lit.
L'Arabe ouvrit les yeux sous la lumière aveuglante et le regarda en s'efforçant de ne pas battre les paupières.

(IV, p. 54)

アラブ人は殺害理由を話した後、ダリュに目を向ける。またダリュの問いには、音声による返答は行わず目をそむける。さらに別の質問には答えず、ダリュを見つめる。他方、アラブ人に呼ばれたダリュはこの男を見る。寝台に身を横たえたアラブ人は、電球の光が直接目に落ちるため目を閉じる。

そして、まぶしい光の下で目を開けダリュを見る。

このように音声コミュニケーションが描かれる場面において、«regarder»、あるいは«les yeux»という語彙を用いた描写が多く見出される。視覚描写は音声コミュニケーションの描写と競い合い、それを打ち消そうとするかのように現れている。これは、この小説における音声コミュニケーションに与えられた価値の低さを示すのではないだろうか。さらに次のように、音声発話の低価値傾向は真夜中の場面でも確認することができる。

一年前から一人で寝ていた同じ寝室なのに、この男がいることが彼を悩ましているのだ。しかし、彼が悩まされるのは、また、この男の存在が、現在の状況の下では彼が拒否しているが、彼のよく承知している一種の友情を彼に押しつけてくるからでもあった。人間というものは、同じ部屋に寝ると、それが兵士であれ囚人であれ、不思議な絆を結ぶものだ——あたかも甲冑と着物とを脱ぎ捨ててしまえば、その差異を超えて、古い昔から共通する夢と疲労のなかに、毎夜毎夜一つに結ばれていたとでもいうように。

(IV, p. 55)

同じ部屋で就寝する者には、一種の友情のような不思議な絆が結ばれる。夕食の際、ダリュとアラブ人は会話をしたが、それは友情を生み出すコミュニケーションではなかった。他方、この場面では会話が全く存在していないにもかかわらず、物語の設定上、友情が生まれる状況である。音声コミュニケーションでは生まれなかったものが、二人ともに沈黙している場面においてもたらされた。このようなかたちを通じて、音声コミュニケーションは価値を低められている。

次に、夜が明けてからの二人のコミュニケーション状況を見ていく。アラブ人が目を覚ました直後に行うのは、ダリュを見るという視覚の行動である。


しかしダリュが男を揺すぶると、おそろしい勢いではね起き、狂おしい目でダリュを見つめたが、それと見分けがつかなかった。(IV, p. 56)

アラブ人はダリュと朝食を食べ、身支度をし校舎を出る。この場面におけるアラブ人の発話は、朝食に誘うダリュの言葉への返答のみである。洗顔場所を教える箇所では、ダリュの言葉は説明されるのみで、アラブ人の返答は示されていない。また、歯を磨いているアラブ人にダリュが来るように話しかけるが、その返答は描かれていない。さらにダリュは出口を示し外へ出るよう言うが、これへの返答も示されていない。出発時の勧誘にも特に言葉を返していない。

このように、ダリュとアラブ人のあいだには具体的な音声コミュニケーションを見出すことができない。しかし、二人は食事をともにし、校舎の出口に向かって一緒に歩いている。出口を示し外へ出るようダリュが指示する箇所では、アラブ人を示す表現として«son compagnon»[24]が使用されている。先に扱った就寝時の場面と同様、この箇所には明確な音声コミュニケーションは存在していない。しかしそこでは、仲間意識が暗示されつつ作品が進行しているのである。

校舎を出ると、二人は二時間にわたって高地の岩山を歩く。音声コミュニケーションの状況は、ダリュが二つの方角を指し示す場面でようやく描かれる。ここではダリュの音声発話が何度も現れる。他方、このシーンのアラブ人の行動を列挙すると次のようになる。

*事情を理解できずダリュを見つめる。
*包みを受け取った際、品物をのせた両手をそのままにする。
*役場と警察の方角を示されると、その方角を見る。
*脱走の方角を示されると、狼狽の色を示し「聞いてくれ」と言う。

発話の描写は一箇所のみである。ダリュはこのアラブ人の嘆願を聞き入れず、黙るよう言う。二人の最後のコミュニケーションは、次のくだりに示されている。

男は教師を見つめている。ダリュはのどがつまるのを感じた。しかし、じれったさに口ぎたなく罵り、激しく合図を送り、そしてまた歩き出した。（IV, p. 58）

アラブ人が示した最後のコミュニケーション行為は、ダリュを見るという視覚の行動である。他方ダリュにおいては、罵るという音声コミュニケーション、及び合図を送るという身振りコミュニケーションである。ダリュの繰り返した指示はかなわず、アラブ人は脱走の方角を選ばなかった。ダリュの意向が拒絶されたという事実は、その音声発話という行為自体の否定にもつながる。ダリュの言葉は空しく響き、ここにおいても音声コミュニケーションの価値は低く設定されている。

4　ダリュとコミュニケーション

アラブ人が去り、描かれる人物はダリュのみとなる。小説末尾のパラグラフ全体を以下に引用する。

しばらく経って、教室の窓辺に突立ったまま、教師は、高原の縁一面に、黄色の光が空からさっと踊り出るのを、見るとはなしに眺めていた。彼の背後の黒板には、フランスの大河のうねりくねりのあいだに、下手くそな筆跡の、白墨で書かれた文字がならんでいた。それはこう読まれた。「おまえはおれの兄弟を引き渡した。必ず報いがあるぞ」ダリュは空を眺め、高原を眺め、さらに、そのかなた海までのびている目に見えぬ土地を眺めていた、これほど愛していたこの広い国に、彼はひとりぼっちでいた。

(IV, p. 58)

このくだりでは、音声コミュニケーションが全く描かれていない。しかし黒板の脅迫文というかたちによるコミュニケーション、つまり文字によるコミュニケーションを見出すことができる。このように小説「客」の末尾には、音声ではなく文字、すなわち聴覚ではなく視覚に関連するコミュニケーションの提示がある。

また、ダリュはここで、「眺める」という視覚の行動に終始している。ダリュは黒板の文字を見る以外にも、教室の窓辺から黄色の光を眺め、また、空や高原そして海へとのびる土地を眺めている。こうした遠景を眺める主人公は、作品冒頭にも同様に描かれていた。

教師は自分のほうへ二人の男が登ってくるのを眺めていた。(IV, p. 46)

先に述べたように、作品冒頭におけるダリュは他者に認識されていない状態にあり、音声コミュニケーションの成立は不可能である。そのため音声発話、つまり聴覚の行動が存在しない一方で、眺めるという視覚の行動は行われている。このようにして出発した小説「客」は、末尾においても同じような様相を呈することとなる。末尾では、黒板の脅迫文という文字によるコミュニケーションが提示されるとともに、遠景を眺める孤立状態の主人公が描かれる。そこにあるのは、聴覚の行動ではなく視覚の行動である。

小説「客」は、孤立状態で開始され孤立状態で閉じる。また、視覚の行動で開始され視覚の行動で終わる。人間相互のコミュニケーションのなかでも最も本質的なもの、つまり音で聞く言語によるコミュニケーション[25]には重要な価値が与えられていない。

5 「客」とコミュニケーション

『追放と王国』の「不貞」、「背教者」、「口をつぐむ人々」において指摘された点、すなわち音声コミュニケーションの低価値という傾向は、「客」においても見出すことができた。音声言語とは、人間の感覚のなかでも聴覚に直接関連する。小説「客」における音声コミュニケーションの低価値性は、聴覚の行動ではなく視覚の行動が多く描かれることをとおして提示されている。主要登場人物三名は、あえて音声コミュニケーションを拒否しているのではない。音声発話の不在傾向は、アラブ人、つまりほかの二名とは異なる言語を話す人物が含まれているという点や、その男が囚人という特殊な立場であることが要因となっている。小説「客」は、音声発話が不在であることが内容上自然であるよう、巧みに内容上の設定がされている作品である。そしてこのことは、「不貞」、「背教者」、「口をつぐむ人々」においても見出された点であった。

V 「ヨナ」

主人公ヨナは画家として成功するが、周囲の人々がたえずその創作を妨げる。主人公の職業を小説家に替えて読むことで容易に理解されるように、創作当時の作者を投影した作品であると評されてきた。たとえばH・R・ロットマンは次のように述べ、「ヨナ」における自伝的要素の濃さに言及している。

「ヨナ」は『転落』とともに、おそらくカミュが壮年期に書いた、最も意味深い、自伝的要素の濃い作品である。[26]

また西永良成も次の指摘をしている。

［…］『追放と王国』はカミュにとって、いわば二度ユーリディスを失ったオルフェの心乱れた悲歌のようなものだったといえる。そしてこのことを最も如実に示しているのは、この作品集のうち最も自伝的要素が多く取り入れられている『ヨナ』と『客』である。[27]

当時、カミュはさまざまな政治事件をめぐって孤立状態にあり、それはアルジェリア紛争で頂点となる。こうした背景により、この作品は作者の政治的危機状況との関連から研究されている。確かにカミュは小説家であり、政治活動をする評論家である。しかし同時に、演劇人でもある。一九五七年に行われたパリ・テアトル誌のインタビューに答えているように、演劇は生涯にわたってカミュの心を離れたことはなかった。

――これまでのあなたの演劇生活をいくつかの段階に分け、それを明示していただけるでしょうか。

――戦争とその結果――そのなかにはジャーナリズムの仕事も入りますが――のために、私は何年ものあいだ演劇の仕事から離れていました。しかし、私は再びそこに戻り、そして、演劇から離れたことなど一度もなかったような気がしています。というのは、その間、私は演劇の諸問題について考えて来たからです。

（IV, pp. 580-581）

ロットマンも次のように指摘している。

この時期、カミュは、掛け値なしの演劇人になろうとする意向を明らかにするようになった。彼の生涯の最後の一〇年間を支配していくのは、もはや文学ではなく、演劇なのである。[28]

カミュの晩年を支配していたのは演劇だった。また「ヨナ」の執筆当時、自ら演劇人になろうとする意向も明らかにしていた。このことからすると、「ヨナ」は作者の演劇観に照らし合わせて解釈されるべきではないだろうか。以下ではこの視点にもとづき、まず演劇のジャンル上の性質という観点からこの小説の特徴を明らかにする。そして次に、その特徴のもつ意味をカミュの演劇観をとおして考察していく。

1　カミュにおける演劇の喜び

演劇が、ほかの文芸ジャンルと相違する点とは何だろう。

抒情文芸や叙事文芸とことなり演劇として舞台上に演出されることを原則とする劇文芸の特殊な地位を示すものは、作品の形態的構造についていえば、そこでは台詞をかたちづくる詩的言語が主として対話形式で直接にあたえられ、これに附随して多少とも俳優の演技（所作・表情・口跡）、衣裳、場面の装置などに関する舞台指示をふくむことである。[29]

演劇は、台詞をもつという点でほかの文芸ジャンルとは大きく異なる。カミュが生涯にわたって演劇人であり続けた理由も、演劇がもつこのような性質に起因する。というのも、パリ・テアトル誌によるインタビューのなかで、次のように語っているのである。

——あなたの最大の満足は何によってもたらされましたか。

——俳優たちによってです。芝居の要であり、根源であり、その魂の具現化されたものである俳優によってです。俳優が役のなかに入りこみ、それと一体化するのを眼にし、沈黙と孤独のなかで聞いた声そのものを、俳優の口をとおして聞くということ、それがこの仕事において見出し得る最大の喜びです。私はこうした喜びを何度も経験しました。この喜びを私に与えてくれた俳優たちならびに女優たちに対して、私は最大の感謝の念をいだいています。

(IV, p. 581)

演劇がカミュに与える最高の充足感は、俳優によってつくられるものであった。それは具体的には、俳優が役と一体化するのを見ること、及び「沈黙と孤独のなかで聞いた声そのものを俳優の口をとおして聞くということ」である。演劇にはカミュを魅了し続けた音声が存在する。以下では、音声発話という面に焦点を当てて考察していく。

2　戯曲「芸術家の生」

小説「ヨナ」を音声発話という面から解釈するにあたり、まず戯曲「芸術家の生」の分析からはじめたい。これは一九五三年にアルジェリアのオランでシムーン誌に発表された作品である。「ヨナ」と創作時期が同じであるとともに、内容上きわめて類似し「ヨナ」の下書きともいわれている。

この戯曲の最大の特徴は、黙劇という点である。台詞は存在せずすべてがパントマイムによって進行する。演劇がカミュに与える喜びの一つには、「沈黙と孤独のなかで聞いた声そのものを、俳優の口をとおして聞くということ」があった。このことからすると、音声発話をもたない劇の存在意義が問われる。これは、登場する役者の人数を合わせて考えるとさらに大きな疑問となる。わずか二幕からなる作品だが、登場する人数はきわめて多い。まず主役の画家とその妻がおり、そのほかにも友人、取り巻きの画家、画商、学生、弟子、アカデミー会員、軍人、ボクサー、役者、装身具商、宝石商、勲章授与をする公務員、御用画家、医者、看護婦、と続く。登場人物が一人の場合には、その人物が沈黙し続けることで劇は成立する。しかしこれほど多数の人々が描かれる場合には、何らかの会話が現れるのが一般的である。

この戯曲において人々の音声は、どのように示されているだろうか。各幕に付されたアルファベットの区分[30]に沿って順に述べていきたい。

①一幕A

静物画を描く主人公の近くに、友人二人が現れ批評する一節がある。しかし彼らがどのような言葉を発したのかは明らかではなく、単に「文句をつける」（IV, p. 113）と記されているのみである。

②一幕B

画家の妻が歌を歌う場面がある。あえて「その歌声は聞こえない」（IV, p. 114）という指示のもと、歌声は音として具体化されていない。

③一幕C

画商が議論をする一節があるが、ここでも議論の内容は明示されない。また画商が画家と絵の値段をかけ合う場面も見出される。値段のかけ合いには会話が必要となるが、その発話内容は全く示されていない。

④一幕D

ある女性が訪問し肖像画を注文する一節がある。注文という行為には発話が必要となるが、どのような言葉を発したのかは示されない。また画家が、絵のモデルや弟子らに言葉をかける箇所もある。しかしそこでもまた、かけた言葉の具体的内容は提示されていない。さらに訪問客二人が、画家の近くで会話をする一節が見出される。なお、このくだりについては、作者による次の注がつけられている。

ここでは、音響効果は家畜飼育場の音を取り入れる必要がある。たとえば、テープ・レコーダーのテープを逆に回転させることもできよう。また、カスタネットの音によって俗物たちのお喋りを象徴化できよう。

（IV, p. 115）

作者は、二人の会話を、家禽飼育場の音やテープレコーダの逆回転音、あるいはカスタネットの音で示すことを意図していた。会話は、画家の創作を妨害する雑音に過ぎず、人間の音声によっては提示されない。

⑤一幕E

主人公を描く御用画家が三人現れる。彼らは会話をするが、ここでも同様に会話内容は具体的には示されない。

⑥二幕B

創作中の画家に、画商が呼びかける一節がある。呼びかけた言葉は明示されず、また画家はその呼びかけに返答しない。さらに別の画商が訪れて呼びかける場面でも同様である。呼びかけは説明書きにとどまり、画家は全く返答していない。

⑦二幕C

宝石商が来訪した場面内に、画家の妻が画家を呼ぶくだりがあるが、具体的音声の指示はない。

⑧二幕F

画家の妻が病床で譫言を言う箇所がある。そこでも具体的な言葉は示されていない。画家は、病床の妻をよそに相変わらず描いている。友人の訪問に際しても画家は何も言葉を発していない。画家は訪れた友人を振り向いて見るが、言葉をかけずに描き続ける。画家は、友人を「見る」、「絵を描く」という視覚面の行動のみに終始しており、音声発話は全く行っていない。ここには、聴覚ではなく視覚の優位という状況が認められる。

⑨二幕G

画家は、息を引き取った妻の側へ行き大きな叫びをあげる。それは「無言の大きな叫びをあげ」(IV, p. 118) と表現されている。妻の死を前にして泣き叫ぶ声でさえ、この作品では音声として示されない。

①から⑨で見たように、この戯曲には人々が発話を行う場面が数多く存在し、音声なしで成立する戯曲というわけではない。しかし、音声描写があってしかるべき箇所は、すべて説明形式で示される。また、創作の妨害をする訪問者の会話については、特に低い価値となるような指示も与えられている。この作品における台詞はすべて、人間の自然な声としては示されない。

戯曲「芸術家の生」は、演劇ジャンルに属しながら、カミュに最大の喜びを与える台詞が不在である。台詞つまり音声発話の不在という点について、小説「ヨナ」はどのような様相を示すだろうか。以下で詳しく述べていきたい。

3　具体性をもたない音声描写

戯曲「芸術家の生」における台詞の不在という特徴は、小説「ヨナ」にも見出される傾向である。以下では、具体性をもたない音声描写、聴覚劣位と視覚優位、という二つの点から明らかにしていく。

(1)　臨場感を伴わない人々の声

「ヨナ」には、「芸術家の生」と同じく多数の人々が登場している。主な登場人物は、主人公ヨナ、ヨナの妻ルイーズ、ヨナの友人ラトーだが、ほかにもヨナの父、ヨナの三人の子ども、ルイーズの妹ローズとその娘、ラトーの両親、画商、弟子、友人、さらにはガス屋、肖像画を注文する客、カシミールの徒刑囚、拳闘選手、布教師、医者などがいる。これだけの数の人々が登場してはいるが、人々の会話は通常の会話らしさを与えられていない。臨場感のある直接話法によって示されていないためである。そしてそれは、小説の前半部からすでにはじまっている。前半部では、ヨナが画家として成功するまでの経緯が語られる。たとえば、人々の発話の様子が描かれている次のくだり[31]を見てみよう。

①一人の画商がこれからは月給制にして、一切の煩いから解放してあげたいと申し入れてきたときには、彼〔ヨナ〕も少々驚いた。②中学以来の友で、ヨナとヨナの星を愛してきた、建築家のラトーが、こんな月極めではぎりぎりの生活しかできはせぬ、得をするのは画商のほうだけだと言い聞かしたが、むだだった。③「かまわない」とヨナが言った。④ラトーは、腕一本で、自分の企てるすべてに成功した男だが、その友を叱りつけた。「何だ、かまわないって？　とにかく交渉の必要がある」どうもならなかった。⑤ヨナは心中自分の星に感謝していた。⑥「ご希望どおりに」と彼は画商に言った。⑦そこで、すべてを絵にうちこむために、これまで勤めていた、親父の出版社の仕事をやめた。⑧「またとない機会だ」と彼は言った。

①Il se montra un peu plus étonné lorsqu'un marchand de tableaux lui proposa une mensualité qui le délivrait de tout souci. ② En vain, l'architecte Rateau, qui depuis le lycée aimait Jonas et son étoile, lui représenta-t-il que cette mensualité lui donnerait une vie à peine décente et que le marchand n'y perdrait rien. ③ « Tout de même », disait Jonas. ④ Rateau, qui réussissait, mais à la force du poignet, dans tout ce qu'il entreprenait, gourmandait son ami. « Quoi, tout de même ? Il faut discuter. » Rien n'y fit. ⑤Jonas en lui-même remerciait son étoile. ⑥ « Ce sera comme vous voudrez », dit-il au marchand. ⑦ Et il abandonna les fonctions qu'il occupait dans la maison d'éditions paternelle, pour se consacrer tout entier à la peinture. ⑧ « Ça, disait-il, c'est une chance ! ».

(IV, p. 59)

この一節には次の三名、主人公ヨナ、友人ラトー、ある画商が登場している。まず①では、月給制の提案という画商による申し入れ、及びそれに対するヨナの感想が話題である。画商がどのような言葉でヨナに提案したのかは、直接話法で提示されていないため明らかではない。ヨナの述べた感想も同様に説明形式にとどまる。次に②ではラトーによるヨナの説得を話題とするが、それは直接話法ではなく間接話法によって示されている。③では、ラトーの説得も甲斐なくヨナが発言する様子が示される。これは小説「ヨナ」における最初の直接話法である。この発言を受けてラトーはヨナを叱りつけるが、その言葉もまた直接話法で示されている。

このように、このくだりには直接話法が連続して現れている。一般に、直接話法は臨場感を伝達するものだが、この場面からは臨場感が感じられないのはなぜだろう。それはおそらく、発話時の状況が一切省かれているためではないだろうか。ヨナがいつ、どこで、どのような様子で発話したのかについて一切描かれていない。また、ラトーがヨナを叱りつける場合についても同様である。ラトーに叱られたヨナが、その場で何らかの言葉を返したことが推測されるが、それは全く示されていない。

それは上記引用箇所についていうならば、①の段階からすでにはじまっている。画商がいつどこでヨナに申し入れたのかは、明らかでない。また画商の風貌が一切描かれていないことも、臨場感を減じさせている一因である。そして②でのラトーによる説得は、①における画商の提案から数日を経ているのか、同じ日であるのかが明確でない。そのため①と②のあいだには、時間的な断絶が生じている。また②と③及び④は、同じ時間内の出来事と推測されるものの、先に述べたように状況描写が全くないため臨場感が失われている。このようにして、直接話法の発話は孤立し空ろに響くこととなる。続いて⑤から⑧までを見てみよう。⑤ではヨナの内面が説明され、⑥ではヨナの言葉が直接話法で現れる。④でラトーがヨナを叱りつけた状況が示された時空間と、⑤や⑥における時空間が異なることは明らかである。④と⑤や⑥とのあいだには、時間的な断絶がある。次に⑦では、それまで勤務していた出版社をやめて画業に専念することになった、というヨナの状況が説明されている。⑥における画商への発話と⑦での画業への専念という決心は、同じ時空間でのものではない。したがって、⑥と⑦とのあいだにも時間的断絶がある。⑧では、画業への専念という決心に際し、ヨナの言葉が直接話法によって示されている。しかしここにおいても、発話をめぐる詳細な状況描写が不足している。ヨナの発言に対し周囲がどのように返答したのかなどが、一切描かれていない。音声発話はここでも孤立し、臨場感が伴われていない。

①から⑧に至る箇所は、プレイヤッド版で一四行にも満たない一つの段落である。しかしそこに描かれるのは同じ時空間の事柄ではない。文と文とのあいだには時間的な断絶がある。直接話法で示される発話もいくつか見出されはするが、詳細な状況描写が不足している。その結果、臨場感は全く存在しないという事態を招いている。

次に、小説半ばに描かれている場面の一つをとりあげ、ヨナ宅を友人や弟子らが訪問する箇所について見ていきたい。ここには特に集中的に多くの人々が描かれている。多くの人々の登場は、必然的に会話の場面も多くなることが推測される。実際にはどのように提示されているだろうか。以下に、多数が訪問する場面[32]の一つを引用する。

①またあるとき、新しい友人たちが訪ねてきた［…］②誰も彼もたしかに芸術的制作を尊重し、

いわゆる仕事の追求や、芸術家に不可欠な沈思黙考をかくも困難にしている現代社会の仕組みを嘆いていた。③彼らは午後のあいだじゅう引き続いて嘆いていた、ヨナに向かっては、仕事を続けるように、自分たちがここにいないかのようにやってもらいたい、自分たちは俗人ではないし、芸術家の時間というものがいかに尊いかを心得ているのだから、自由勝手に振舞うようにと懇願しながら。④ヨナは、その面前でも仕事するのを許してくれる友達をもつことに満足して、自分の画に戻ったが、一方、たずねられた質問に答えたり、話してくれる逸話に高笑いすることはやめなかった。

① D'autre fois, ses nouveaux amis lui faisaient visite. [...] ② Tous, certainement, plaçaient très haut les travaux de l'art, et se plaignaient de l'organisation du monde moderne qui rend si difficile la poursuite desdits travaux et l'exercice, indispensable à l'artiste, de la méditation. ③ Il s'en plaignaient des après-midi durant, suppliant Jonas de continuer à travailler, de faire comme s'ils n'étaient pas là, et d'en user librement avec eux qui n'étaient pas bourgeois et savaient ce que valait le temps d'un artiste. ④ Jonas, content d'avoir des amis capables d'admettre qu'on pût travailler en leur présence, retournait à son tableau sans cesser de répondre aux questions qu'on lui posait, ou de rire aux anecdotes qu'on lui contait. (IV, pp. 66-67)

この場面に登場しているのは、主人公ヨナ、そして芸術家あるいは批評家と自認する友人たちである。人々の名前は固有名詞で示されておらず、その人数も明らかではない。訪問が短い時間ではないことは、③にある表現「午後のあいだじゅう」から明らかである。人々の訪問の目的はヨナと会話をすることにあるが、話の内容は直接話法では示されていない。②の箇所からうかがわれるように、彼らが尊重しているのは創作活動であり、嘆いている点とは仕事の追求と沈思黙考を困難にしている現代社会の構造である。この内容を、仮に直接話法で表現するとどのようになるだろうか。まず友人らの個々の発言を分ける必要がある。さらにそれぞれの発言に対して、ヨナがどのような返答をしたのかも示されねばならない。しかしここでは人々の個々の発言は一つにまとめられ、ヨナの返答は具体的に示されていない。その結果、訪問者の発言が空疎なものとなっている。それは③でさらに増幅する。彼らの訪問はヨナの創作をまさに妨害しているのだが、彼ら自身はそれに気づいていない。自分たちは俗人ではなく芸術家であるゆえ、芸術家の時間の尊さを心得ているのだと主張し、自分たちに構わず創作をしてもらいたいという懇願もする。③における主張や懇願は直接話法で示されておらず、②と同様に空疎に響く効果をもたらしている。こうした彼らの発言を受け、ヨナがどのような言動を行ったのかについては④に示される。ヨナは創作に戻るが、それは完全に妨害から遮断されたものではなかった。質問があれば返答し、逸話には高笑いで返した。ここで、具体的にどのような質問がありヨナがどのような言葉で返答したのかは、直接話法で示されていない。またどのような逸話が語られ、ヨナがどのような様子で高笑いをしたのかも詳細には示されていない。

人々の訪問の目的は、ヨナと会って話をすることにある。また訪問は午後の長い時間にわたるものだった。しかしその発話内容は直接話法では提示されておらず、臨場感のないものとなっている。

(2) 具体性を伴わない騒音

主人公の創作を妨害する騒音は、訪問者の声だけではない。その他の騒音として、子どもの声、電話の音、犬の吠え声があげられる。しかしこれらの騒音は、臨場感をもった具体的な音声としては描写されていない。以下で詳細を示していきたい。

ヨナの赤子は常に泣き声をあげているが、その声は直接話法によって示されていない。それはたとえば、「[…]子どもはその不満を自分の仕方で、しかもなかなか強烈な仕方で表現した」（IV, p. 66）、「息子の肺臓の能力」（IV, p. 66）、「息子の堂々と主張する声」（IV, p. 66）といった遠まわしの表現で描かれている。また子どもたちは訪問客とともに騒ぐが、実際にどのような言葉を発したのかは明らかにされていない。単に「大声をあげ」（IV, p. 67）と説明されるにとどまる。

創作活動は、電話の鳴る音によっても妨害される。頻繁に鳴動する様子は、単に「頻繁に鳴った」（IV, p. 66）と表現される。ベルの音自体も具体的には示されず、「電話機の威圧的なベルの音」（IV, p. 66）のように形容詞を伴って説明されるだけである。

ヨナにとっての騒音は、子どもの声、電話の音に限定されるものではない。訪問客の贈り物である猟犬の吠え声も、これに加わる。しかしその吠え声も具体的な描写ではない。単に「犬はあんまり執拗に吠えたてるので」（IV, p. 73）とのみ表現される。

以上のように、訪問する人々の声は臨場感をもって描写されていない。また子どもの声や電話の音、そして犬の吠え声についても、形容詞を伴った説明にとどまっている。このように音声が臨場感をもって描かれないというのは、聴覚の面に重きがおかれていないということではないだろうか。

4　聴覚劣位と視覚優位

小説「ヨナ」では聴覚の面が価値を低められているが、対照的に視覚の面には高い価値が与えられているように思われる。それはまず、主人公の職業に現れている。ヨナは画家である。画家とは聴覚ではなく視覚を駆使する職業である。

このような視覚の重要性は、作品の結末部に象徴的なかたちで見出される。

彼〔ヨナ〕はランプを消した。戻ってくる闇のなかで、あそこ、光り続けているのは彼の星ではなかったか？　それは彼の星だった。彼はそれを見分けて、心は感謝でいっぱいだった。音もなく彼が倒れたときですら、彼はまだ星を眺めていた。(IV, p. 82)

この箇所は、仕事をし続けたヨナがついに倒れるくだりである。留意すべきは、ヨナが「音もなく」倒れるという点である。音声はここで抹消されている。ヨナは倒れる際でも行っていたことがあるが、それは星を眺めるという視覚の動作である。つまり、「音もなく彼が倒れたときですら、彼はまだ星を眺めていた」の一文は、この作品の聴覚劣位と視覚優位という特徴を象徴的に物語るものである。

以上で明らかにしたように、小説「ヨナ」において音声は具体的に描写されていない。そしてそれは、聴覚劣位と視覚優位という特徴を伴いつつ提示されている。

5　カミュと演劇

戯曲「芸術家の生」及び小説「ヨナ」に見出される点、つまり音声描写における臨場感の欠如という特徴は、当時の作者の状況を反映しているのだろうか。先に述べたように、当時のカミュの心を占めていたのは演劇であった。また演劇が与える喜びとは、「沈黙と孤独のなかで聞いた声そのものを、俳優の口をとおして聞くということ」であると自ら語っている。この点からすると、演劇の魅力を形作るキーワードは、「声を聞くこと」にほかならない。しかし戯曲「芸術家の生」及び小説「ヨナ」の特徴とは、声の不在である。なぜあえて音声が存在しない作品を創作したのだろうか。この問いを扱うに際し、本項では演劇をめぐってカミュが明らかにした証言との関連から分析を試みた。以下で具体的に述べていきたい。

パリ・テアトル誌によるインタビュー中、カミュは次のように語っている。

——あなたはいつか、「劇場は私の修道院であろう」と言ったことがあります。この考えをもっと詳しくお聞かせいただき、演劇があなたの精神と生活のなかで占めている地位についてお話しくださいませんか。

——演劇の仕事は、人々を世間から切り離します。すべてのものから人々を切り離してしまう排他的な情熱、それを私は修道院と呼んでいるのです。文学の場合には、この情熱は生活の中心部に来ます。今になって、そのことがよくわかるのですが。

(IV, p. 579)

演劇は人々を世間から切り離す排他的な情熱をもつが、文学の情熱は生活の中心部に来る。ここでの証言内容はまさに、小説「ヨナ」の内容を想起させる。ヨナは、アパルトマンのリビングで多くの訪問者に囲まれる生活をしていたが、ある時期以降は屋根裏部屋に身を潜め、人々を避けた生活をした。訪問者に囲まれた生活とは、カミュにとっての「文学」に該当する。他方、屋根裏部屋での身を潜めた孤独な生活とは「演劇」の象徴である。ヨナの生活空間の移動は、創作当時の「文学」から「演劇」という作者の活動領域の移行という動きに合致する。

そして、音声描写における臨場感の欠如がもつ意味についても、次のように解釈できる。音声の不在とは、カミュにとっては演劇の喜びの不在である。つまり、それは「演劇ではないもの」ということではないだろうか。「演劇」と「文学」を対立図式で捉えていたカミュにとって、「演劇ではないもの」とは「文学」を示唆する。小説「ヨナ」とは、作者にとって「文学」の象徴である。

この小説は一九五二年の『手帖』のメモによると、「身を潜める芸術家」というタイトルで構想されていた。決定稿では、成功ののちに創作に行き詰まる画家の話となったが、もとは芸術に身を捧げて成功した作家の物語であった。つまりこの作品のテーマは、「作家の成功までの物語」という予定から、「成功した画家の創作における行き詰まり」へと変化した。ここには、作者自身の小説家としての迷いを見出すことができる。

小説の最後は、ヨナがカンヴァス中央に書いた「孤独」とも「連帯」とも読むことができる文字への言及で閉じる。

別の部屋でラトーはカンヴァスを眺めていた。それは全然白のままだった。その中央にヨナは実に細かい文字で、やっと判読できる一語を書き残していた。が、その言葉は、solitaire（孤独）と読んだらいいのか、solidaire（連帯）と読んだらいいのか、わからなかった。(IV, p. 83)

この謎めいた一節について、たとえばロットマンは次のように述べている。

失望にもかかわらず、カミュは「連帯的」であり続けた。彼は、投獄されたオスカー・ワイルドについてのエッセイを書いた。ワイルドは、投獄の瞬間から、同じ監獄の仲間たちと一心同体になり、サロンに背を向けるのである。この「牢獄の芸術家」というエッセイは、当時のカミュの精神状態の隠喩の如きものであった。[33]

このように「連帯」という語は、執筆当時の作者の政治的危機状況との関連から解釈されてきた。しかしこの解釈だけでは捉えられない点がある。それは、なぜ画家であるのに、絵ではなく文字[34]を記したのかということである。

小説「ヨナ」をカミュにおける文学の象徴とする考察にもとづくと、以下のような解釈ができるだろう。

孤独か連帯かという選択は、「孤独＝演劇」か「連帯＝文学」かのあいだで迷妄していた当時の作者を反映する。ただしカミュは、フランス・ソワール紙によるインタビューのなかで次のようにも語っている。

――［…］演劇活動が文筆のさまたげになるようなことはないでしょうか。

――一時は、それを心配しましたが、今はもうそういう心配はしていません…つまりですね、私には郷愁があります。たとえばレジスタンスやコンバ紙のときにあったような友愛に対してです。これらはみな遠い昔のことになりました。しかし私は、演劇のうちにそうした友情とか、共同の体験とかを見出すのです。それらは私にとって必要なものであり、孤独にならないためのもっとも高貴な方法の一つなのです。（IV, p. 651）

この証言にあるように、演劇は孤独にならないための方法である。ここでは「連帯＝演劇」であって「孤独＝演劇」ではない。したがって、先に引用した証言とは矛盾が生じる。

ここで再び、ヨナが記した文字が「孤独」とも「連帯」とも読み得る判読し難い文字であるという点に戻って考えてみたい。演劇[35]はカミュにとって、「孤独」であると同時に「連帯」でもあった。他方文学もまた、「孤独」であり「連帯」であった。「ヨナ」の執筆当時、カミュの心を捉えていたのは演劇であり、晩年における活動の中心も演劇である。演劇に活動の中心を移行させていったカミュだが、実際には文学か演劇かのあいだで迷いがあったに違いない。カミュの内面には、「孤独＝文学」、

「連帯＝演劇」という図式と同時に、「孤独＝演劇」、「連帯＝文学」という図式が存在していた。カミュは、文学であっても演劇であっても、それが同じような喜びや苦難をもたらすものであることを認識していたのである。

「ヨナ」を執筆していた当時、作者の心を占めていたのは演劇であった。一般に演劇とは「音声」をもち、それがほかの文芸ジャンルと大きく異なる点である。また演劇がカミュにもたらした最大の喜びもまた、この「音声」に起因する。ところが、「ヨナ」の下書きとされる戯曲「芸術家の生」も含め、「ヨナ」における音声描写には臨場感が与えられていないという特徴がある。

また考察をとおして、「ヨナ」とはカミュにとって文学の象徴である、ということや、結末部の主人公が記す判読し難い文字とは、文学から演劇への移行を意図していた作者の内面の迷いを反映するものである。

なお、「ヨナ」における音声発話の低価値という傾向は、先に見た『転落』や『追放と王国』所収の作品「不貞」、「背教者」、「口をつぐむ人々」、及び「客」においても見出された特徴であった。

VI 「生い出ずる石」

「生い出ずる石」は、短編集『追放と王国』の最後に配置された作品である。『追放と王国』の刊行に際して作者が明らかにしたように、短編集に所収された六作品はいずれも「追放」をテーマとする。一九五二年に記された構想メモ[36]では、短編集の表題は『追放』であった。決定稿において、表題が『追放と王国』へと変更された背景には何があるのだろう。作品集の完成前に「王国」が加わったのはなぜか。

「王国」をめぐってクライル[37]は、その意味を「自然との一体化」及び「人間への愛[38]」であるとした。クライルも指摘するように、初期作品『結婚』においてチパザの廃墟を語るなか、カミュは自然との一体化を「王国」に結びつけている。また『戒厳令』では、主人公ディエゴが愛の世界を「王国」であるという。こうした解釈に加えて、「追放」をデラシネとして捉え、デラシネではなくなった状態としての存在の根をもつことを「王国」とする松本陽正の研究[39]もある。

作者は「王国」について次のように説明している。

表題においてやはり問題となる王国ということについて言えば、それは最後に再生するためにわれわれが再び見出さなければならない自由で赤裸なある生活と合致する。

Quant au royaume dont il est question aussi, dans le titre, il coïncide avec une certaine vie libre et nue que nous avons à retouver, pour renaître enfin.

(IV, p. 123)

この説明の文中、「最後に」(enfin) という表現に着目した。一九五二年の構想メモ[40]では、「生い出ずる石」は配列上二番目におかれている。決定稿であえて最後においたことには、重要な意味があるに違いない。以下では、「生い出ずる石」の分析をとおして、『追放と王国』全体の底流としてのコミュニケーション上の特徴を明らかにすることを目的とする。またこの結果を踏まえ、エッセイ『裏と表』の世界との密接な関連についても言及する。分析にあたり、作品の結末部から開始していく。「生い出ずる石」の結末部とは、『追放と王国』全体の結末部であり、この箇所に最も端的に「王国」が呈示されているためである。

1　作品結末部におけるコミュニケーション

コミュニケーションとは、人間が互いに意思や感情を伝達しあうことである。言葉や文字その他視覚、聴覚に訴える身振り、表情、声などの手段によって行われる。以下ではコミュニケーションに焦点を当てつつ、「生い出ずる石」の結末部について、主人公ダラストがコックの小屋に「ついに」（enfin）たどり着く箇所から順を追って考察していく。

> 彼〔ダラスト〕は足を速め、ついにコックの小屋の建っている小広場に到達した。小屋に駆け寄って、足で扉をあけ、一挙に、部屋の中央の、まだ赤い火の上に石を投げ込んだ。そうして、にわかに並はずれて大きくなった、全身をまっすぐに伸ばし、彼のよく知っている悲惨と灰との匂いを、絶望的に幾口も幾口も吸い込んだとき、名づけることのできない、定かならぬ息のはずむような一つの歓喜の波が、自己の内部にわきあがるのを聞いた。
> （IV, p. 111）

ここに描かれている人物は、ダラストのみである。ダラストは小屋に入る際に、他者の助けを借りていない。そのため、この箇所に他者とのコミュニケーションは存在しない。

次に、続く場面を見てみよう。


小屋の住民たちが着いたとき、立ったまま、奥の壁にもたれて、目を閉じているダラストの姿を見出した。部屋の中央の、炉の場所に、石は灰と土とにおおわれて、半ば埋もれていた。彼らはしきいのところに立って入ろうともせず、まるで問いかけてでもいるように、しずかにダラストを眺めていた。しかし、彼は黙っていた。

(IV, p. 111)


登場する人物は、ダラスト及びイグアペの原住民たちである。ダラストは、目を閉じ小屋の壁にもたれて立っている。人々は小屋の入り口から、ダラストを静かに眺めている。複数の人物が描かれてはいるが、いずれも言葉を発していない。ここでもまた、言語コミュニケーションを全く見出すことができない。

次の場面はコックが到着する箇所である。以下に引用する。


そのとき兄弟が石のそばにコックを連れて来た。コックは土間に倒れた。彼もまた坐って、ほかの者に合図をした。老婆がそこに来た。次いで夜の若い娘が来た。しかし、誰一人ダラストを見ない。彼らは石のまわりに円形にうずくまって、黙っていた。ただ河のざわめきだけが重苦しい空気のなかを彼らの耳もとまで昇ってきた。

(IV, p. 111)

この箇所には多くの人物が登場している。すでに小屋にいたダラストや住民たち、そして新たに加わった人々（コック、コックを連れて来た兄弟、老婆、若い娘）である。描かれる人物は多数だが、言葉を発する者は一人もいない。ダラスト以外の人々は黙ったまま、石を円形に囲みうずくまっている。この場面にも、言語コミュニケーションは存在しない。ただし別のコミュニケーションを認めることができる。それはコックによるものである。コックは、住民たちに坐るよう合図をする。つまりこの場面には、身振りコミュニケーションを見出すことができる。

作品は、次の場面で閉じる。

ダラストは、闇のなかに立ったまま、何も見ようとせず、聞き入っていた。流れの音はざわめかしい幸福で彼を満たした。目を閉じて、彼は心楽しくみずからの力に祝福していた。もう一度はじめられる人生に祝福していた。その瞬間、爆竹が鳴った。それはついそばのように聞こえた。兄弟は少々コックから離れて、半ばダラストのほうへ向き、これを見つめることなしに、空いた場所をさした。「われわれといっしょに腰をおろせ」（IV, p 111）

ダラストは、目を閉じたまま河の流れの音を聞く。他方兄弟は、ダラストに石を囲んでともに坐るよう話しかける。ここは「生い出ずる石」の結末部のうち、声が示される唯一の箇所である。兄弟は言葉を発する際、ダラストの方を半ば向くという身振りコミュニケーションをする。ここでの発話には、空いた場所を指差すという身振りコミュニケーションが伴われている。なお、ダラストの返答は示されておらず、会話として未完成である。

この最後のくだりに、言語コミュニケーションは存在する。しかしそれは会話として未完成のものであり、身振りコミュニケーションの補強のもとで示されている。

このように、「生い出ずる石」の結末部にはコミュニケーションの面で顕著な特徴がある。それは、言語コミュニケーションがほとんど見出されないという点である。人々のあいだのコミュニケーションは、非言語コミュニケーション、つまり身振りコミュニケーションが主となっている。こうしたコミュニケーション上の特徴は、何に由来しどのような意味をもっているのだろうか。以下では、分析対象をこの作品全体に広げ、この解明を試みていく。

2　低価値化された言語世界

「生い出ずる石」の結末部に存在するコミュニケーション上の特徴は、この作品のほかの箇所ではどのような様相を呈しているだろうか。

人と人とが出会うと、一般的に何らかのコミュニケーションが行われる。最も代表的なコミュニケーションは、会話という言語コミュニケーションである。しかしこの作品における言語コミュニケーションは、プレイヤッド版の四頁目後半に至るまで見出すことはできない。また、複数の人々のあいだの会話のみならず、音声描写は全く存在しない。声の描写が現れるくだり以前の、人々のコミュニケーション状況を詳しく見てみよう。最初のコミュニケーションの描写は、次の箇所である。

運転手の黒い顔が、計器板の上で光って微笑んでいる。男は合図をした。運転手はスウィッチを切った。直ちに、冷え冷えした大きな沈黙が径と森との上に降りた。すると、水の音が聞こえた。

(IV, p. 84)

主人公ダラストは、ブラジルの森林地帯に堤防を建設するためにやってきたヨーロッパ人技師である。現地の運転手ソクラトとともに、森の中を自動車でイグアペに向かっている。ダラストはソクラトに車のスウィッチを切るよう合図する。ここには、合図という身振りコミュニケーションが認められる。言語コミュニケーションが行われていないのはなぜだろう。この場面で主人公が運転手に伝達したいメッセージは、スウィッチを切るということである。しかし、主人公が仮にそれを言葉として発したとすると、ある不都合が生じることが予想される。というのも、スウィッチを切ったのちには静寂がもたらされるが、それ以前には自動車のモーター音が鳴り響いていたのである。そのため、言葉で伝えようとした場合には、モーターの騒音によってメッセージが正しく伝わらない可能性がある。この場面では、言葉を発声するよりも身振りによるコミュニケーションが有効である。会話を行っていないことは、この場面の状況からすると不自然ではない。のちに詳しく示すように、「会話がなくとも自然な状況」という様相は、この小説の諸場面において認められる。非言語コミュニケーションを主体とする世界は、巧みな物語設定が功を奏し、自然なかたちで読者に与えられている。

たとえば次の場面も同様である。作品中で二番目に描かれるコミュニケーションである。

よく見ると、しかし、その動かぬ向こう岸に、遥か遠くのケンケ灯みたいな、黄ばんだ火があるのに気がつく。大男は車のほうへ戻り、頭を振った。運転手はライトを消して、点けた。それから規則正しく明滅させた。崖の上に男の姿が現れたり消えたりした。繰り返すたびに、その影はいよいよ大きくどっしりと見えた。突然、河の向こう側で、目に見えぬ腕のかかげる、ランタンが一つ、何度も空にあがった。見張り番の今の合図を受けると、運転手は最終的にヘッド・ライトを消した。

(IV, pp. 84-85)

この場面では、運転手ソクラトと見張り番とのあいだで、ライトの光を用いたコミュニケーションが行われている。見張り番は河の遥か遠くの岸にいる。ソクラトはライトを明滅させることによって、見張り番にメッセージを伝える。言語コミュニケーションを行うことは、このシーンでは不可能である。コミュニケーションを行う者同士が、互いに声の届かない距離にいるためである。先に見た箇所とは別の理由によって、ここにもまた「会話がなくとも自然な状況」を認めることができる。

その後、ダラストとソクラトは筏に乗って河を渡る。数名の渡し守が登場するが、いずれも黙っている。声が発せられていないため、描かれるのは、森林に生息する鳥の鳴き声や水のざわめきなど自然界の音である。そして鳥の鳴き声が大きくなる次のくだりでは、人間は大河に漂う小さな存在として、鳥や水のざわめきと同じく自然を構成する一要素となる。

近くの大洋とこの樹海とのあいだに、このときこの荒涼たる河に漂うひと摑みほどの人間は、今や全く迷い子になったように見える。
(IV, p. 87)

ここで人間は、大河に漂い自然と溶けあっている。しかしその後、自然と一体化した存在としての人間は、言葉が「ついに」(enfin) 現れた途端に消失する。次のくだりは、この小説で最初に声が描かれる箇所である。この箇所以前には、数千キロにわたって広がる樹木や大河が描かれ、人間は雄大な自然の一部であった。しかしこの岸に着く場面で人声が聞こえた箇所からは、人間は自然の要素ではなくなる。この場面は、人間が自然と一体化するためには言語が不要であることを暗に示すものである。はじめて声が描かれる箇所を引用する。

土を踏むとようやく人声が聞こえた。〔…〕「イグアペまで六〇キロだと連中は言った。三時間すればおしまいだ。ソクラトはうれしい」こう運転手が言った。男は笑った。善良な笑い声で、どっしりとして熱があり彼によく似合った。「ソクラト、私もうれしい、道はひどいな」。「重過ぎるんでさ。ダラストさん、あんたは重過ぎるよ」運転手もとめどなく声をたてて笑った。
(IV, p. 87)

この箇所は、はじめて人間の声が描かれるくだりであるのみならず、主人公や運転手の名前が明らかにされる場面でもある。ダラストとソクラトはいずれも、笑い声を立てる陽気な人柄として描き出されている。ここで現れた人間の声音は、重厚で壮大な自然描写と対照的に、極端に軽妙である。壮大さという高い価値を伴って描かれた自然に対して、人間の価値は低められている。名前とは、あるものを言語で指し示したものである。また会話とは、言語によるコミュニケーションである。この場面における人間の軽妙な描写は、言語世界自体を低価値にしている。

このような言語の低価値という特徴は、別の諸点においても指摘することができる。第一には、主人公と人々との言語コミュニケーションが、熟達した会話表現レベルではないということである。そして第二には、人間の声からメッセージ性が剥奪されているという点である。次項においてその詳細を示していく。

3　ブラジルという舞台と聖ジョルジュの祭

低価値にとどまる言語という特徴は、主人公と人々とのあいだの言語コミュニケーションに見出される。この小説における最初の会話は、先に引用したように主人公ダラストと運転手ソクラトとのやりとりである。ソクラトはブラジル人だが、ダラストはブラジル人ではない。主人公と運転手とのあいだのコミュニケーションは、同じ言語を母国語とする者同士による会話ではない。その結果、二人のあいだに交わされる会話は、表現上で多少とも未熟な部分を含みもつ可能性がある。この傾向はソクラト以外の人々との会話においても同様である。それはすべて、主人公ダラストが外国人であることに起因する。主人公ダラストは外国人であるがゆえ、相手が話している言葉の意味を全く理解できない場合もある。たとえば、ダラストの歓迎会の最中に、ある男が現れる場面を見てみよう。

ところが、ダラストが飲んでいると、窓の近くに、乗馬ズボンをはいて脚絆をつけた、人相の悪い大男がやってきて、よろよろしながら、早口で訳のわからぬことを喋った。技師には「旅券」という言葉しかわからなかった。

(IV, p. 91)

男が早口でまくし立てたため、ダラストが理解できたのは「旅券」(passeport) という語のみであった。人々の言葉を理解できないダラストが描かれる場面は、作品後半の一節にも見出される。それは、ダラストが教会への道に背を向けて歩き出す箇所である。

彼〔ダラスト〕の前は、いたるところ、口という口が叫んでいた。何を叫んでいるのかはわからなかった。ただ休みなく投げつけられるのは、スペイン語らしく思われた。突然ソクラトが現れ、仰天した目玉をくるくるまわし、とぎれとぎれに喋り、背後の教会への道をさした。「教会へ、教会へ」ソクラトと群衆とが叫んでいたのは、まさにこのことだったのだ。

(IV, p. 110)

外国人であるダラストは、人々が叫ぶポルトガル語を理解することができない。ソクラトの助けで言葉の意味を知る。ダラストにとって人々の話す言葉は、外国語である。ダラストと人々とのあいだで行われる言語コミュニケーションは、熟達した会話表現のレベルとはいえない。そしてそこに表出されている世界は、未熟な言葉を要素とするという点において、低価値の言語世界である。

次に、別の面における言語の低価値傾向を述べていく。人間の音声は、メッセージを交わしあうという重要な役割をもつ。しかしこの作品には、メッセージをもたない人々の声が連続して描かれる箇所がある。それはまず、聖ジョルジュの祭の場面である。祭の開始は次のように示される。

突然、太鼓の音と歌声が遥かかなたに立ち昇った。(IV, p. 100)

ここにおける人々の音声は、言葉というよりも歌声である。そして、「太鼓の音と歌声」という表現にあるように、声は太鼓の音と並立する物音である。ここで人間の音声は、メッセージを伝えるものではない。

この聖ジョルジュの祭のなかで、人々は踊りながら叫び声を発する。

同時に、皆一斉に、力ない長々しい叫び声で、小やみなく叫びはじめた［…］これを限りの一声となって噴き出し、彼ら銘々の内部で、これまで絶対の沈黙を守っていた一つの存在についに言葉を与えるとでもいうように。(IV, p. 102)

叫びはメッセージ性をもつものではない。言語はメッセージ性を除去され、単なる音に過ぎない。ここでも言語の価値は低められている。そしてこのくだりで留意すべきは、人々の叫びが、絶対の沈黙を守っていた一つの存在に「ついに」(enfin) 与えられたものであるという点である。「沈黙に与えられた言葉」とは、作者が追求し続けたもの、すなわち「母親の沈黙」に釣り合うものとしての答え、ではないだろうか。『裏と表』再版に付した序文において、カミュは次のように述べた。

いずれにせよ、それに成功することを私が夢見たり、一人の母親の素晴らしい沈黙と、この沈黙に釣り合う愛や正義を見出すための一人の男の努力を、またもや私がその作品の中心に据えようと想像することを、なにも妨げたりはしない。[…]そして彼は、戦争や叫びや、正義や愛の熱狂や、ついには苦悩を経過して、そこでは死さえも一つの幸福な沈黙である静かな祖国にやがて帰ってゆく。そこにはまた…そうだ。たとえ追放のときでさえ[…]

Rien ne m'empêche en tout cas de rêver que j'y résussirai, d'imaginer que je mettrai encore au centre de cette œuvre l'admirable silence d'une mère et l'effort d'un homme pour retrouver une justice ou un amour qui équilibre ce silence. […], pour revenir à travers les guerres, les cris, la folie de justice et d'amour, la douleur enfin, vers cette patrietranquille où la mort même est un silence heureux. […] rien n'empêche de rêver, à l'heure même de l'exil, […]

(IV, p. 38)

このくだりには、「ついに」(enfin)、「追放」(l'exil)、さらに「叫び」(les cris)、「熱狂」(la folie)という言葉が見出される。追放を経て最後に王国を獲得する過程に、叫びや熱狂という要素がある。人間の声は、会話によってメッセージを伝えるという役目のみを担っているのではない。歌声や叫びというかたちとしても、存在意義をもつ。カミュは「母親の沈黙」に釣り合うものへの答えを求め、言語の可能性を探ろうとしたのではないだろうか。

人々の叫びや熱狂は、石を運ぶ行列の場面[41]にも現れる。

告解者も巡礼も入りまじって、遺物箱のまわりに群衆が凝集するのが、遠くから見えた。彼らは、爆竹と喜悦の叫びのなかに、狭い通りに沿うて進んでくる。数分にして、彼らは通りの縁まで溢れて、筆舌につくしがたい混乱のなかに、年齢も種族も衣裳も、ただ大声でわめきたてる口と目だけになった、色さまざまな一つの塊に溶けこんで、町役場へ向かって進んでくる。

(IV, p. 108)

「爆竹と喜悦の叫び」という表現にあるように、喜悦の叫びは爆竹の音と並立する存在である。ここでもまた声はメッセージを伝えるものではない。聖ジョルジュの祭や石を運ぶ行列における人々の音声は、太鼓の音や爆竹と同等の「もの」に過ぎない。音声が担う役割のうち、メッセージという要素はない。しかし聖ジョルジュの祭や石を運ぶ行列という描写のなかであるゆえ、人間の音声はメッセージをもたなくとも全く奇異ではない。きわめて自然なものとして描かれている。ここには、言語の働きが制限されていても自然であるという物語設定のもと、言語の可能性を探究する試みを認めることができるのである。

石を運ぶ行列における群衆の叫びは一つの統一体となる。「生い出ずる石」は、作者が南米に講演旅行に出かけた際の『旅日記』がもととなっている。『旅日記』の内容は、祭の描写[42]をはじめとして

「生い出ずる石」にかなり細かな点まで用いられた。ブラジルの祭礼を見聞したカミュは、人種や言語などの差異を超えて、多くの人々が同等の存在になり得るということを感じ取ったに違いない。この作品には、「言語の役割が制限されていても特殊ではない世界」が描かれている。

4　カミュとダラスト

この作品には、冒頭から数頁にわたって身振りコミュニケーションのみが描かれている。そこでは、物語設定が影響して「言語コミュニケーションが不在であっても自然な状況」というものが認められる。数頁以降にようやく言語コミュニケーションが現れる。しかしその場面での人間は、言語をもつがゆえに小さな存在として描かれる。その結果、言語世界自体が低い価値のものとなっている。

価値を低められた言語という傾向は、ほかの点でも見出される。それはまず、主人公ダラストが外国人であることに起因する。主人公と人々との会話は、未熟な言語を要素とする。未熟な言語を要素とするという点において、言語は低い価値にとどまる。また、価値を低められた言語という特徴は、聖ジョルジュの祭や石を運ぶ行列の場面にも端的に現れる。それらの場面に描かれる人々が発する声は、叫びであってメッセージ性をもつ言葉ではない。人間の声が果たす役割のうち、メッセージ性が除去されている。このように、この作品には種々の意味において言語の役割が制限された世界が描かれている。ところがその世界は全く自然であって奇異なものとはなっていない。それは、舞台をブラジルとし主人公がそこでは外国人であるということ、及び聖ジョルジュの祭などの宗教行事を題材にしているためである。つまり物語設定上の要素（舞台や題材）に起因し、制限された言語世界は自然なかたちで読者に与えられている。人と人とのあいだに行われるコミュニケーションのうち、最も一般的なものは言語コミュニケーションである。しかし身振りコミュニケーションや、低価値段階の言語が描かれていても奇異ではない世界というものが存在する。この作品には、そのような世界が描かれているのである。

「生い出ずる石」は南米への『旅日記』をもとに創作され、作者の立場はそのまま主人公に移しかえられた。カミュは、異郷を旅して言語コミュニケーション上の不充分さに由来する疎外感[43]を味わったに違いない。また同時に、ブラジルの祭礼に接し、言語や人種などのさまざまな差異を超えて人間は等し並みの存在になり得ることも見出した。人間の声とは、メッセージをもたなくとも存在意義をもつ。作者の母親は、一般的な言語コミュニケーションの世界に生きてはいなかった。ところが「生い出ずる石」では、さまざまな物語設定が功を奏して、母親の世界は多数派的な世界に変貌したといえる。

最終部でダラストはイグアペの原住民から迎え入れられる。そこに描かれるダラストと原住民との連帯は、カミュにとって真の意味での連帯ではないとする三野博司の解釈[44]もある。というのもカミュは、フランス人からのみならずアルジェリア人からも「よそ者」であった。最終部で描かれる連帯はブラジル人とのものであって、フランス人やアルジェリア人との連帯ではない。

しかし、ダラストと原住民との関係を、作者と母親との関係に対応させることが可能ではないだろうか。スィエランス[45]も指摘するように、ダラストはイグアペの原住民にとって二重によそ者である。第一には外国からの入植者であるという点において、第二に町長や判事らの支配階級と強いつながりがあるという意味においてである。母親の世界は、二重の意味でカミュが生きた世界と隔たっていた。アルジェリアの貧民街に生まれ育ったカミュは、最終的にはフランスの知識人として生きた。つまり第一にカミュは、フランスというアルジェリアではない国に移り住んだ。第二に、母親とは異なって知識人の世界に生きたのである。原住民との連帯を獲得しようとしたダラストとは、母親の世界に到達しようと探求した作者像にほかならない。

註

1 Peter Cryle, *Bilan critique : L'exil et le royaume d'Albert Camus*, Lettres Modernes, 1974, p. 228.

2 次を参照。*ibid.*, pp. 45-68.

3 次を参照。「[…]「背教者」の結末の一文は、*Les Muets*（唖者）という表題へ、強いられた沈黙の世界へと移行していくのである」（松本陽正「『追放と王国』――〈王国〉の意味と作品集の統一について」『広島女学院大学論集』通巻三一集、一九八一年、二二三頁）。

4 次を参照。[...] le dénominateur commun de «solitaire» et «solidaire» n'est autre que «solaire». (Brian T. Fitch, «Jonas ou la production d'une étoile», *Albert Camus 6*, Lettres Modernes, 1973, p. 61)

5 次を参照。Peter Cryle, *Bilan critique : L'exil et le royaume d'Albert Camus*, p. 235.

6 頻度数の調査にあたり次の図書を参考にした。Herausgegeben von Manfred Sprissler unter Mitwirkung Hans-Dieter Hänsen, *op.cit.*

7 Monique Crochet, *op.cit.*, p. 102.

8 カミュは一九五九年一二月二〇日に行われたインタビューにおいて、クラマンスの語りを「独白」と解説した。その会見のなかではヌーヴォー・ロマンや小説技術についての見解を述べつつ、『転落』にふれている。そして、悲劇的な喜劇役者を描くために演劇の技法（劇的独白と暗黙の対話）を用いたことを明らかにしている。« J'y ai utilisé une technique de théâtre (le monologue dramatique et le dialogue implicite) pour décrire un comédien tragique. », IV, p. 663.

9 次の研究では、『追放と王国』の最初の四編を特徴づけるものとして「ことばの喪失」を指摘している。東浦弘樹「〈答え〉からの逃避――カミュの『転落』をめぐって」『ヨーロッパ文化研究』XXI、関西学院大学、一九九二年、七三―九六頁。

10 Walter-J. Ong, *op.cit.*, pp. 6-7.

11 自由間接話法で提示されるこうした箇所をめぐって、ピーター・クライルは二人のあいだに存在する精神的な距離を示すものであるとしている。« Le style indirect libre de Camus marque la distance qui les sépare. » (Peter Cryle, *bilan critique : l'exil et le royaume d'Albert Camus*, p. 52)

12 モニク・クロシェも、これら二作品について、その技法上からそして各々の主題の根底にある知的・政治的な関心からも類縁関係にあることを指摘している。« La nouvelle "le Renégat" et le roman *La Chute* conçus à peu près à la même époque et devant, à l'origine, faire partie du même recueil, ont également en commun des caractéristiques essentielles : ils s'apparentent l'un à l'autre par leur technique et par la préoccupation d'ordre intellectuel et politique qui est à la base de leurs sujets différents et pourtant complémentaires. » (Monique Crochet, *op.cit.*, p. 191)

13 立花規矩子「カミュのエクリチュールとシーニュ――「背教徒」と「転落」のテクスト分析」、日本記号学会編『記号学研究4――シニフィアンス：意味発生の現場』北斗出版、一九八四年、一九六頁。

14 最後の一文に登場する人物、すなわち塩を口に投げ入れる人物を除く。

15 Peter Cryle, *bilan critique : l'exil et le royaume d'Albert Camus*, p. 103.

16 ピーター・クライルは、この作品には象徴的なものがほとんど存在していないというロジェ・キーヨの指摘に異議を唱える批評家の一人である。そしてたとえばベルの音に象徴性を見出している。クライルによると、ベルの音は工場主と従業員間の交流が通常の言語コミュニケーションというかたちでは行われていないことの象徴である（*ibid.*, p. 102）。

17　プレイヤッドの注釈でロジェ・キーヨが述べているように、一九五二年の草稿ではラサールの娘が急病で倒れるのではなく、ラサールが半身不随 «hémmiplégie»（I, p. 2045）となる。キーヨは、急病となる対象が娘に変更されたことによって、より従業員の同情を得やすくなったという指摘をしている。なお、仮に一九五二年の原稿が決定稿となったならば、ラサールは作品の結末部で作業場へ再び登場するという流れとはならず、作品結末部で挨拶を述べる場面も存在しなかった。決定稿のように変更されたことによって、三種類の挨拶が対照的に提示される結果を生み出した。

18　イヴァールの息子は、現在時としてはこの一箇所のみに登場している。現在時以外では次の二箇所で言及されている。一つは工場へ向かう途中の回想においてであり « [...] la naissance du garçon [...] »（IV, p. 35）、別の一つは、労働の種類について思いをめぐらすなかにおいてである « Le garçon voulait être instituteur [...] »（IV, p. 43）。

19　«instituteur» という単語が短編「客」の主人公を指す以外で使用されているのは、『追放と王国』中ではこの一箇所のみである。範囲をカミュのほかの小説作品『異邦人』『ペスト』『転落』にも広げると、『ペスト』において四回の使用が認められる。なお、頻度数の調査について次の図書を参考とした。Herausgegeben von Manfred Sprissler unter Mitwirkung Hans-Dieter Hänsen, *op.cit.*

20　この箇所をめぐってピーター・クライルは、イヴァールの決定的な沈黙の表現であると分析している（Peter Cryle, *Bilan critique : L'Exil et le royaume d'Albert Camus*, p. 118）。

21　Isabelle Cielens : *Trois fonctions de l'exil dans les œuvres de fiction d'Albert Camus : initiation, révolte, conflit d'identité*, Uppsala, 1985, p. 166.

22　次を参照。« Au manuscrit, comme au 2e état, Daru n'est instituteur que d'occasion : il a quitté la côte pour ce pays qui n'est pas le sien. Camus tiendra à faire de Daru un homme du pays.»（Albert Camus, *Théâtre, Récits, Nouvelles,* «Bibliothèque de la Pléiade», Gallimard, 1965, p. 2049）

23 Philip Thody, *Albert Camus 1913-1960,* Hamilton, 1961, p. 191.

24 «compagnon» の使用は、「客」においてこの一箇所のみである。『追放と王国』所収のほかの作品では、「生い出ずる石」に一箇所の使用（IV, p. 97）がある。なお、頻度数について次の図書を参考とした。Herausgegeben von Manfred Sprissler unter Mitwirkung Hans-Dieter Hänsen, *op.cit.*

25 従来から指摘されているように、«regarder»（見る）という単語は『異邦人』においても顕著に現れる。この動詞は、『異邦人』のなかで七六回にわたって使用されており、すべての単語のうちでも頻度が高く一九位である（Jean de Bazin, *op.cit.*）。このため小説「客」は『異邦人』との比較研究の対象となっており、たとえばイザベル・シエレンスは«dévorer le front»という表現に関して『異邦人』との類似関係を指摘している（Isabelle Cielens, *op.cit.*, p. 171）。

26 Herbert R. Lottman, *op.cit.*, p. 521. なお「ヨナ」は、『追放と王国』を構成する六作品のなかで唯一フランスを舞台とする。H・R・ロットマンは、ヨナのアパルトマンがセギエ通りのカミュの住居を暗示するとも述べている。«En fait, Jonas vivait dans l'appartement des Camus rue Séguier [...]»（*ibid.*, p. 522）

27 西永良成『評伝アルベール・カミュ』白水社、一九七六年、二一七－二一八頁。

28 Herbert R. Lottman, *op.cit.*, p. 525.

29 細井雄介「劇文芸〔戯曲〕」、竹内敏雄編修『美学事典 増補版』弘文堂、一九七四年、三九四頁。

30 二幕のA、D、Eについては音声を必要とする箇所はない。

31 論述上①から⑧の数字を付した。

32 論述上①から④の数字を付した。

33 Herbert R. Lottman, *op.cit.*, p. 523.

34 ピーター・クライルはこの一節について、次の見解を述べている。«This final painting clears a space and

marks a center, presumably as a place of importance, using whiteness or blankness to do so, but above all, it presents to us a written word. As if, in climaxing his painting career, Jonas had become a writer. At last, one might say, the very stuff of his painting has made its way into the text as we read it : the written painting and the painted word are one.» (Peter Cryle, «The written painting and the painted word in "Jonas"», *Albert Camus 1980*, p. 127)

35 ジャクリーヌ＝レヴィ・ヴァランシは、カミュと演劇との関連をめぐって「孤独」及び「連帯」という言葉を用いつつ次の指摘をしている。«Nous savons tous que le théâtre a été une des grandes passions de Camus tout au long de sa vie : le théâtre dans tous ses aspects, du plus abstrait, l'écriture, au plus concret, la représentation ; du plus solitaire, le travail de l'écrivain, au plus solidaire, la joie du travail en équipe.» (Jacqueline Lévi-Valensi, «Camus et le théâtre : quelques faits, quelques questions», *Albert Camus & le théâtre*, publiés sous la direction de Jacqueline Lévi-Valensi, Imec Editions, 1992, p. 13)

36 «Nouvelles sous le titre : Nouvelles de l'exil.»（IV, p. 1140)

37 «Camus a parlé plsieurs fois de l'exil et du royaume dans un contexte capable d'éclairer la signification du titre des nouvelles. Il associe qux ruines de Tipasa et à son expérience de la nature le mot de «royaume». Il fait dire à son personnage Diego, dans *L'Etat de siège*, que le monde de l'amour est un royaume. Ce sont là deux aspects de la vie humaine — la communion avec la nature et l'amour des hommes — qui reparaissent dans *L'Exil et le royaume.*»（Peter Cryle, *Bilan critique : L'Exil et le royaume d'Albert Camus*, pp. 224-225)

38 モニク・クロシェは神話の視点による分析をとおして、「生い出ずる石」のテーマをキリスト教的な同胞愛であることを明らかにした。Monique Crochet, *op. cit.*, pp. 200-205.

39 「六つの中編の主人公たちは、作品が展開する中で少なくとも一度は、疎外感を味わうことになる。つまり主人公たちは少なくとも一度は、存在の根をもたぬデラシネとなり、異郷に身を置いたかのような疎外感を覚えるのであった。したがって、存在の根をもつこと、«s'enraciner»する場の探究、すなわち「王国」への希求もまた作品集のテーマとなっているのであった」（松本陽正『アルベール・カミュの遺稿 *Le Premier*

Homme 研究』二九二頁）。

40 «［...］2) Iguape - la chaleur humaine, l'amitié du coq noir［...］»（IV, p. 1140）

41 「生い出ずる石」中 «enfin» は四箇所で用いられている。先に引用した三箇所に加え、群衆の行列が描かれる箇所である。行列の先頭は黒い祭服の告解者であり、次に白衣の告解者やマリア子ども会が続く。そして行列の最後に（enfin）現れるのがイエス像がおかれた極彩色の聖遺物箱である。なお、«enfin» の使用数について次の図書を参照した。Herausgegeben von Manfred Sprissler unter Mitwirkung Hans-Dieter Hänsen, *op.cit.*, p. 612.

42 聖ジョルジュの祭の場面は『旅日記』中「ブラジルのマクンバ」«Une macumba, au Brésil»（Albert Camus, *Jounaux de voyage*, Gallimard, 1978, pp. 83-91）と題するくだりに依拠する。

43 Mino も次の指摘をしている。«Étranger, Camus l'est, avant tout, par impuissance linguistique［...］»（Hiroshi Mino, *op.cit.*, p. 67）

44 «Mais comme d'Arrast se trouve parmi des Brésiliens fictifs et non pas parmi Français et Algériens, la solidarité dont il croit bénéficier fait ressortir la solitude dans laquelle vit Camus lui-même.»（*ibid.*, p. 143）

45 «D'Arrast sera donc doublement étranger aux yeux des indigènes, tant par son appartenance à la race des colonisateurs que par ses attaches à la classe dirigeante à cause de sa profession.»（Isabelle Cielens, *op.cit.*, p. 178）

終章

『反抗的人間』[1]の最終章「正午の思想」で展開されたカミュの論考をめぐり、内田樹は『ためらいの倫理学』で、次の指摘をしている。

〔…〕まだカミュは「均衡の原理」の意義について、くどくどと論じ続けている。カミュはいったい何が言いたいのか。自決を覚悟した反抗者は殺人を犯すことができるというのか、それとも「殺人の自由は反抗の諸原理と共存できない」ということなのか。しかしこの「収まりの悪さ」が、絶えざる前言撤回による命題の揺らぎこそが、「反抗の倫理学」の本来的な語り口なのだ。[2]

内田樹は、「反抗」という積極的な含意をもつ語を、「ためらい」という語に置き換えることでカミュの反抗の思想が多少なりともわかりやすくなる、という見解を明らかにしつつ次のように続ける。

率直に言って、反抗の理説を深化し、展開し、宣布する方法として、『反抗的人間』のような体裁の思想的著述を選んだことは、必ずしも適切な選択ではなかった。一人の思想家が固有名のもとに書き下ろしたテクストが、絶えざる前言撤回によって終わりなき循環のうちを彷徨し、読者にもまた決して「休息」を許さないというエクリチュールの構造は、読むものを宙吊りにし、息苦しい気分にさせる。〔…〕しかし、カミュの作家的才能は、体系的思想としては充分に定式化しえなかった「反抗的人間」の相貌を、小説を通じてはるかに豊かな立体感をもって、私たちの前に差し出すことを可能にした。[3]

カミュの反抗の理説は、思想的著述『反抗的人間』においてではなく、『異邦人』のムルソーと『ペスト』のタルーにおいてはじめて立体的肖像が与えられた。

自らの死を代償に殺人を犯すムルソーと、殺すことを断念したタルー。この二人の人物は、いずれもカミュの思想的・感覚的な分身である。[4]

内田樹は「ためらいの倫理学」の章の結尾を次のようにまとめている。

この書物（『反抗的人間』）は所期の成果を得られなかったばかりか、サルトルとの論争による致命的敗北を呼び込むことになった。そして、いまに至るまで、カミュの「ためらいの倫理学」の思想的な深みと意味は、十分に評価されているとは言いがたい。しかし、「分裂を生きる」という思想家としての負の資質ゆえに、作家カミュはエクリチュールの豊饒を享受することができたのである。[5]

思想家としての負の資質は、カミュの創作に深みと豊かさをもたらすことにつながった。思想家である前に、その資質においてカミュは作家であった。

先に見たように、作家という創造者の特質をめぐって、カミュは一九五九年のブリスヴィルによるインタビューで次のように語った。

ブリスヴィル：あなたのお考えでは、創造者の特質は何ですか。

カミュ：更新する力です。創造者はたぶんいつも同じことを言うでしょう。しかし倦むことなくかたちを新しくします。彼は繰り返しを嫌う人です。（IV, p. 613）

カミュは、創造者の特質は「更新する力」（La force de renouvellement）であると捉えていた。更新とは、常に同じところにとどまらないこと、終わらないこと、確定しないことであり、未了性という概念によって本書で明らかにしようと試みたテーマである。カミュのさまざまな作品に見出される未了性とは、このような芸術観の反映といえるのではないだろうか。[6]なお、カミュが生涯にわたって（ニーチェ哲学に出会った青年期から晩年に至るまで）ニーチェを信奉していたことはよく知られている。カミュは、一九五六年六月からパリのシャナレイユ通りのアパルトマンに住んでいた。訪問者たちの目に留まったのは、書見台の母親の写真そして書斎のトルストイとニーチェの肖像画であったという。ニーチェの『ツァラトゥストラはこう語った』のなかに、次のくだりがある。

幼児は無垢、そして忘却、ひとつの新しい始まり、遊戯、おのずから回る車輪、初元の運動、そして聖なる肯定だ。[7]

未了性（未だ完成された大人の段階ではないこと）は、無垢性、そして新しさに強く結びつく。カミュの作品はなぜ多くの人々の心を捉え続けてきたのか。それは、人間の「生きる」ことに関わる本質的感覚に訴えるからである。

「生きる」とは何だろう。ル・クレジオ『地上の見知らぬ少年』に次の一節がある。

生きるというのは、〔…〕次に何が起きるか予測することのできない永遠の冒険だ。語られることのない物語、飛躍と炸裂を繰り返しながら進んでいく物語だ。[8]

カミュの諸作品に見出される未了性とは、常に新しさを伴って飛躍し進んでいく「生きる」ということの人間の特質を写し出すものである。

註

1　三野博司は「カミュ的時間は始原から終末へと向かう直線的なものではなく、たえず反復されるものである」と指摘し、『反抗的人間』の萌芽となった「反抗に関する考察」をめぐって次のように述べている。「カミュにあっては、革命はつねに未完のものであり、じつのところ成就されてはならないものなのだ。もし革命が成就されれば、それはすべてを固定し、時の持続をも止めてしまうだろう。カミュは、そうした決定的性格をもつ革命を否定して、むしろ、相対的で、つねに繰り返される反抗により高い価値を与える」

（「繰り返されるもの――カミュとシーシュポス」『學鐙』第一一二巻第三号、丸善出版、二〇一五年、八頁）。

2　内田樹『ためらいの倫理学』冬弓社、二〇〇一年、二五一頁。

3　*Ibid.*, pp. 252-253.

4　*Ibid.*, p. 256.

5　*Ibid.*, p. 256.

6　『風姿花伝』など、世界ではじめての演劇論を展開した世阿弥もまた、芸術にとって自己の更新を重要なものと捉えていた。土屋恵一郎は次のように説明する。「現在から見れば、能は伝統芸術である。しかし世阿弥の時代においては、今そこでの「現在の芸術」であった。そこで作られている芸術であった。珍しさが求められ、新しきが観客の関心のまとであった。珍しきと面白きとは同じことであると世阿弥もいっている。そこに「住する」精神があっては、つまり停滞があれば、観客は離れ人気は衰える。変化しているここそ、芸術の価値であった」（土屋恵一郎『世阿弥の言葉』岩波書店、二〇一三年、六八頁）。「自分自身を模倣し、自分自身をコピーしつづけるのは、安心である。しかし、そこには停滞があり、衰退が待ち受けている。組織であれ、個人であれ、その生命が持続していくには、自己模倣ではなく、自己の更新が必要なのだ。生命の更新が必要である」（*ibid.*, p. 71）。

7　ニーチェ『ツァラトゥストラはこう語った』（ニーチェ全集第一巻 第II期）薗田宗人訳、白水社、一九八二年、四一頁。

8　J. M. G. Le Clézio, *L'inconnu sur la terre*, Gallimard, 1978, pp. 163-164.　訳出に際し次の邦訳を参考とした。J・M・G・ル・クレジオ『地上の見知らぬ少年』鈴木雅生訳、河出書房新社、二〇一〇年、一四二頁。

主要参考文献（本文中で引用した文献、及び執筆に際して主に参照した文献を以下に記す）

■アルベール・カミュの著作

【旧プレイヤッド版】

Albert Camus, *Théâtre, récits, nouvelles*, « Bibliothèque de la Pléiade », Gallimard, 1962.
Albert Camus, *Essais*, « Bibliothèque de la Pléiade », Gallimard, 1965.

【新プレイヤッド版】

Albert Camus, *Œuvres complètes*, tome I, 1931-1944, « Bibliothèque de la Pléiade », Gallimard, 2006.
Albert Camus, *Œuvres complètes*, tome II, 1944-1948, « Bibliothèque de la Pléiade », Gallimard, 2006.
Albert Camus, *Œuvres complètes*, tome III, 1949-1956, « Bibliothèque de la Pléiade », Gallimard, 2008.
Albert Camus, *Œuvres complètes*, tome IV, 1957-1959, « Bibliothèque de la Pléiade », Gallimard, 2008.

【その他】

Arthur Koestler, Albert Camus, *Réflexions sur la peine capitale ; introduction et étude de Jean Bloch-Michel*, Galmann-Lévy, 1957.

Carnets I : mai 1935-février 1942, Gallimard, 1962.

Carnets II : janvier 1942-mars 1951, Gallimard, 1964.

Carnets III : mars 1951-décembre 1959, Gallimard, 1989.

La Mort heureuse, « Cahiers Albert Camus 1 », Gallimard, 1971.

Écrits de jeunesse d'Albert Camus, « Cahiers Albert Camus 2 », Gallimard, 1973.

Jounaux de voyage, Gallimard, 1978.

Caligula version de 1941 suivi de La Poétique du premier Caligula par A. James Arnold, « Cahiers Albert Camus 4 », Gallimard, 1984.

Le Premier Homme, « Cahiers Albert Camus 7 », Gallimard, 1994.

Correspondance Albert Camus - Jean Grenier 1932-1960, Gallimard, 1981.

【邦訳】

『カミュ全集』全10巻、佐藤朔・高畠正明編、新潮社、一九七二―一九七三年。

『異邦人』窪田啓作訳、新潮文庫、一九八四年。

『異邦人＝L'ÉTRANGER：対訳フランス語で読もう』柳沢文昭訳注、第三書房、二〇一二年。

『ギロチン』（附　ジャン・ブロック＝ミシェル「死刑論」）杉捷夫・川村克己訳、紀伊國屋書店、一九六八年。

『ペスト』宮崎嶺雄訳、新潮文庫、一九六九年。

『太陽の讃歌　カミュの手帖1』高畠正明訳、新潮社、一九七〇年。

『反抗の論理　カミュの手帖2』高畠正明訳、新潮社、一九七〇年。

『カミュの手帖』大久保敏彦訳、新潮社、一九九二年。

『幸福な死』高畠正明訳、新潮社、一九七二年。

『直観』高畠正明訳、新潮社、一九七四年。

『アメリカ・南米紀行』高畠正明訳、新潮社、一九七九年。

『最初の人間』大久保敏彦訳、新潮社、一九九六年。

『カミュ＝グルニエ往復書簡 1932-1960』大久保敏彦訳、国文社、一九八七年。

『転落・追放と王国』大久保敏彦・窪田啓作訳、新潮文庫、二〇〇三年。

■アルベール・カミュに関する研究図書・論文

Abbou（André）: « Le théâtre de la démesure », *Camus et le théâtre*（actes du colloque tenu à Amiens du 31 mai au 2 juin 1988 / sous la direction de Jacqueline Lévi-Valensi « Bibliothèque Albert Camus »）, Imec, 1992.
Abe（Isomi）: « Intelligence et passion dans la création littéraire », *Études camusiennes 1*, Société japonaise des Études camusiennes, Seizansha, 1994.

Association Coup de Soleil Rhône-Alpes, *Camus, au présent,* L'Harmattan, 2015.

Barrier（M. -G.）: *L'Art du récit dans L'Étranger d'Albert Camus*, Nizet, 1962.

Barthes（Roland）: « Le Degré zéro de l'écriture », *Œuvres Complètes tome I*, Seuil, 1993.（« *L'Étranger*, roman solaire » ; paru d'abord dans Bulletin du Club du meilleur livre, No. 12, 1954）

Bazin（Jean de）: *Index du vocabulaire de « L'Étranger » d'Albert Camus,* Nizet, 1969.

Blanchot（Maurice）: « Le roman de L'Étranger », *Faux pas*, Gallimard, 1943.（モーリス・ブランショ『カミュ論』清水徹・粟津則雄訳、筑摩書房、一九七八年）

Champigny（Robert）: *Sur un héros païen*, Gallimard, 1959.（ロベール・シャンピニー『カミュ『異邦人』のムルソー――異教の英雄論』平田重和訳、関西大学出版部、一九九七年）

Cielens（Isabelle）: *Trois fonctions de l'exil dans les œuvres de fiction d'Albert Camus : initiation, révolte, conflit d'identité*, Almqvist & Wiksell, 1985.

Cohn（Lionel）: « La signification d'autrui chez Camus et chez Kafka, tentative de lecture de Camus et de Kafka d'après la philosophie d'Emmanuel Lévinas », *Albert Camus 9,* Lettres Modernes, 1979.

Crochet（Monique）: *Les Mythes dans l'œuvre de Camus*, Editions Universitaires, 1973.（『カミュと神話の哲学』大久保敏彦訳、清水弘文堂、一九七八年）

Cruickshank（John）: « La technique de Camus dans *L'Etranger* », *Configuration critique 1*, Lettres modernes, 1961.

Cryle（Peter）: *Bilan critique : L'exil et le royaume d'Albert Camus*, Lettres Modernes, 1974.

Cryle（Peter）: « *La Peste* et le monde concret : étude abstraite », *Albert Camus 8*, Lettres modernes, 1976.

Cryle（Peter）: « The written painting and the painted word in "Jonas" », *Albert Camus 1980*, Edited by Raymond Gay-Crosier, University Presses of Florida, Gainesville, 1980.

Eisenzweig（Uri）: *Les jeux de l'écriture dans L'Étranger de Camus*, Minard, 1983.

Fitch（Brian T.）: *L'Etranger d'Albert Camus, un texte, ses lecteurs, leurs lectures, études méthodologique*, Larousse, 1972.

Fitch（Brian T.）: *Narrateur et narration dans « L'Etranger » d'Albert Camus*, Lettres Modernes, 1968.

Fitch（Brian T.）: *Le sentiment d'étrangeté chez Malraux, Sartre, Camus et S. de Beauvoir : « étranger à moi-même et à ce monde »*, Lettres Modernes, 1964.

Guérin（Jeanyves）: *Dictionnaire Albert Camus*, sous la direction de Jeanyves Guérin, Robert Laffont, 2009.

Grenier（Jean）: *Souvenirs*, Gallimard, 1968.（『アルベール・カミュ――思い出すままに』大久保敏彦訳、国文社、一九八七年）

Grenier（Jean）: *Les Iles*, Gallimard, 1959.（『孤島』井上究一郎訳、竹内書店、一九六八年）

Hélein-Koss（Suzanne）: « *Une relecture chiffrée du « Renégat » d'Albert Camus* », *Albert Camus 12*, Lettres Modernes, 1985.

Lévi-Valensi（Jacqueline）: « Table ronde sur *L'Etranger* sous la directions de Jacqueline Lévi-Valensi », *Albert Camus 16*, Lettres Modernes, 1995.

Lévi-Valensi（Jacqueline）: « Camus et le thêatre : quelques faits, quelques questions », *Albert Camus & le*

théâtre, publiés sous la direction de Jacqueline Lévi-Valensi, Imec Editions, 1992.
Lévi-Valensi（Jacqueline）: *Albert Camus ou la naissance d'un romancier*, Gallimard, 2006.
Lottman（Herbert R.）: *Albert Camus*, Seuil, 1978.
Mailhot（Laurent）: *Albert Camus ou l'imagination du désert*, Montréal, Les Presses de l'Université de Montréal, 1973.
Mino（Hiroshi）: *Le Silence dans l'œuvre d'Albert Camus*, José Corti, 1987.
Herausgegeben von Manfred Sprissler unter Mitwirkung Hans-Dieter Hänsen, *Albert Camus Konkordanz zu den Romanen und Erzülungen*, Band I, II, Georg Olms, 1988.
Noyer-Weidner（Alfred）: « Structure et sens de *L'Étranger* », *Albert Camus 1980*, University Presses of Florida, 1980.
Pariente（Jean-Claude）: « *L'Etranger* et son double », *Albert Camus 1*, Lettres Modernes. 1968.
Pingaud（Bernard）: *L'Étranger de Camus*, Hachette, 1971.
Quilliot（Roger）: *La Mer et les prisons. Essai sur Albert Camus*, Gallimard, 1956.（ロジェ・キーヨ『アルベール・カミュ——海と牢獄』室淳介訳、白水社、一九五六年）
Roblès（Emmanuel）, *Camus, frère de soleil*, 1995, Seuil.（エマニュエル・ロブレス『カミュ　太陽の兄弟』大久保敏彦・柳沢淑枝訳、国文社、一九九九年）
Sartre（J. P.）: « Explication de *l'Etranger* », in *Situations I*, Gallimard, 1947.
Thody（Philip）: *Albert Camus 1913-1960*, Hamilton, 1961.

Todd (Olivier) : *Albert Camus une vie*, Gallimard, 1996.（オリヴィエ・トッド『アルベール・カミュ〈ある一生〉』上巻／下巻、有田英也・稲田晴年訳、毎日新聞社、二〇〇一年）

Toura (Hiroki) : *La Quête et les expressions du bonheur dans l'œuvre d'Albert Camus*, Eurédit, 2004.

Van Den Heuvel (Pierre) : « Parole, mot et silence : les avatars de l'énonciation dans *L'Étranger* d'Albert Camus », *Albert Camus 10*, Lettres Modernes, 1982.

ショーレ＝アシュール（クリスティアーヌ）『アルベール・カミュ、アルジェ――『異邦人』と他の物語』大久保敏彦・松本陽正訳、国文社、二〇〇七年。

神垣亨介「『ペスト』における模倣――ランベールの場合」『仏語仏文学』（関西大学仏文学会）第二二号、一九九四年。

白井浩司「カミュとグルニエ」『群像』第四七巻、講談社、一九九二年。

白井浩司『アルベール・カミュ　その光と影』講談社、一九九七年。

鈴木忠士『憂いと昂揚――カミュ『異邦人』の世界』雁思社、一九九一年。

鈴木忠士『カミュ『異邦人』の世界』（岐阜経済大学研究叢書2）法律文化社、一九八六年。

竹内修一『死刑囚たちの「歴史」アルベール・カミュ『反抗的人間』をめぐって』風間書房、二〇一一年。

立花規矩子「カミュのエクリチュールとシーニュ――「背教徒」と「転落」のテクスト分析」、日本記号学会編『記号学研究4――シニフィアンス：意味発生の現場』北斗出版、一九八四年。

千々岩靖子『カミュ　歴史の裁きに抗して』名古屋大学出版会、二〇一四年。

東浦弘樹『晴れた日には『異邦人』を読もう　アルベール・カミュと「やさしい無関心」』世界思想社、二〇一〇年。

東浦弘樹「『ペスト』と『スローターハウス5』」『カミュ研究』第二号、青山社、一九九六年。

東浦弘樹「〈答え〉からの逃避——カミュの『転落』をめぐって」、ヨーロッパ文化研究XXI、関西学院大学、一九九二年。

西永良成『評伝アルベール・カミュ』白水社、一九七六年。

野崎歓『カミュ『よそもの』きみの友だち』みすず書房、二〇〇六年。

平田重和『カミュの思想と文学』関西大学出版部、二〇〇八年。

松本陽正『アルベール・カミュの遺稿 *Le Premier Homme* 研究』駿河台出版社、一九九九年。

松本陽正「『追放と王国』——〈王国〉の意味と作品集の統一について」『広島女学院大学論集』通巻三一集、一九八一年。

三野博司『カミュ『異邦人』を読む——その謎と魅力』彩流社、二〇〇二年。

三野博司「『ペスト』再開始のモラル——カミュにおける瞬間と持続（VI）」『人文研究』（大阪市立大学文学部）第三八巻第五号、一九八六年。

三野博司「繰り返されるもの——カミュとシーシュポス」『學鐙』第一一二巻第三号、丸善出版、二〇一五年。

三野博司『カミュ　沈黙の誘惑』彩流社、二〇〇三年。

三野博司『カミュを読む　評伝と全作品』大修館書店、二〇一六年。

■その他

赤羽研三『〈冒険〉としての小説　ロマネスクをめぐって』水声社、二〇一五年。

浅野楢英『論証のレトリック』講談社、一九九六年。

阿部いそみ「異類婚姻譚における〈分ける〉というモチーフ」：*Civilization of Evolution. Civilization of Revolution. Metamorphoses in Japan 1900-2000*, A. Jabłoński, S. Meyer, K. Morita, Museum of Japanese Art & Technology Manggha, Krakow, 2009.

Barthes（Roland）：« L'ancienne rhétorique. Aide-mémoire », *L'Aventure sémiologique*, Seuil, 1985.（ロラン・バルト『旧修辞学』沢崎浩平訳、みすず書房、一九七九年）

Le Clézio（J. M. G.）：*L'inconnu sur la terre*, Gallimard, 1978.（J・M・G・ル・クレジオ『地上の見知らぬ少年』鈴木雅生訳、河出書房新社、二〇一〇年）

エピクロス「メノイケウス宛の手紙」出隆・岩崎允胤訳『エピクロス――教説と手紙』岩波文庫、一九五九年。

細井雄介「劇文芸〈戯曲〉」『美学事典　増補版』竹内敏雄編修、弘文堂、一九七四年。

本田和子『異文化としての子ども』ちくま学芸文庫、一九九二年。

岡倉天心『茶の本』浅野晃訳、講談社インターナショナル、一九九八年。

岡田美智男『〈弱いロボット〉の思考――わたし・身体・コミュニケーション』講談社現代新書、二〇一七年。

土屋恵一郎『世阿弥の言葉』岩波現代文庫、二〇一三年。

ニーチェ『ツァラトゥストラはこう語った』（ニーチェ全集第一巻〔第II期〕）薗田宗人訳、白水社、一九八二年。

野家啓一「物語る自己／物語られる自己」『臨床哲学の諸相「自己」と「他者」』木村敏・野家啓一監修、河合文化教育研究所、二〇一三年。

野村泫『グリムの昔話と文学』ちくま学芸文庫、一九九七年。

Ong（Walter -J.）: *Orality and Literacy*, Routledge, 1982.（ウォルター・J・オング『声の文化と文字の文化』桜井直文・林正寛・糟谷啓介訳、藤原書店、一九九一年）

プラトン『パイドン』（『プラトン全集』第一巻、田中美知太郎・藤沢令夫編）松永雄二訳、岩波書店、一九七五年。

プロップ（ウラジーミル）『魔法昔話の起源』斎藤君子訳、せりか書房、一九八三年。

プロップ（ウラジーミル）『昔話の形態学』北岡誠司・福田美智代訳、水声社、一九八七年。

Reboul（Olivier）: *La Rhétorique*, coll. « Que sais-je ? », No. 2133, Presses Universitaires de France, 1990.（オリヴィエ・ルブール『レトリック』佐野泰雄訳、白水社、二〇〇〇年）

リューティ（マックス）『昔話と伝説』高木昌史・高木万里子訳、法政大学出版局、一九九五年。

リューティ（マックス）『ヨーロッパの昔話』小澤俊夫訳、岩崎美術社、一九九五年。

リューティ（マックス）『昔話の解釈』野村泫訳、ちくま学芸文庫、一九九七年。

Senger（Jules）: *L'Art oratoire*, coll. « Que sais-je ? », No. 544, Presses Universitaires de France, 1967.（ジュー

ル・サンジェ『弁論術とレトリック』及川馥・一之瀬正興訳、白水社、一九八六年）

シュモル（J・A）『芸術における未完成』浅井朋子・中村二柄訳、岩崎美術社、一九七一年。

内田樹『ためらいの倫理学』冬弓舎、二〇〇一年。

内山勝利『対話という思想』岩波書店、二〇〇四年。

内山勝利「プラトン的対話について――若干の補遺と再確認」『ディアロゴス』片柳榮一編、晃洋書房、二〇〇七年。

内山勝利編『哲学の歴史』第一巻、中央公論新社、二〇〇八年。

若松英輔『岡倉天心『茶の本』を読む』岩波書店、二〇一三年。

あとがき

それは、まだ大学院修士課程に入ったばかりの頃でした。修士論文はアルベール・カミュの『異邦人』を対象に研究しよう、と意気込んだものの、肝心の構想がなかなかまとまりません。焦りからの逃避だったのかどうか、オーディオ版の『異邦人』（*Camus L'Étranger*, présenté par Jules Roy, lu par Michaël Lonsdale, Auvidis, 1986：フランスの俳優マイケル・ロンズデール氏による朗読で、間奏にチェロの重厚な曲が流れます）を聴いていた折に、ふと思いました。『異邦人』は、初級や中級向けのフランス語学習教材に似ている！　同じような表現の繰り返し、短い文の連なり、基本的語彙、口語的表現など。そこで、「話す練習」という視点から『異邦人』を解釈できるのでは、という発想が閃いたのです。調べていくなかで、確かに「古代弁論術」とさまざまな点で類似することもわかり、何とか無事に修士論文をまとめることができました。その後、私の直接的関心は「古代弁論術」からは離れたものの、カミュについての研究は続けてきました。また、勤務する大学に「民話研究センター」が発足し、会報「民話」の編集に数年携わる機会があり、昔話の面白さ（特にその特徴的な語り口）と出会いました。これを契機として、カミュの諸作品と日本の昔話との類似性に関する論考をいくつかまとめたり、日本の異類婚姻譚をめぐってポーランドで発表する機会も得ました。

しかしあとづけの解釈になってしまうのかもしれませんが、修士論文でテーマとした「古代弁論術」への関心が私の心の奥底で秘かにずっと燻《くすぶ》っていたのかもしれません。なぜなら、勤務校での授業のテーマは常にその種の内容に直接的，間接的に関わるものだったからです。本書の執筆は、自分の無意識的選択の方向性に気づかされる過程でもありました。

古代ギリシア哲学の面白さと現代的意義について大学の講義ノートを準備していて、特にプラトンの対話篇に興味を惹かれました。プラトン哲学において、対話とは事前に固定化した思想を伝達する単なる方法ではなく、それ自体が思想探究の暗中模索的な過程なのです。この対話の方法論は古代弁論術、さらに昔話の語り口にも通底したものです。つまり、いまだ完成していない状態、そして常に更新して生き続けるという意味での「未了性」です。エピクロスらの死をめぐる哲学や世阿弥の言葉、茶道の精神、さらにＡＩ分野での人間観などもまさに「未了性」そのものなのではないでしょうか。

拙い修士論文で「古代弁論術」を扱ったときには、「過程」（話す練習）という概念は、完成には至らないというマイナス的なものに過ぎず、研究対象にふさわしくないのでは、と思っていました。しかし何とか本書を書き終えることができた今、「過程」や「未了性」とは人間の本質そのものを体現する言葉ではないか、との思いをいっそう新たにしています。人間は死ぬ存在ではありますが、当の本人にとって死は体験して語り得る対象ではありません。人間は常に現在を生き続ける存在です。カミュが読み継がれているのは、彼の作品がいずれもこうした新鮮な現実感に充たされているからではないでしょうか。

私の未熟な研究の歩みが本書に結実することができたのは、東北大学大学院でご指導いただいた先生方、大学院時代の同窓生、日本カミュ研究会、日本フランス語フランス文学会東北支部の先生方のアドバイスの賜《たまもの》です。また本書は、東北文教大学から出版助成（学長裁量経費）をいただきました。勤務校（学校法人富澤学園）の創立記念日一一月七日は、カミュの生誕日でもあり不思議な縁を感じます。学長の鬼武一夫先生や同僚の教職員にもあらためて御礼申し上げます。

本書の刊行にあたっては、春風社社長の三浦衛氏をはじめ、石橋幸子氏、山岸信子氏、岡田幸一氏にお世話になりました。特に、山岸信子氏には編集全般について多くのお力添えを賜りました。心より感謝しております。

二〇一八年一〇月

阿部いそみ

【著者】阿部いそみ（あべ・いそみ）

東北大学文学部哲学科哲学専攻卒業。東北大学大学院文学研究科フランス語学フランス文学専攻博士後期課程中退。東北文教大学短期大学部教授。専門はフランス文学、日欧比較文学・思想。

主要業績に、«Intelligence et passion dans la création littéraire»（*Études camusiennes 1*, Société japonaise des Études camusiennes, Seizansha, 1994）、「映像メディアにおける人間と事物の同質化——ジャック・タチ『ぼくの伯父さんの休暇』と喜劇の哲学」（『山形短期大学教育研究』第五号、二〇〇五年）、「文芸作品の映像化」（『応用倫理学事典（第一三章　映像倫理）』加藤尚武編集代表、丸善株式会社、二〇〇七年）、「異類婚姻譚における〈分ける〉というモチーフ」（*Civilization of Evolution. Civilization of Revolution. Metamorphoses in Japan 1900-2000*, A. Jabłoński, S. Meyer, K. Morita, Museum of Japanese Art & Technology Manggha, Krakow, 2009）など。

未完のカミュ——絶えざる生成としての揺らぎ

二〇一八年一二月七日　初版発行

著者　阿部いそみ《あべ いそみ》

発行者　三浦衛

発行所　春風社　*Shumpusha Publishing Co.,Ltd.*

横浜市西区紅葉ヶ丘五三　横浜市教育会館三階

〈電話〉〇四五・二六一・三一六八　〈FAX〉〇四五・二六一・三一六九

〈振替〉〇〇二〇〇・一・三七五二四

http://www.shumpu.com　☒ **info@shumpu.com**

装丁　桂川潤

印刷・製本　シナノ書籍印刷株式会社

乱丁・落丁本は送料小社負担でお取り替えいたします。

ISBN 978−4−86110−623−1 C0098 ¥3700E